艶本の歴史

——江戸時代好色文芸本事典

中野栄三❖著

By NAKANO Eizo
History of
Eroticism in Japanese art book ‘EMPON’

まえがき

ある学者が艶本《えんぽん》というのは、およそ俗悪の書で、文学的には全く価値のないものとして、エロチック文学のユーモアがなければならないと言及している説を読んだことがある。

本稿では、そうした文学論を掲げようとするものではない。著者はもっと謙虚な気持ちで、まず艶本とは何か、そうして江戸文芸諸書との関連を探り、庶民文学との意義を知ろうとした。そこで一般文学ものの発生や推移を簡単に常識的に列挙して、その中に艶本の諸相を見ようとしたのである。

わが国古典文学の最高峰といわれる『源氏物語』、それに元禄時代の著名な文学『好色一代男』、そのどちらも、いわば奔放な愛恋物語であり、一方は王朝貴族の社会を舞台としているのに対して、一方は浮世時代の町人社会を舞台にした性文学である。そして艶本の多くは書目録にも載らない庶民の性文学であったことには間違いない実在の書だったのである。

その艶本の意味するものは何か。艶本が人々に対して魅力的な要素となっていた点は何か。艶本の出現と時代世相のことなど、それはわれわれの生活風俗に決して無関係のものではない。

われわれは、遠い祖先からの過去の人間の歴史を知ることによって、現在の生活の意義や目標を感じとることができるのである。

しかし本稿では紙数の関係もあり、各種艶本の個々の内容まで充分に語ることはできなかった。それらの書目や文献についても、省略した部分が少なくないし、また未見のものなどで不備の点もあることと思うが、いちおうここには庶民文学と艶本ということで概要を述べ、篤志な研究家は、これに書き入れ追補され、役立たせていただければ幸甚である。

著者識

以上までの記述は、昭和四十四年（一九六九）三月の初版発行の際に書かれたものである。そのときの本書の題名は可能なかぎり一般性を求めたことから、『性文学入門』となった。本書の御執筆の意図は前文を読んでお判りのように「江戸期庶民文学と艶本」の関係を総括するものであった。したがって著者は原題『性文学入門』にはしっくりされておらず、再び本書が世に問われるときがあった場合、もっと執筆の意図が反映された題に変更したいとの希望を洩らされていたのである。すでに著者は御他界になり、著作権も当社に譲渡されている。このたび新装版を発刊するにあたり、とにかく著者の意図に可能なかぎり近づこうとしてこのような題名に変更させて戴いた。なにとぞ御寛恕を乞う次第である。

（編集部）

昭和六十三年一月二十一日

本書は、弊社より一九六九年三月に刊行した『性文学入門』、および一九八八年二月に改題出版した『江戸時代好色文芸本事典』を底本としております。今回の刊行にあたっては、改めて底本をチェックし、原文を尊重しつつ明らかな誤字・誤植を修正、不鮮明図版の差し替えも行い、より読みやすくなるよう版面レイアウトを一新いたしました。なお本文中において一部に不適切な表現が見受けられますが、執筆時の時代的背景や本書の資料的価値を考慮し原文通りといたしました。何卒ご了承願います。

（雄山閣編集部）

目次

図１　絵本小町引（喜多川歌麿　大錦折帖）

（一）性と文学

立派な芸術作品だといわれている古典文学ものにも、恋愛情事を描かれていないものはほとんどない。人間の歴史から、もしも恋愛を除いたら歴史は有り得ないだろう。ただ、こうした男女の生活を表現した文学は、その描写の程度、作者の眼の向け方によっていわゆる「性文学」だといってもあながち過言とはいえないものがある。だが旧時代には「性」というものが、いやらしく、きたならしく考えられたがために、ことさらに避けられてきた。しかしいまでは性生活ということが当然重視され、一般社会においては「遊ぶ」ということばが〝セックスする〟と同意義に使われてはばからないまでになった。したがってとくに「性文学」というジャンルが、将来生まれてもいいのではないかとさえ思われる。

芸術とは何か、文学とは何か、生活風俗とは何か、それぞれの理論的説がある。文学は文字による表現で、人間生活の中で互いの意思、感情の表現を本質としている。しかも、さまざまな形態で、時代世相と共に変化している。かつての史学がもっぱら戦争と時の権力者の栄枯盛衰の歴史に終始して来たと同様に、文学もまた英雄の崇拝伝承に始まり、王朝貴族の文学など、主として上層生活者の文学をもっぱら正統文学として伝えられ、庶民文学は一般に俗文学視されて来た。

したがって封建的武家政治下の江戸に庶民文学として起こった諸書には、それぞれの分類でおびただしい書目が記録されているが、庶民の性生活風俗に関する多くの書が卑俗の名のもとに抹殺されている。身分的、階級的にさまざまな制約を受けていた庶民は、これらの発禁書にこそ庶民生活の中に欲求された享楽とか風俗の一面を求めていたに相違ない。それらが一般文学および社会事情に関連してどのように発生したか、また内容にうかがわれる意義は何か、そうした考察の一環として、ここに系統的に採りあげて見たのである。

すべての人々に共通した人間生活の基本的な目的は互いに平和で幸福な生活を営みたいということであって、そのための社会活動なのである。そして食欲と生殖欲とは人間の二大本能とされているように、そのことはすべての人々の生活の根本であった。

だから文学にそれらの表われるのも当然である。しかし現代と違って江戸時代の庶民生活は、残念ながらそれを自由に表現することは許されなかったし、たとえそうでなくとも、かかる刹那の享薬を追う時代世相においては立派な文学が成長するはずはなかった。諷刺諧謔、滑稽に托してのみ、人々の欲求が物語られた。そうした書物が、ひそかに流布されたのも当然である。

以上のような見地に立って、性生活の享楽を描いた諸書の類を区分してみると、物語文学時代の笑い本、浮世草子時代の好色本、庶民文藝時代の艶本、そして戦後現代の艶笑本となる。これらの多くは、古典文学として従来国文学史上に列記されているもの以上に、各時代的の庶民生活の実態と風俗とが生々しくうかがわれるのである。

『源氏物語』が文学的に絶讃されているが、古文の絢爛さはあるにせよ全編恋愛情事の連続であるし、その他の古い物語ものも笑い本とはいわないまでも、多くの性的情景を描いているのである（解説編〈1〉参照）。

江戸時代の「艶本」にも「好色本」と呼ばれて書目集に明らかにその名を連ねているものもあれば、知られないままの艶本にも、頗る名文で人情の機微を描いているものがある。伝えられていないそれらの艶本の文や、その中に出てくる、知られなかった庶民の世界、さては俗秘語のことなどをぜひ記録に残しておきたいと思うけれども、これは尨大なものになるし、公刊を許されないとしている部分にもわたらねばならないので、ここには書誌的なことを主とし、特殊なものは内容の梗概ぐらいに止めた。

艶本時代になると作者も絵師も署名が隠号となり、刊年も序文などにそれと思わせるような洒落た文句を示すだけになったから、これらは後年には判然ときめきれないものになってしまった。おそらくは享保七年の好色本禁令以後のことと思われるが、これらの隠号には似寄りの名がいくつも用いられ、画作者共に混同されやすい。これは実物を見て細かな部分まで検討しないとわからないし、画作などは各絵師の画風の特色を知らないと見分け難いのであり、専門の研究家にゆだねるほかない。風俗研究には大体の年代や内容によって大した不便がない場合が多いが、ことに重要な問題となるとそうもいっていられないのである。

普通の文芸書における作者の別号は、近代文学大系第二五巻「日本小説年表」巻末の作者人名辞書にも載っているし、浮世絵師は『浮世絵師備考』などにも見えている。『世界艶本大集成』の巻末に掲げられている「艶笑画家及び作者録」は、これらの変名隠号を含んだ人名録であるが、こうした隠号録の形式を初めて示しただけに不備の点もある。多くの作品とそれに現われた隠号を比較研究しないと、誤られやすい場合がある。

本稿においても、その点不詳のまま記したものもあるし、刊年等を略したものもあるが諒とされたい。

図2　千草花二羽蝶々

(二) 江戸文芸ものの展開

江戸文芸諸書

本稿において、とくに性的文学書として語るもの以外に、江戸文学の諸系統として一般に称せられて来た文学書の種別がある。これは時代的世相的な嗜好によるものであって、たとえ笑いの文学に入らないまでも、それに影響を与えているもの、あるいは笑い本の原型をなしているものがあるし、江戸文芸諸書としていちおう知っておく必要もあるから、次に述べておこう。

物語もの

これは別項に述べたが平安時代以来、わが国の小説は物語の形式をとった物語文学が代表していた。このうちには多くの「笑い話」が含まれていて、後年の落語小咄における「咄本」を出現させた。

お伽草子《とぎぞうし》

鎌倉時代から江戸の初期にかけて行なわれた短篇小説に対する総名である。室町期の「一寸法師」その他があるが、江戸の享保元年に刊行されたお伽草子は、かつて絵巻物で伝えられてきたものや、後に写本で巷間に行なわれてきたもの、「奈良絵本《ならえほん》」で流布されていた物語をお伽草子として、二十三種の叢書で刊行されたにすぎなかった。

仮名《かな》草子

これも別に記したが、仮名文字の通俗読みもの、慶長から正徳、享保に至り浮世草子に移行した。お伽草子とは、あまり区別のつき難いものだった。

草双紙《くさぞうし》

江戸時代の絵入小説本の総名といえる。始めはもっぱら婦女子や子供向きのものだったが、明和頃からは大人向きのものとなり、ほとんど平仮名ばかりで書かれ、表紙によって「赤本《あかほん》」「黒本《くろほん》」「青本《あおほん》」などの名で呼ばれた、時代によって多少変化しつつ宝暦頃に始まり文化頃からは漸次長編ものとなって、「合巻物《ごうかんもの》」に移った。

「双紙」は草子ともいい冊子《さっし》の義であり、巻子本《かんすぼん》に対して綴じた本との意味である。また物語、日記、歌書など仮名で書いた書物の通称ともされている。草双紙はもと浅草紙《あさくさがみ》などに印刷されたので、特殊な紙の臭気があり、臭さ双紙といったとの説もあるが、あるいは地者、素人の読む通俗小説との義であろうか。

形態は五六葉を一冊にして、絵入りどころか各丁、絵の余白左右上下に細字で読みを書いている。

絵草紙

これも形態上の名で、絵を主とした草紙。「絵本」のことであり、かかる絵本や錦絵などを売っていた店を「絵草紙屋」と呼んだ。

また草双紙、錦絵、絵本、唄本、双六などをもっぱらとした店、つまり本屋というよりも、玩具、絵本屋を「地本《じほん》屋《や》」といい、寛政年間（一八〇〇頃）には江戸名産地本錦絵組合というのが初めて出来た。この地本とは上方本に対して江戸の地元で出来た本との意味だったという。

絵入本

絵を主とした「絵本」に対して、本文を主としてそれに挿画を入れた本を「絵入本」といったのである。万治元年(一六五八)頃、しきりに刊行され、万治二年には『可笑記《かしょうき》』の絵入本が出た。この元本は寛永十九年(一六四二)の刊で挿画はなかったけれども、万治二年に絵入本として再刊され、わが国戯作ものの祖といわれる書なのである。

前記草双紙も絵入小説の総名とはいえ、それは毎丁絵があって、しかもその絵の上下左右の余白部分には、本文の文句が細字でびっしりと記されているのだから、絵入りといっても絵と文とどちらが主とも分らない形のものである。艶本の長編読和《よみわ》ものには、この草双紙体のものがよくある。艶本『かんそ軍談』や『千種花二羽蝶々《ちぐさはなふたばちょうちょう》』などもそれで、薄い冊子で何冊も続いて出ている。

また書名に「絵本」といっている艶本もあるが、「会本《えほん》」と称するのは絵本とは別で、全くの艶本のことなのである。

丹緑本《たんりょくほん》

これは慶長の末から明暦、万治頃まで行なわれた絵入仮名草紙で、挿画に丹緑黄の彩色を施したもののことである。寛永期(一六四三)がその最盛期であった。

赤本・黒本・青本

「赤本」は草双紙の一種で、表紙に丹《あか》表紙を用いたもののことである。半紙四つ折り、多くは一冊五葉ものであった。あるいは美濃半截二つ折りの大形赤本と、普通の半紙二つ切り半折の中本形のほかにも、小形赤本もあった。これをとくに「小形赤本」または「おもちゃ本」と呼んだ。

赤本は幼稚な絵草紙で婦女子向きであったが、享保、寛延、宝暦の頃に盛行し、ついで黒本、黄表紙に移行した。「黒本」も草双紙の表紙の黒いもので、黒表紙本ともいう。延享年間（一七四五頃）に鱗屋《うろこや》治兵衛が用いたことに始まり、古伝説、古史談などを扱った絵入の子供向き草紙だった。書型は赤本同様に中本形で、これは安永、天明に盛行した。またこの頃から画工の名のほかに「作者の名」も記されるようになったのである。

「青本」は宝暦の頃からで萌黄《もえぎ》表紙を用いたのでこの称がある。表紙の色が違っただけで内容的には黒本とほとんど変わらない。ただ黒本が主として物語の戯作化を旨としていたのに対して、青本はいっそう諧謔に富み、その点では「黄表紙」の先駆をなしている。

鱗形屋の開板で、安永頃には衰え、寛政初めには青本で絶版処分になったものも少なくなかった。

戯　作

かくて赤本から黒本への推移の期間特筆すべきことといえば、画工に対する作者の出現ということであった。赤本時代にもきわめてまれに作者の署名はあったけれども、それは画工兼作者の場合であったりした。ところが画工の署名のほかに、作者名を初めて書き出したのは「戯作者丈阿《じょうあ》」であった。

延享から寛延の赤本最盛期に、それが江戸名物となって紅絵などと共に、俄かに需要がふえてきた。そこで、もはや従来の再製ものでは間に合わなくなり、新鮮味に欠けていたので、ここに新しい作者の要求が起こった。このような機運にこたえて出現したのが丈阿であった。彼の伝記は詳かでないが、貞享二年（一六八五）の生れで観水堂とも称した。

彼の作は勧善懲悪の御伽噺ではあったが、他に比して取材の自由さがあったことや、解りやすい文章の中にしばしば滑稽な句を交えて説くなど、単なる子供の話と異なった諧謔性に富んだものだった。そして自作赤本の末尾には

〝なんと子供衆合点か〳〵〟と記したのだったが、後には「丈阿戯作」と署名した。

式亭三馬の『稗史億説年代記《ひしおくせつねんだいき》』（享和二年）にも――地本屋の筆者丈阿という人、赤本を作り作者の名を出さず〝ナント子供しゅ、がってんか〳〵〟の書入この人よりおこる――といっているが、また年代記青本の条に――終りに作者の名を出すことは、この和祥（作者）が始まり云々――と見えている。だが丈阿の『猿塚物語』は宝暦二年の刊で署名があり、丈阿の署名ものの中では、最も古い草双紙といわれている。

このような〝なんと子供衆合点《こどもしゅがってん》か〳〵〟ということはその後の黒本、青本作者の常套語として使われるようになったが、丈阿はつぎに〝丈阿戯作〟と署名した。よつて丈阿は実に作者署名の先駆者であり、同時にこの人が戯作者の元祖ということになる。

「戯作」ものとは諧謔や滑稽な作品のことだが、文化三年（一八〇六）頃から、この称は使われなくなり、ただ一般に作とだけは記すようになった。

浮世草子

浮世草子については別記したので説明は省略するが、延宝、天和から文政頃まで行なわれた庶民生活の写実小説であり「西鶴本」「浮世本」などの別称がある。

好色本

これも詳細は別項に掲げることとする。庶民生活を描いた写実的小説「浮世草子」の一種で、もっぱら男女の情事や遊里遊女との享楽読みものであり、「好色本」の称は貞享三年（一六八六）頃から早くも現われ、元禄時代にかけて頻出した。そして元禄および享保七年の禁令によって、書名に好色の名を冠したものは姿を消し、「風流本」などいわれるようになったが、好色との称は以来一般に通称として広まった。

黄表紙

明和から文政の末頃までの草双紙の一つで、青本から変化した表紙の黄色いものである。題簽はやはり絵入題簽だが、むしろ絵を主とした方形幅広のものが用いられた。内容的には安永四年の恋川春町《こいかわはるまち》作『金々先生栄華夢《きんきんせんせいえいがのゆめ》』が黄表紙の祖といわれ、これによって黄表紙の本質が確立された。そしてこの書は遊里風俗などを描いて洒落本風のものであったが、ここに全く子供の世界から離れた大人の読みものとなった。

この頃の江戸は田沼時代であり政治への不満から民衆風俗の頽廃が見られて、大衆はもはや従来の青本の真面目くさった敵討物とか歴史物語には飽きが来ていたし、赤本以来の子供向きの読みものにも満足できなくなっていたのである。そこでこのような大人向きの洒落本を草双紙風にしたもの、一種の「漫画小説」ともいえる黄表紙が、非常な人気で流行するに至った。

これは忽ち同様な作と作者とを発生させ、前記の恋川春町のほか、朋誠堂《ほうせいどう》喜《き》三二《さんじ》、山東京伝、市場《いちば》通笑《つうしょう》、芝金交《きんこう》、四方《よも》山人《さんじん》、唐来三和《とうらいさんな》、恋川好町《よしまち》、万象亭《まんしょうてい》の森島中良《ちゅうりょう》さては式亭三馬、曲亭馬琴、十返舎一九などまでが、黄表紙を書くようになったのである。

曲亭馬琴の黄表紙ものも多いが、寛政九年に出た『無筆節用似字尽《むひつせつようにたじずくし》』は、面白いしゃれた趣向だったというわけで、意外な大当たりをとり、後には式亭三馬の滑稽本『小野ばかむら嘘字尽《うそじずくし》』を出させる因をなしたといわれている。さらに、これから艶本の「嘘字尽」類も現われたが、そのことはまた別項で述べる。

寛政期には、南仙笑楚満人《なんせんしょうそまひと》の『敵討義女英《かたきうちぎじょのはなぶさ》』が出て、再び「敵討物」が復活し、享和の頃まで流行が続いたし、またこの人の作によって「長編もの」の流行が起こり、やがて「合巻」ものへの移行を促した。

洒落本

洒落という言葉は、その語義からすれば〝洒々落々《しゃあしゃあらくらく》〟――つまりさっぱりとして物事にこだわらないことであり、そのほかに冗談、戯《ざ》れ言《ごと》といった意味にもいい、〝洒落《しゃら》くさい〟といえば、きいた風なことをいう、なまいきで出過ぎたことの意味となる。しかし江戸の通言における洒落というのは、いわゆる「通」であり、また滑稽なこととなり、それらの混然とした表現にいわれた。

この時代の通人《つうじん》、粋人《すいじん》、洒落《しゃれ》、滑稽《こっけい》、好色《こうしょく》などということは、当時の時代的、社会的な特異性の中に生活した庶民風俗において、初めて理解しうるようなことで、いま一言にしていい難いものであった。そこで「洒落本」の意義も、その前後に起こった文学体系を考え合わせれば、おおむね理解できるだろうが、まず諧謔《かいぎゃく》、滑稽、通の書であるということができる。そしてこれらはほとんど遊里を舞台にした享楽の小説でもあった。

というよりも、いわゆる「遊里書」が最初に、その案内書としての「細見」を発生させたが、同時に評書としての「評判記《ひょうばんき》」が起こった。これは各遊女屋の妓の容色、接待ぶりの品定めをしたものであったが、このことはさらに〝床〟のよしあしや、〝手練手管〟の上手下手までを書いたものが行なわれだしたのである。つまり遊里の遊びというだけでなく、ようやく房事秘戯に及んで描かれようとしたとき、評判記に代ってこの洒落本が流行しだしたとも考えられる。したがって遊里書としての「わけもの」などは、洒落本に多く見られるのである（遊里書の項参照）。

さて洒落本の発生および流行年代は、だいたい明和五年（一七六八）から寛政三年（一七九一）の洒落本禁止までの間で、安永七年（一七七八）頃には「人情本」風となったものもあり、内容的には宝暦に始まって文政年間（一八一九）まで続いた。

書型は半紙四ツ切りの小本を常型としたので「小本《こほん》」といえば洒落本の別称となっていたし、絵入十数丁一冊で読み切りものであった。「三味線本」「油揚本《あぶらげぼん》」「こんにゃく本」などの異称もある。

享保十八年刊の『両都妓品《りょうとぎぼん》』が洒落本の祖といわれているが、明和七年の『遊子方言《ゆうしほうげん》』が出た頃まで洒落本は江戸よりも大阪方が優勢であった（解説編〈2〉参照）。宝暦七年を洒落本が出現した最初とするのは、『異素六帖《いそろくじょう》』『聖遊廓《ひじりのゆうかく》』などに拠るものであり、あるいは明和三年頃の「こんにゃく本」を洒落本の祖としている説もある。

次に作者であるが、明和、安永頃には黄表紙の流行と併行して、著名な戯作者が洒落本にも筆をとるようになり、洒落本はますます盛んになった。そして風来山人《ふうらいさんじん》（平賀源内）、四方山人（大田蜀山）、蓬莱山人《ほうらい》の帰橋その他が現われ、山東京伝によって全盛時代に入った。――洒落本の京伝、浮世草紙の西鶴、読本の馬琴を以て江戸文学の「三大作者」と称せられたのであり、合巻の本家は式亭三馬、その第一人者は柳亭種彦、人情本は為永春水というのが定評であった――。

寛政の禁後の作者では梅暮里谷蛾《うめぼりこくが》、式亭三馬、成三楼、十返舎一九、鼻山人《びさんじん》等があった。この鼻山人は人情本における東里山人《とうりさんじん》のことである。この人の洒落本はむしろ人情本に近いと評せられている。

寛政の禁止で江戸の洒落本は、ようやく衰退をたどるに至ったが、そのうちひそかに刊行されたものには刊記がないのがあるというが、かの「わけもの」の一書といわれている『部屋三味線』なども、その例である。

人情本

人情本は洒落本から移行した小説本の一種で、寛政の洒落本禁令以後これに代って町人の恋愛情事生活を描いたものであった。文政二年刊（一八一九）の一九作『清談峰初花』を人情本の祖といわれているのであるが、文化以後の洒落本中には人情本ともいうべきものがいくつもある。ただその長短によって、わずかに区別があるとみてよい。

書型は中本型であるので、単に「中本《なかぼん》」といえば人情本の代名詞にもなった。厚表紙ものが多く、挿画は一般に密画で洒落本よりも多いのは、それが長編であるための必然的な結果といえるだろう。

流行年代は文政から天保十三年（一八四二）の禁令までであるが、その間で為永春水作の『梅ごよみ』（天保三年）

が出て大いに隆盛を極めた。しかしこの「梅暦《うめごよみ》」は相関連した五部作の総名ともいうべきものであった。つまり、

春色梅児誉美《しゅんしょくうめごよみ》	十三冊	天保3
春色辰巳之園《たつみのその》	十二冊	天保4
春色恵《めぐみ》の花	六冊	天保7
春色英対暖語《えいたいだんご》	十五冊	天保8
春色梅美婦弥	十五冊	天保10

以上一群のものであって、さらに、

春告鳥《はるつげどり》	十五冊	天保9
春色籬之梅《まがきのうめ》	十五冊	天保9
春之若草《はるのわかくさ》	十二冊	天保年間（十二年禁）

この「春告鳥」の一群と前記「梅ごよみ」を以て、春水の人情本の代表作とされている。この天保十年頃が人情本の最盛期だったのであり、作品には為永春水、松亭金水《しょうていきんすい》、梅亭金鵞《ばいていきんが》、東里山人などのものがある。天保五年に完結した曲山人作の『仮名文章娘節用《かなまじりむすめせつよう》』は当り作で、人情本の本質を確固たるものとしたといわれている。天保十三年の取締まりによって、春水・種彦が処罰され、両人ともこの年に死歿している。しかし嘉永元年（一八四八）頃には、再び人情本が流行するようになった。

読本《よみほん》

馬琴の『物之本江戸作者部類《もののほんえどさくしゃぶるい》』（天保五年成立）読本の条には、

今より百餘年以前。世俗なべて冊子物語を「物の本」といいけり。こは物語の本というべきを語呂の簡便にまかせ中略したるなり。そをまた近来は讀本という。書として讀まざるはなかるべきを、稱呼理なきに似たれども、

こはまた故なきにあらず、享和の頃までは童《わらべ》の翫《すさ》びにすなる物、多くは繪なりし事、今の錦繪の如し云々。

と、読本の説明をしている。文を主とした長編小説の書を画本に対して読本といったのである。

浮世草子は八文字屋の専売のようになってすでに久しく、いまや昔日の魅力を失ったとき、特異な形式の奇談集が現われて、人々にまた別な新鮮感を与えたが、その評判につれて模作品が続出して一つの体系が形成される。読本もこの奇談集から転じて、同じような過程を経て大成したものであった。そこで読本の嚆矢とされている近路行者《きんろぎょうじゃ》(大阪の都賀庭鐘《つがていしょう》のこと)作の『古今奇談英草紙《ここんきだんはなぶさぞうし》』(寛延二年)以来、読本は天保の頃まで隆盛を極めた。最盛期は化政度であった。

読本の作者としては曲亭馬琴が第一人者といわれ、そのほかにも一九、京伝、種彦らがある。柳亭種彦は始め読本作者を志したらしいが、自らの才能が合巻物に適していることを悟って、途中からそれに転じたという。また国学者石川雅望《がぼう》も読本を書いた。

読本は早くから現われて、小説として高級な類であった。そして上方に盛んだったのが江戸に伝わっていよいよ盛行し、長編ものが多くなったが、天保期に至ってようやく衰退し、平俗化されて、ついに合巻物に圧倒されてしまった。

合巻本

文化四年の式亭三馬作『雷太郎強悪物語《いかずちたろうごうあくものがたり》』が合巻本の祖といわれているが、だいたい合巻本というのは五丁を一巻とし、これを四巻とか五巻をいっしょに綴ったもので、形態から起こった名である。

黄表紙が長編化の傾向となったとき、すでに合巻本への要求が出てきたことだが、黄表紙は本来がいってみれば漫画的な短編で、必ずしも合巻の形態を必要としなかった。だから黄表紙と合巻本との区別は外形的であった。さらに内容的には、合巻物は、むしろ読本に近いとされているのである。

滑稽本

滑稽本の発生は教訓に基礎を置いて、物語本時代から宗教的その他庶民の教化を目的としたものといわれる。教訓もそれだけでは読むものに無味乾燥となるおそれがあるというので、滑稽に托して書かれたのであるけれども、後には滑稽が独立して描かれるようになった、だから滑稽本には一面教訓が含まれているのが本来の形であるともいわれる。しかし笑いとの点から、これらの類には性的なことが扱われやすく、「埒外本《らちがいぼん》」にもこの名を称しているのがある。書型は美濃四つ折り本が定型、作者では三馬、一九などが著名である。宝暦二年版の『当世下手談義《とうせいへたかんぎ》』が滑稽本流行の最初といわれ、同十三年には『風流志道軒伝《ふうりゅうしどうけんでん》』が出ている。

十返舎一九の『東海道中膝栗毛』初篇が出たのは享和二年であったが、これが当時の人々には大きな人気となった。そこでつぎつぎと続篇を出して、二十一年の長きにわたって第十二篇が文政五年に刊行された。また式亭三馬の『浮世風呂』は、文化六年から九年にかけて四編九冊が出て大いに評判となった書であるが、かかる構想や内容に現われた庶民風俗の描写などには、非常に素晴らしいものがある（解説編〈3〉参照）。ついで『浮世床』の二編四冊ものは文化八年に初篇が出て、ともに有名な滑稽本である。

以上が江戸文芸書の一般的大別と推移である。これらのうちに性的の書も少なくないが、艶本の類はこれに真似て、もっぱら性的な記事に作り替えたものもあれば、あるいはその形式を借りて別に作られた笑い本もある。また、これらの文芸諸書が発生した時代世相を反映して行なわれた艶本もある。

いずれにせよ、本稿にはこれらの埒外本について述べるのが主であるので、文学的正統の諸書については詳記を略する。だが元禄期の「浮世草子」の出現は、好色本を発生させ、ついにわが国最初の出版取締令を発令させるに至り、その後の艶本に大きな関連があるのでつぎにいま少しく説明を加える。

《書　誌》

通不通堪麁軍談《つうふつうかんそぐんだん》　中本十三冊　恋川笑山　安政3
漢楚《かんそ》軍談の翻案艶本で、長編読和の代表的なものとなっている。草双紙形態で安政三年から文久年間までに十三編が出ているが、内容はまだ完結しないままになっている。柳水亭種清《たねきよ》は明治四十一年八十七歳で没したので、文久二年の序にいっているように、この年は三十八歳のときであった。

千種花二羽蝶々　中本三冊　淫水亭開好《いんすいていかいこう》　安政3
絵表紙の草双紙として出たもの。三冊本を別に一本とした読和本もある。大正・昭和にも、活字本でしばしば復刻されているのがあるが、内容は完本かどうか知らない。淫水亭開好は柳水亭種清、中本三冊本は初編安政二年板、二編は安政四年、三編は安政五年で喜楽堂から出たものだった。

合刻両都妓品《ごうこくりょうとぎぼん》　一　享保18
洒落本の祖といわれるもの。

北州異素六帖　二　宝暦7

聖遊廓　一　宝暦7
大阪洒落本の祖という。一名『雪月花』ともいい、大阪新町遊里の描写。

部屋三味線　富岡流女某　寛政年間二
洒落本。「わけもの」の一書。
深川の妓の伝記風のもの、手練手管や閨房のことなども会話として出てくる。

(三) 浮世草子と好色本

仮名草子以後

国文学の勃興と庶民文学の傾向は、「物語物」からやがて「仮名草子」の出現となった。それは仮名文字の優美な草子の総称である。このことは前にもちょっと述べたが、江戸初期文学の一種で、漢字による仏典漢詩などに対して、これは仮名書きの通俗小説である。また従来の貴族的文学に対してこれは近世的、庶民的、通俗的なものであったけれども、なお儒教や仏教による教訓的内容をもっていたのである。そして一般には江戸期・慶長以後に出た小説読物の類、または同様な雑書の意味に云われる総名となっていた。

水谷不倒《ふとう》氏の「仮名草紙」研究には、次のようにいっている。

仮名草紙といふ名称は、元禄頃の俗書に敷見するところにして、その意義は文字の通り仮名文字にて綴られたる書物といふに過ぎざれど、この名称が応用されたる範囲を考うれば元禄書籍目録などにあげたる「かな書」とも異り、さればとて小説とも解し難く、要するに娯楽を旨とせる通俗文学の謂にして、古くは室町時代の小説より寛永以降発行されたる種々の戯作、如儡子《にょらいし》、了意近くは西鶴、一風、都の錦等の作とも一般に仮名草紙と唱へたり。

然るに正徳、享保に到り西鶴以下八文字屋等の作に対しては、当時の風俗を移し、遊里事情などを述べたる関係より別に「当世本」または「浮世草紙」など唱へ、最早仮名草紙と呼ぶものなきに到りしが云々。

仮名草子の流行年代といえば、だいたい慶長から天和の頃までであった。だが「お伽草子」など、短篇通俗小説または読みものとの意味から、判然と区別し難いものがあったから、流行年代も正確には区切れない。

享保六年七月の令には仮名草紙を新たに出版するときには、奉行所に届け出るように命じ、まだこの名が称せられているのだが、やがて「浮世草子」に替わって、いつしか仮名草子の名は絶えてしまったのである。そして初めは木活字本だったのが、寛永以後にはもっぱら板本の仮名草子となった。

また仮名草子の内容的分類では、宗教もの、神仏縁起もの、教訓もの、地本類、恋愛もの、怪談もの、実話もの、模作もの、咄本、名所記ものなどがあると、河原万吉氏は『古書叢話』の中でいっている。これによっても、「仮名草子」は単なる通俗小説とばかりはいえないわけである。

かくして、そのつぎに現われたのが「浮世草子」であったし、そのうちの「西鶴本」や「八文字屋本《はちもんじや》」などから、とくに「好色本」ということがいわれ出したのである。

浮世草子

浮世草子は江戸の元禄時代を迎えて起こった文学の一つであり、井原西鶴の『好色一代男』がこの祖だといわれているが、要するに主として町人社会の生活を写実的に描いた小説一般に対して称したのである（解説編〈4〉参照）。内容からいえば現実的な庶民生活を題材としたもので、庶民文学として台頭し流行したものであった。そして元禄時代には好色物が最も流行し、後には町人生活全般にわたる「世話物」が行なわれたのであり、これらのことは西鶴、八文字屋自笑、近松ものなどの作品年代を見れば、その推移がよくわかる。

またここで知っておきたいのは「浮世」ということ、「好色」との意味、「西鶴本」のこと、「八文字屋本」、「当世本」の称などのことである。

柳亭種彦の『柳亭記』に、

浮世というに二つあり、一つは憂世《うきよ》の中、これは誰にも知る如く歌にも詠みて古き詞《ことば》なり。一つの浮世は今様という意に通《かよ》えり、浮世絵は今様絵なり、浮世の人みな是なり、とある今様（現代風）の浮世だというのである。「当世本」も今風、現代的な本ということであった。

江戸時代となり、永い戦国動乱の世が、ようやく泰平に向かい、疲弊した庶民生活も復興して来たとき、戦国時代の反動もあって庶民世相には現実的自由と享楽の思想が台頭した。そしてかつての憂世観に対して、どうせままならぬこの世なら、いっそ面白おかしく暮らしたがよいとの浮世観に変わったのである。

「浮世」の名称としては、この浮世草子は延宝、天和の頃から、すでにその傾向が現われていたが、天和二年（一六八二）板の西鶴作『好色一代男』が鼻祖といわれ、「浮世絵」は寛文十一年（一六七一）師宣創始という浮世絵師菱川吉兵衛とあるのが、「浮世絵師」の名の最初であったと尾崎久弥著の『江戸軟派雑考』には記されている。また浮世絵の名が始めて文献に現われたのは天和二年であり、貞享四年（一六八七）刊の『江戸鹿子』に、〈5〉参照）。（解説編る。しかし寛文元年（一六六一）には、すでに浅井了意著で『浮世物語』との書もあり、浮世の名が現われている。この書の物語は、浮世坊という坊主姿の男が、諧謔を交えて主君に諫言し、世を諷刺する話の筋なのであるが、この坊主かつては賭博、放蕩などの経験者で、人生の暗い半面を知りつくした者であった。そこで彼の言葉の中には現実的浮世の享楽傾向が相当含まれているとはいえ、まだまだ従来の仏教的厭世観があって、形式的には勧善懲悪を最後に説いている。

つぎに浮世絵のことは後章でさらに述べることとしたいが、「浮世絵」は江戸時代の町人の間に発生し発達した庶民文化の一つで、町人の享楽生活を代表した遊里や風俗を主な題材としている風俗画でもあった。だから、ある人々は浮世絵は「遊女絵」のことだとさえいっている。しかしこれも、従来の絵画が形式的な室内画家による装飾的なものであったり、もっぱら貴族的観賞用のものであったのに対して、これは庶民風俗を描いて現実の健康的、魅力的な「女絵《おんな》」であったりした。だが一面享楽的好色時代の流行であっただけに浮世絵の発展は、さらに遊女から閨房《けいぼう》描写にと進展、情事秘戯の「秘画《ひが》」をも出現させるに至った。そのことでは浮世草子のうちにも「好色本」を出現させ、さらには「艶本《えんぽん》」への推移をたどったのと同様であった。

浮世草子は西鶴の『好色一代男』以後、明和・安永の頃まで続き、内谷的にはおよそ五期に分けられる変遷があるとして、『古書叢話』には次のように述べている。

第一期は西鶴中心時代であって、年代よりすれば天和二年から元禄六年までである。

第二期は西鶴模倣時代であって、年代よりすれば元禄七年以降、元禄十四年までである。作品よりすれば西鶴没後、八文字屋本『傾城色三味線《けいせいいろじゃみせん》』が出版されるまでであって、特色ある作家や作品はほとんど現われなかったが、徒らに西鶴を摸倣して「好色」の二字ある書名の続出した時代で、露骨な性的描写に堕した作品が多かった。

第三期は八文字屋本出現の初期である。年代よりすれば元録十五年から正徳元年まで、作品よりすれば『色三味線』出版の時、以降八文字屋の主人自笑と、お抱えの作者江島其磧《きせき》とが不和となって、其磧が独立して書肆《しょし》江島屋を始めた時までに当たる。

この時代に入って西鶴の作の如く一章々々が断片的な感じある構図が、次第に変更して小説的展開を示す技巧の台頭したことが特色であろう。

第三期以後其磧の永眠までを第四期とする。年代よりこれを云えば正徳二年以降、元文元年までに当たり、作品よりすれば色三味線、曲三味線の如きいわゆる「三味線もの」から一変して、姑気質《しうとかたぎ》、息子気質の如き「気質物《かたぎもの》」の全盛時代である。

第五期は浮世草子の没落期であって、年代よりすれば元文二年から安永末期までである。

という。

したがって「浮世」との名が現われたのは万治の末、寛文の初め頃からであった。そして八文字屋が『傾城色三味線』を出した元禄十五年（一七〇二）頃、八文字屋は「浮世本」の名取りとうたわれた。さらに享保十三年（一七二八）頃には、譬喩《ひゆ》教訓的読みものの『田舎荘子《いなかそうし》』『商人夜話《あきんどやわ》』などの類が出て、これらは「浮世読本《うきよどくほん》」とも呼ばれた。

好色本への発展

ここでは好色本のことを述べたいのであるが、この名は時代的に内容に対する意味を異にして、かなり広い範囲に称せられているのである。性的な意味をもつ文芸書である点では違いないのだけれども、表現の形態においても、あるいはその受取方にも、時代によって大きな差違のあることを知らねばならない。

要するに好色本との呼称は、艶本の条にも掲げたように「笑い本」から「艶本」に至るそれらの書の総名としての一称であるともいえるのである。しかし文学的にこの名が最も流行したのは「西鶴本」を中心とした浮世草紙時代である。このことについては仮名草子以下にそれらの推移を述べたが、もっと前からの好色本と時代世相との関連を見ると、一般に好色といわれているものは、純情な恋愛以外の遊びの情事なのである。歴史的には王朝時代の貴族階級にも起こっているが、それはむしろ自由恋愛の変形でもあった。だがやがて庶民文化の勃興につれて、ここにも現われている。そして、これらは多く戦乱後の太平時代に発生しているのであって、単なる平和で幸福な生活時代というのではなく、混乱と矛盾を意識した現実的世相の間に起こっていると思われる。

だから、視点を変えていえば、遊興的情事の盛行は、人間が希望的な働きに生命をかけるというよりも、現実の世間に性欲を行使しようとするものである。もちろんそれらは時代風俗によって、さまざまな形態を表わしているが、従来の文学史においてはその他一般の史学におけると同様に、概してその記録は貴族上層階級のことにかぎり、庶民下級階層のことにはあまり触れていない。したがって好色文学のことも花やかな虚飾された面が多く、切実な現実的社会に起こった好色ものは、ほとんど語られていないのである。

それにしても、今までに伝えられてきた文学的諸相は、以前のお伽草子時代が江戸の庶民文化の進展とともに、仮名文字の普及によって仮名草子の出現となり、一面には板木印刷が漸次進歩して草双紙や浮世絵と共に、元禄の世相を反映して仮名草子は浮世草子に代わり、西鶴の作品などから従来の伝統を破って庶民生活の写実的物語が現われるに至ったのである。好色の傾向は徳川の太平の世となったことはもちろんであるが、慶長八年の出雲阿国による女歌舞伎の出現、三味線の流行と踊りの勃興、そして武士の豪奢遊蕩が始まり、それに対して町人の台頭と経済事情の変化などがあり、いわゆる元禄時代を出現したからなのであった。その好色趣味は、さらに江戸末期の文化・文政時代

図3　好色一代男（天和2年、挿絵）

には、町人文化の爛熟退廃期を迎えて一段と顕著のものとなったのである。よって、つぎにはこれらの普通の文学諸書をいま少しく詳記しながら、好色本の推移を見ることにしたい。

八文字屋本

浮世草子における好色本は主として文学的に描かれた恋愛情事読みものだったが、後には行房秘戯を描いたもの、あるいは色道指南書といったものなども好色本と称せられた。それにしても西鶴の好色本以後、八文字屋本には大分露骨な描写読みものが出された。まず八文字屋の出版経緯を記してみよう。

書肆八文字屋の見世は京都麩屋町誓願寺下に在り、慶安年間から存在していた浄瑠璃本屋であった。自笑（二代目）の代となって八文字屋の名をあげたのは、じつに元禄十二年刊の『役者口三味線』からである。

自笑の姓は安藤、通称八左衛門といい、元禄から享保年間に活躍し、いわゆる八文字屋本の名を残したが、延享二年（一八四五）八十八歳で没した。

八文字屋からは多くの評判作を出したけれども、それに自笑と署名があっても、実は江島其磧や多田南領の代作が多く、其磧は事実上八文字屋の有力な協力者であった。『役者口三味線』が時好に投じて、大きな当たりをとったので、いよいよこの作者江島其磧を八文字屋の専属作者とすることとなり、其磧も従来の浄瑠璃本作者から転じて、小説風の作を書き始めた。

その後自笑の子其笑《きしょう》（三代目）、孫の瑞笑《ずいしょう》（四代目）も共に自笑の名を襲《つ》いで浮世草紙を出したが、その間二代目自笑と其磧の間に不和事件が起こり、其磧は一時八文字屋を離れ、独立して江島屋書肆を営んだ。しかしすでに名の売れていた八文字屋に対抗してやっても経営は思わしくゆかなかったし、いっぽう自笑の八文字屋では作者の其磧に逃げられて後は、自笑自身作者となって出版を続けたのであるが、これもうまくはゆかなかった。そんなことから、ついに双方和解したけれども再び以前の繁昌にはもどらなかった。そして元文元年（一七三六）其磧は七十歳で没して

図４　役者口三味線

しまったから、その後はもっぱら多田南領が代作に当たっていたが、八文字屋は漸次衰退に傾き、宝暦頃には大分経営が困難となり、板木一切を大阪の書肆桝屋に売り払って、わずかに役者評判記を刊行するようになったといわれている（八文字屋のことは『新群書類従』七巻に詳しい）。

さて、この八文字屋が名を売り出した最初の出版は『役者口三味線』（三冊元禄12）であり、これによって其磧は八文字屋の専属作者となり、次に出した第一作は『傾城色三味線』（五冊元禄14）であった。これで八文字屋の浮世草紙が発足したことになるが、元禄・宝永にかけて出たこれらの三味線本は、後に「七三味線」が代表となったが、さらに名作三味線ものを加えて「八三味線」の名もある。

①役者者口三味線　三冊　元禄12
②傾城色三味線　五冊　元禄14
③傾城連三味線　五冊　宝永2
④傾城歌三味線　五冊　享保17
⑤傾城友三味線　五冊　享保18
⑥傾城継三味線　五冊　宝永年間
⑦傾城二挺三味線　五冊　〃
⑧風流曲三味線　六冊　〃

種彦の「浮世草子目録」には、右のうちの①を除いて七三味線と称し、次の一書⑨を加えて八三味線としている。

⑨傾城伽羅三味線　五冊　西沢朝義　宝永6

そのほか江島屋本の三味線ものとして

⑩傾城新色三味線　五冊　享保3

というのもある。

図５　風流色三味線（祐信画）

このようにして八文字屋は宝永七年の『傾城伝受草子《でんじゅぞうし》』が出て以後、正徳四年頃まではもっぱら八文字屋自笑の署名で出版していたが、正徳四年に自笑と其磧との間に不和を生じ、ついに分裂するに至った。独立した其磧は、その子の江島屋市郎左衛門の名で別に板元江島屋書肆を始め、ここから最初に出したのが『役者目利講《めききこう》』で、其磧はその中で、これまで自笑の作として出ていたものは、悉く自分の作だったことを暴露して八文字屋に挑戦し、次々と多くの作を出版した。それらの中には

世間息子気質　五冊　正徳5
世間娘気質　五冊　享保1
役者不断容気　五冊　享保3
寛闊役者片気《かんかつやくしゃかたぎ》　二冊　享保3
世間手代気質　五冊　享保15

などがある。しかし、それで両者の得になることは何もなかった。そこで享保四年春両者は再び和解し、今度は二人の連名で『役者金《きん》化粧』を出したのであるが、八文字屋は、この後も再び往年の隆盛を取りもどすことはできなかった。

それにしても「浮世草子」と「八文字屋本」との関係は見落とすことの出来ないものがあり、「花街本」の細見や評判記類の新しい形式への発展をうながしたことも、確かな事実である。また江島屋は、前記のような「気質もの」流行の先鞭をつけた。

それからいま一つ、八文字屋の「浮世本」は評判につれていっそう性的描写など露骨さを加えたといわれているが、いわゆる「八文字屋本」と俗称されている〝遊び〟に関連した色道の解説書ともいうべき書物を、いくつか出していたらしい。

そして元禄頃には好色「浮世草子」がおびただしく刊行され、後年の「艶本」と同列視されているものが少なくな

い。書目録にも『好色重宝記《ちょうほうき》』『好色床《とこ》談義』『好色旅枕』は、いずれも元禄年間の刊で浮世草紙の分類に掲げられている。『艶色色時雨《えんしょくいろしぐれ》』は祐信画の張形用法の諸相を記しているものだが、美濃半紙四つ折りの横本墨摺りで、八文字屋本の常型のものである。挿画二十余図、丁数百近い部厚な書であるが、これは書目録にも見当たらない。

好色文学史

わが国の好色本や艶本については、部分的な研究発表とか、個々の複刻、紹介解説、書誌解題といったものは、すでに相当あり、ことに戦後には雑誌の特集号として出ているものなどがあるが、「好色文学史」といった系統立って記述されているものは少ない。好色本の解説を集成したものもあるが、単なる集録に過ぎない。研究書であるにせよ、従来はとかく発禁になるからであったからと思われる。

昭和二十四年斉藤昌三著の『江戸好色文学史』というのがあるが、B6判二一九頁の小冊であった。内容は別記のとおりである。その中では、好色文学の流れを五つに大別することが出来るとして、

①主として男女の恋愛（性欲）描写
②笑話・随筆類の好色文学
③演劇案内書（主として姿色の評判記
④花街案内書（主として細見評判記）
⑤枕《まくら》絵・楽事書《らくじしょ》の類

といっている。この⑤が秘画艶本に当たる。古い書物目録には「楽事」の区分事項が別にあって、その種の書物を載せていたが、後にはこの項目を設けなくなったとあるのをみたことがある。宮武外骨著の『猥褻風俗史』には〝猥せつ絵本の初めて刊行されしは明暦元年の楽事秘伝抄なるべし〟として『楽事秘伝抄』の書名があるし、〝『修身演義』一冊、一名「人間楽事」春画訓本のはじめなるべし〟と柳亭種彦の好色本目録にも楽事の名が見え、性愛秘戯のこと

を意味している。

ところで『江戸好色文学史』は、

第一章　仮名草子時代から浮世草子・江戸小説時代

第一節　恋愛物――恨《うらみ》の助、薄雲物語等十七種

第二節　教訓物――七人比丘尼、浮世物語等六種

第三節　笑話物――醒睡笑、独寝等十六種

第四節　旅行紀文学と名所記と川柳――竹斎、徳永種久紀行、色音論等十一種

第二章　稚児物と野郎物

第一節　稚児若衆に関する仮名草子――醜道秘伝、催情記等九種

第二節　若衆歌舞伎と野郎評判記――剥野老、役者丸裸等九種

第三章　花街物

第一節　序説――増り草、吉原恋の道引、色三味線、色道大鏡等三十種

第二節　物語と諸わけ物――そぞろ物語、あづま物語、こそぐり草等二十一種

第三節　細見と評判記――桃源集、満佐利久佐等十二種

第四章　あぶな絵その他

第一節　艶画の大意

第二節　雑録

となっていて、それらの書の解説をしているのであるが、艶本については雑録の条で数種の書名を挙げているだけであった。

《書　誌》

浮世物語　五冊　浅井了意　寛文1

仮名草子、寛文十年には『絵入浮世ばなし』として再版、宝暦七年には『続可笑記』と改題の刊本となった。書名に「浮世」の文字が現われた最初の書ともいえる。

浮世坊という男、始めは瓢太郎といって、若い頃には飲む打つ買うの道楽三昧に身をもち崩し、ついに剃髪して浮世坊と名乗り、僧形となり諸国を行脚、名所旧跡を訪ね、ときには医者に化けて種々の失敗を重ねるが、後に大名に仕えてお伽衆となり、滑稽に托して諷刺諫言を行なう。最後には仙術を学んで、いずれともなく行方知れずになるといった物語である。だが浮世物語とはいえ、ここにはまだ、以前の仏教的勧善懲悪思潮が残っている。またこの物語には「旅日記」的道中物語も加味されていて、当時浅井了意が道中記に関心をもっていたことがうかがわれる。

浅井了意。名は松雲、字は子石、静斎と号し国学者で和歌および物語の註釈書、また軍記および地理に関する著書が多い。宝永六丑年九月二十七日没、享年七十。一説に仮名草子の「東海道名所記」(万治年間)等の著者(「作家人名辞書」)。

好色重宝記　元禄年間

未見不詳だが、「小説書目年表」浮世草子の部に『好色重宝記』四冊桃鄰《とうりん》堂との記載が見えるのはこれであろうか。

好色床談義　絵入半紙本六冊　元祥2

本書の序に――好色重宝記、好色旅枕、この床談義、右の三部を引合せ見るときは、好色の一道においてくらきことなし、さるによって此三部を合せて好色三部の書とも名付申候――とある。五巻までは各階層の女の好色とて秘具秘薬の用法などを附記し、六巻は秘戯御法の諸種、養生書風の記である。

好色旅枕　横本小一　元禄8

好色三部書の一。この書は貞享年間に出た上方本を元禄に再板され、江戸板ともいわれる。また古山師重画とあるが、序文の躍鶯軒とあるのは石川流宣の号にもこの名がある、この関係未考。

修身演義（修真語録演義）　鄧希賢

漢元豊三年巫咸修真語録を武帝に進むと序文にあり、わが国にも夙に知られた書。種彦目録に修身演義一冊、一名人間楽事とあるのもこれであろう。内容は棄忌当知、神気宣養、房内霊丹、炉中宝鼎、男察四至、女審八到、玩弄消息、鼓舞心情、淬鋒養、演戦練兵、制勝妙術、鎖閉玄機、三峰人葯、五字真言、搬運有時、全義尽倫、采煉有序、回栄接朽、還元返本、種子安胎などとなっている。

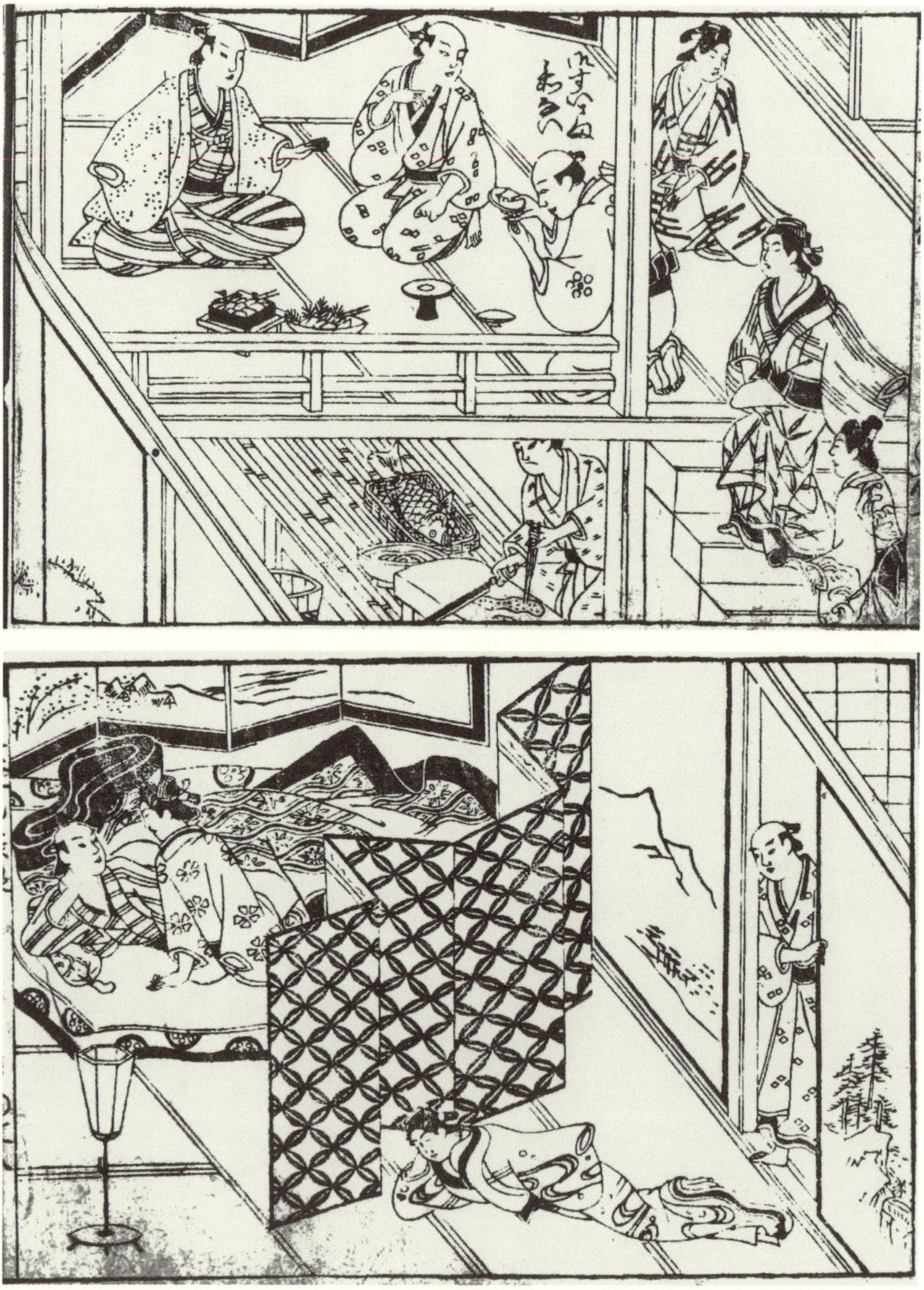

図６　傾城色三味線

（四）性文化と遊里書

遊里と文芸書

江戸の吉原は町人の趣味の社交場であり、女は芝居、男は遊里が唯一の享楽機関であっただけに、江戸の町人文化は遊里が発祥地だとさえいわれた。そしてほとんどの文芸書で遊里を題材としていないものはなかったくらいである。吉原は寛文八年（一六六八）頃までは武家の遊客が主だったけれども、その後元禄六年（一六九三）幕府は歴々の悪所への出入りを戒めた令を発し、吉原はようやく町人の舞台となった。そして通人粋人の町人が遊芸を楽しみに訪れたが、しょせん遊里は売春の巷であった。

新興の土地はその当初においては、ほとんどが料理飲食店と娼家とによって繁栄した。売春は代償を目的とした稼業であり、通常の恋愛関係によらない性的な遊びなのである。そして男は性欲の満足をえるために常に買い手となって、簡単に金銭で取引ができ、後くされがないのと、さまざまな女を相手にできるなどのことから遊びが絶えなかったのである。しかし売春は浪費と社会的風俗に害があるとして、取締まりの対象となった。

遊里の組織、業態、娼婦の形態種類、売春の歴史、世相と遊客など、遊里書にも多くの種類があるが、文芸書以外の遊里研究書そのほか特殊な性的関係ものについて記すことにする。

細見と評判記

文学に「浮世草子」が起こった元禄時代は、確かに社会風潮が一変して、武家の奢侈遊蕩が興り、庶民にも享楽の風が盛んになってきた。もとより経済的な関係があったことも事実だが、思想的にも大きな変革が起こっていた。以前の憂き世が浮世の名に変わったことでもわかるけれども、この頃には現実的、享楽的な傾向を現わして、好色ということは遊びを意味することでもあった。

わが国の「遊女」の発生には、歴史的にも形態的にもさまざまな説があるが、江戸時代における顕著なものでは、阿国女歌舞伎の出現によって盛んになった遊女歌舞伎が、遊女の顔見せ客引きの手段でもあった（解説編〈6〉参照）。また歌舞伎に関連して流行した素人娘の「踊子」は、やがて市中の売女となり、後年の町芸者の祖となったが、その他湯女風呂の湯女も、かねて地方の温泉地に存在した遊女湯女をまねた「町湯女」であり、寛永十年頃からは立派に娼婦化している。街娼の「よたか」も、元禄十一年九月の江戸大火から起こったという。

そこで徳川幕府が吉原遊廓を定めて、これらの娼婦をここ一カ所に収容し、その他の場所の遊女を一切禁じたのは元和三年（一六一七）三月で、吉原の開業は翌元和四年十一月からで、わが国の公娼制度はこのときに始まった。吉原許可の「元和五ヶ條覺書」には

一、傾城町の外、遊女屋商賣致すべからず。竝に傾城町圍いの外へ、何方より雇來り候とも、先々へ傾城をつかわし候事向後一切停止たるべき事。
一、傾城買遊び候者、一晝一夜より長逗留致すまじき事。
一、傾城の衣類、總縫金銀の摺箔等一切着申間敷事。但何地にても紺屋染を用い可申事。
一、傾城町家作普請等美麗に致すべからず、町役は江戸御町格式の通り急度相勤可申事。
一、武士、町人體の者に限らず、出所たしかならず、不審成者徘徊致候はば、住所吟味致し、彌々《いよいよ》以て不審なる者に相見え候はば、奉行所へ訴え出べく候事。

右の通屹度可相守（も）の也。

元和三年巳年三月　　奉　行

というものであり、第一条によって今後は吉原以外には遊女屋商売はできない、また吉原以外の地に遊女の町稼ぎも

一切許さない、といって、踊子や湯女の売色もできなくしたのである。

これら遊里花街のことでは、古今を通じて、売春の歴史とその各種形態のこと、娼婦の種類名称のこと、娼家の発生、その構成と発達、各種形態の諸相、遊里の発生、制度、風俗などのこと、遊客の諸層、遊びの風俗などのことがあり、「遊里花街書」は頗る広範囲にわたって非常に多くの書物が出ている。ことに元禄時代以後江戸の後期に向かって、町人生活の勃興とともに江戸庶民の唯一の享楽は〝男は遊里、女は芝居〟ともいわれた。遊里は江戸の町人にとってただ一つの趣味の社交場であり、ここだけは武家も町人も平等に扱われ、江戸の町人文化の発祥地は実に遊里であったとさえもいわれるに至った。

遊里書として、まず初めに起こったのが、その案内書としての「細見」であり、また品定め評書の「評判記」であった。

「細見」はいわば遊里の案内書で、旅に関する道中記の出現と同様、遊里書もまずこの案内書から起こった。その形態では、現今各市内の町に行なわれ街頭の一角に掲示されている町内案内図のようなものであった。それが文字によって妓院の位置、屋号、妓名などが記され、廓内の一般茶屋、店舗まで記されるようになった。そして後の細見には各娼家と茶屋だけが記され、妓の種別、揚代等が符号で記されるようになったり、幾多の変遷がみられた。これも最初は妓の「名寄」といい遊女の名簿であった。

細見ものの祖といわれているのは、寛永十九年（一六四二）夏頃の記という『あづま物語』であるが、これは元吉原時代の見聞記で、その物語のうちに遊女の名寄せが掲げられているからである。京都の八文字屋が浮世本の出版を始めての第一作『傾城色三味線』（元禄十四年）枕本五冊は、京の巻、大阪の巻、江戸の巻、鄙の巻、湊の巻の五巻ものであるが、各冊巻頭には遊女の名寄を掲げている細見風評判記ともいうべき新形式の読みもので、当時はこの遊女名寄が相当魅力となっていた。

これらのものがようやく「細見」の体裁を備えて現われたのは元禄以後といわれ、前にも記したように始めは廓内の一般商家まで記入されていたのが、安永頃からは遊女屋関係の家以外はいっさい略されて載らなくなった。書型も初め横本形式であったのが、この頃から竪本に変わった。そして享保以後、安永・天明にかけて細見は毎年春秋二回に発行され、細見売りによって読み売りされていた。江戸日本橋の地本問屋蔦屋重三郎の店が、この吉原細見の出版元として専売のようになっていたのは、重三郎が以前廓内に住み細見の刊行を考えだしたものだったからである。これについて『花街風俗志』は次のように記している。

蔦屋の口碑によれば、享保三年通旅籠町《はたごちょう》の呉服屋大丸屋の主人彦右衛門が、始めて江戸に支店を出した時分ゆえ、自ら行商となって廓内にある仲ノ町の茶屋蔦屋重三郎（通油町の書林蔦屋と同家）方を出張所と定めて、日々妓楼に出入して商業を営んでいた折、ある時彦右衛門の話に、名古屋の遊廓では一枚摺の遊女名前付を商いして利益を占めた者があると、このことを耳にした重三郎は早速その話からの考案で折本仕立の細見を作り、定価六文で売出したのが享保六年、引続き発行したので細見蔦屋と呼ばれるようになった。

これによって吉原細見の発生がわかるが、初めは折本仕立だったといっている。

また細見の最初ともいうべきものは『吾妻物語』（寛永十九年）、元吉原遊女の名寄で挿画を添え二十五丁の中本。京都板屋清兵衛開板、新吉原に移ってからは『吉原かがみ』（万治三年九月うろこ形屋板）、『吉原根元記』（寛文六年）、『吉原讃嘲記』（寛文七年）、『吉原大雑書』（延宝三年）等多く、延宝八年頃から一枚刷が出、評判記仕立との二種がある。宝永二年に出たものには妓楼の紋所、家格の全部を記し享保二年に第二の変遷が起こった。享保六年仲ノ町茶屋蔦屋重三郎が折本仕立の細見を工夫して出した。八文字屋の『傾城新色三味線』（大判二つ切横綴）正徳二年板、巻首から二十五葉までは江戸吉原女郎総名寄を記し、枕本形細見として他に類のない一種である。

ともいっている。

細見および評判記については石川巌著の『軟派珍書往来』（昭和三年）に詳しくされているし、同氏の雑誌『奇書珍籍』第三冊特集「吉原号」には「吉原細見年表」があり、大久保葩雪編『続吉原書籍目録』（明治三十九年新群書類従七）には細見書目が載っている。

昭和三十九年一月増刊号の『国文学』（日本文学と遊女特集号）中には、中野三敏氏稿の「遊女評判記と遊里案内」として詳しい記事が載っている。また現在「細見」ものの蒐集と研究者としては著名な向井信夫氏がある。

次に「評判記」というのは遊女の評書で、それぞれの遊女の名を列ねて世間の評判を記した、いわば遊女の品定を書いている書であった。しかしこれも後には容色、情操、芸能だけでなく、手管の巧者、もののよしあしなどまで記したものが現われ、好色味を加えた読みもの風となったものは、好色本や洒落本へ移行し、いわゆる「わけもの」の種類を出現させている。

評判記は明暦（一六五五）頃から現われ、初めはこれにも巻首や巻末に遊女名寄之部として妓名を掲げていたというから、遊里の案内書というわけで、「細見」とほとんど同時代に起こり、「細見」の方は主として地理的に遊女屋と所属の遊女名を記したのに対して、「評判記」では妓品、容姿、芸能を主としたものであった。

しかし評判記が行なわれるようになってからの書物には、そのほか「役者評判記」「娘評判記」「商家評判記」といったような、「評判記」ものの流行が起こり、さらに盛り場の「繁昌記」ものの流行を招来するに至った。

明暦元年（一六五五）刊の『桃源集』一冊は島原遊女の評判記であるが、評判記中最古のものといわれている。評判記は明暦・万治に多く出始めたが、明暦三年には稚児ものの『催情記』一冊が出たのは注目される（解説編〈7〉参照）。元禄七年（一六九四）には『吉原草摺引』が出て事件を起こしたが、これも評判記で吉原の噂その他を書いたのが不届きな振舞いだというので、作者板元そのほか関係者四人が入牢、板木は奉行所へ没収されてしまった。このことがあってから後、数年間は他の吉原本もほとんど刊行されなかった。

元禄十二年の『役者口三味線』は役者評判記で、これは浄瑠璃本屋であった八文字屋が浮世草紙の版元に転向する動機となった本であった。そして同じく十四年刊の五冊もので『傾城色三味線』では、評判記風の小説として、その中に「遊女名寄」を入れた新工夫ものであり、作者の江島其磧が、浄瑠璃本作者から転じて八文字屋の専属作者となったときの第一作だったといわれて、これも当たり作となった。

正徳・享保と年を経るごとに、細見や評判記の類書はようやく多くなったのであるが、宝暦（一七五一）以後は細見だけで、評判記は漸次洒落本へ移行した。

宝暦年間、吉原遊廓の事情にはかなりの変化がみられた。武士の廓遊びは享保以来漸次低調となり、町人の遊里化が現われてきた。宝暦の始めからの「芸子」が十一年頃には「女芸者」として独立したし、「揚屋茶屋」も全くその姿を消してしまったのである。

市中には「踊子」の売女がかなり盛んになり、「岡場所遊里」も勃興の傾向を強めてきた。街娼の「よたか」、男娼の「かげま」などが最も盛んになったのも、宝暦である。「水茶屋女」の娼婦化と水茶屋の店が常設的構えになったのも、この時代である。

宝暦七年一月に出た江戸版の『異素六帖』と、六月に出た大阪版の『聖遊廓』とは、いずれも遊里を描き、これが「洒落本」の祖とされている。

以上のように「細見」と「評判記」とは遊里書の基本的なものであった。しかし、芝居と遊里が江戸の庶民にとって唯一の享楽機関であり、武士と町人との格式、身分を越えて楽しめる所となっていたことや、遊びと好色の風潮などから、遊里に関する書物は頗る広範囲にわたって、さまざまな形のものが行なわれだしたため、これらを一括して「遊里書」として語られるようになった。そして「好色本」読み物とともに、性的秘戯書も出現し、延宝六年の畠山箕山《きざん》の『色道大鏡《しきどうおおかがみ》』など遊里事情を伝えているもの、石橋真国の『かくれ里の記』（天保十五年）、石塚豊芥子《ほうけし》の『岡場所考』（安政四年）、また天保九年頃に出た『岡場遊廓考』など、「岡場所」関係の記録的な書物も出た（解説編〈8〉参照）。

明治以後の初期花街遊里書は、やはり遊び方の案内書といったものが多いが、その後漸次研究書が多くなり、あるいは風俗的記録ものといった類が増加して来た。明治以降近代の遊里関係書目録として知られているものには、

花柳文化研究資料　花園歌子　昭和5
花街書誌目録　中野栄三　昭和10
花街売笑文献目録　永見・市川　昭和11

などがあり、昭和四十年四月刊拙著『遊女の生活』（雄山閣発行）には「遊里語と遊里書」として二十六頁にわたって諸書目を掲げてある。また昭和四十三年六月刊の『廓の生活』には明治元年から昭和三十一年「売春防止法」成立までの「遊里年表」稿を掲出した。

吉原本

柳亭種彦の『吉原本目録』は、だいたい宝永（一七一〇）以前の刊本だけの書目録で、これには五十五書目が収録されているのであるが、ここにいう「吉原本」とは遊里書の意味であって、必ずしも吉原遊廓のことを書いた書に限らない。各地の遊里関係の書というわけである。

これが活字化されたのは、明治三十九年に出た『新群書類従』第七書目の巻に「吉原書目録」として収められたのが初めてだという。さらに同書には大久保葩雪編の「続吉原書籍目録」があり、前書以外の書目百二十種を掲げているが「細見」ものが多い。

大正九年石川巌氏編の雑誌『奇書珍籍』第三冊特集「吉原号」には、

細見と評判記、仮名草子と浮世草子、歌曲、絵本、俳諧と狂歌、川柳、洒落本と黄表紙、吉原細見年表。

などのことが記されているが、また同氏著の『軟派珍書往来』（昭和三年）というのも、これに追補した同種の書であった。

吉原本はかくて遊女名寄《なよせ》の形式から細見もの、評判記もの、繁昌記ものなどとなり、さらに洒落本、黄表紙、その他の読みものに進展したいっぽう、わけものの種類を発生したが、そのほかにも『色道大鏡』や『岡場遊廓考』のような記録的な書が行なわれた。

これらの諸形式は明治時代に入ってからも遊里書の諸書に繰り返されたが、概して明治初期においては遊里の各種制度とか、遊びについての通人案内書といった傾向のものが多く現われ、ついで芸者に関する諸書が出ている。それから、やがて遊里の一般にわたる研究書が行なわれ始め、さらにそれが細かく分かれて、各事項ごとに詳しく記録される傾向になってきた。このことは明治以後の遊里花街書目を見れば明らかで、遊里研究は風俗と共に時代世相の変化を見る上にも、大いに重視されている。

わけもの

遊里書の一つに「わけもの」の類がある。江戸文芸書などにはしばしば「わけをたつる」とか「わけ知り」といった言葉が出てくるが、その「わけ」の類書を総称して「わけもの」というのである。『古語辞典』に、「わけ」色事。「わけをたつる」埒をあけること、男女の交りをする。「訳里《わけざと》」色ざと、遊里。「わけ知り」粋人。などとあり、「わけあり」（情交関係）の言葉もあるように、これは情事語であるが、書物としては遊女の手練手管、稼業上の性的秘戯を記しているもののことで、遊びと遊里のことを主として書いた「洒落本」中に、これらの書がある。

斉藤昌三著『江戸好色文学史』には「物語と諸わけ物」として次の諸書が載っている。

そぞろ物語、あづま物語、こそぐり草、空直《そらね》なし、寝物語、吉原鑑《かがみ》、新町おかし男、吉原伊勢物語、仁世《にせ》物語、高《たか》屏風くだ物語、たきつけ、もえぐい、けしずみ、浪花鉦《かね》、古今若女郎衆序、長崎土産、都風俗鑑、朱雀諸分鑑、朱雀遠目鏡《とおめがね》、朱雀信夫摺、島原大和暦。

わけ物に書かれているのは、遊里における情事秘戯であり、いわば遊女の秘伝に属することであるから、よくよくの真夫《まぶ》でもないかぎり、めったにその秘伝を語ることではあるまいが、結局は遊び馴れた通人などが知りえた秘事なのであるし、男がのぞいた女の世界の秘事ということになろう。

普通の情事とは異なり、売色を稼業とする遊女が、さまざまな客を相手にすることであるから、表面には充分情をもたせて、いかにも好いたらしい様子とか、女の真情を現わしたかに見せながらも、実は早く埒あけさせて自分はなるべく遂情を避ける秘法を必要とした。

俗に「とっぱずす」とか「落ちる」という遂情のことも、玄人と客の間に行なわれれば仲間には玄人らしくもない恥とさえいわれるのである。そこで相手の客だけにはいかにも自分が喜悦したように「ふりを付ける」のであった。『こそぐり草』には、

寝とうはあれど、はづかしいと云わず、ふりにもつべし。

といっている。これは「床をつける」場合の手管《てくだ》なのだが、艶本の『春情花朧夜《しゅんじょうはなのおぼろよ》』（解説編〈9〉参照）には、

随分とゆきついたふりをして云々。

と「落ちた」ふりのことをいっている。またその際の叫快の様もあり、それを『好色旅枕』では「鳴女《なきおんな》」といっている。小咄には、

夜鳴きするので近所でも評判の女房、一度そんな女と会ってみたいと、いろいろと手を廻して亭主を口説き落とし、ようやく女房を借りることになって亭主には成田詣りの旅をさせた。さてその夜が楽しみと女房のところへ出掛けてみたが、案に相違して一向に泣きもせず、何の変哲もなかった。不思議だと思ってよくよく聞いてみたら、泣くのは亭主の方だった。

という滑稽な話が載っている。川柳にはまた〝ぎょうさんなよがり仈を吹き出し《いだ》〟などの句もあり、度の過ぎた鳴女は「床騒がし」と称して下品とされた。

『部屋三味線』には、

今は床よしでなくては流行《はや》りません。

と一は顔、二に床、三に手といっている。この書は寛政の頃の状況を記しているもので、遊びも現実的になっている。その床のよしあし、あの手この手と客の喜ばせ方には複雑さが加わってきた。下湯、下苅り、はさみ紙、それらはやりて婆々アが訓えたけれども、そのほか嬌声や裸寝も妓それぞれの知恵で売れっ妓の順位がきまったのである。「わけもの」の書には、艶本読みものとは別に、こうした秘事が伝えられている。『遊女の生活』（昭和四十年刊の拙稿）中にも、そのことはやや詳しく述べておいた。

衆道もの

戦乱の後には、よく衆道《しゅうどう》（男色）の流行がある。生活の中で禁欲がしいられたり、男女の性生活の均衡が破れるような世態のとき、錯倒性欲の現象として起こるとされているのだが、衆道関係には愛情の点などで複雑なものがある。応永年間（一四〇〇）頃のものといわれる『秋の夜の長物語』は実に男色本の初めであろうとされているもので、これには元和の活字本と寛永十九年の印本、万治・寛文頃の絵入本、正徳六年の新板の四種があると『種彦目録』には見えている。そのほか『松帆浦物語』『鳥部山物語』（応永〜応仁）、『嵯峨物語』（文明年間）など古い物語本の中には、しばしば男色物語が出てくる。

戦国時代を経て徳川の世となった当初においても、武将間には若衆愛好の風俗が大分盛んであったらしく、そうした風潮はやがて下級武士その他にも広まっていったようである。慶長八年（一六〇三）出雲お国が初めて女歌舞伎を興行して大いに評判となったというが、若い女の一団がひと目を引く伊達姿で、あるいは女だてらにあられもない男装をしたり、時には艶情の場面を見せたりしたからで、歌舞伎といっても手踊りや流行唄に合わせた踊りが主であった。

図7　衆道もの

これは戦後現代の女性風俗が、はなはだしく挑発的となり、女性の魅力を見せつけるような傾向を示しているのと同様だと思われる。戦争によって男色風俗も流行してはいるが、それ以外にも永い間の戦争によって青壮年の男女人口がアンバランスとなったばかりか、女の愛情を忘れ、荒びた男たちを再び女の手に取りもどそうとする本能的欲求の発露だといわれる。出雲お国の女歌舞伎の出現にも、同じような時代風潮があったのではなかろうか。

とにかく江戸時代初期には「稚児《ちご》物」「衆道物」が盛んになった。しかし男色が文学ものに扱われるようになったのは、平安朝末期頃からだといわれる。そしてこれらが書物として板行されて流行をきたしたのは、江戸前期のことであった。

男色はまた衆道、若道、若衆道（『男色大鑑』）、などとも呼ばれ、男色者を「若気」（にやけ）ということは『古事談』や『昨日は今日の物語』に見え、その男役の方を「念者」といった。

衆道関係者を「義兄弟」「地兄弟」などと呼び、『色道実語教』では「兄弟」といっている。

一般に衆道の相手となる者を「若衆」「野郎」「蔭間《かげま》」など称しているが、これにも「舞台子」「色子」「新部子《しんへこ》」「蔭子」「飛子《とびこ》」「旅子」など種々あり、芝居の若衆から出た名なのである。

本来一般に若衆というのは、まだ前髪のある元服以前の少年である。前髪がとれると野郎といった。だが一般には若衆は若者の意に用いられた。寛文九年（一六六九）大坂新町遊里富士屋では「若衆女郎」というのを売り出して評判になったが、これは女郎に若衆姿をさせて店に出したものであった。つまり男装女郎であったわけであるが、男装した女にはまた特別な魅力があるともいわれるけれども、この若衆女郎の下級妓は、男色好みの客もとったと『色道大鑑』はいっている。

同じ頃江戸の岡場所には「若衆屋」が存在して禁止されているが、江戸の「蔭間茶屋」が全盛したのは宝暦（一七七〇）前後であった。そしてこの時代「蔭間」は芝居の若衆とともに茶屋において武士や僧侶客以外にも、御殿者や後家の相手も勤めたから、必ずしも衆道には限らなかったのである。それにしてもこの蔭間は客の座敷を勤める専門の若衆で、「蔭間茶屋」というのがあった（解説編〈10〉参照）。

古い絵画で見ると、この若衆は前髪をつけ、長袖の着物を着たりして、若い娘の姿と変わりなく、三味線を持ち踊る有様は女と区別がつかないくらいである。承応元年（一六五二）には江戸で若衆歌舞伎が法度になったが、慶安元年（一六四八）には若衆狂いの禁令が出ていたので、この頃には男色の風が盛んであったらしい。芝居に出る若衆を茶屋に呼んで遊んだところから、風俗が乱れてきたというので、ついにこれを禁じ、若衆の前髪を強制的に剃り落とし、野郎頭にしてしまったから、世にこれを「野郎歌舞伎」と称した。しかし、前髪を剃られて野郎姿にさせられたのを隠すために、やがて「紫帽子」（また色子帽子ともいう）を用いる風俗が起こり、却ってこれが色気をますことになったのは皮肉であった。

芝居の若衆にも「蔭子」というのがあり、これは芝居者だが舞台には立たないものの称であったという。「蔭間」というのは専門の男娼であった。真山青果の『西鶴語彙考証』の中には、蔭間の語義についていわれているが詳かでない。

元禄七年の触書中には「かげま女」の称も見えていると指摘されている。すなわち、

狂言芝居の野郎、浪人野郎又は役者に出ざる前髪有之者、竝に女の踊子かげま女、方々へ遣之候は堅く御法度之儀に候。

というものである。

一般に「かげま」といえば男娼のこととされているのだが、この「かげま女」とは若衆姿の女踊子のことか、それとも蔭（内証の意）を売る密娼の意か、あるいは前にも記した寛文九年に大阪に現われた「若衆女郎」のように、男色好みの客の相手となった女のことか、判然としない。『好色一代女』には当時の女踊子の風俗が描かれているが、後ろ帯に脇差、印籠などを腰にさげ、中剃髪にしたもあり、若衆風をしたから「かげま」と分かちがたい姿だといっている。そして、女踊子も出先で売色した。

蔭間の蔭とは、内証の意でひそかとの語か、岡場所の通言などには妓が客に呼ばれている時間中に、間夫と出逢うとか他の客席を稼ぐことを〝間を稼ぐ〟といっているのがあり、あるいは近代の花柳界で芸者が売色した料金は、公然の玉代《ぎょくだい》とは別に「かげ」といい、内密、裏玉の意にいわれているから、蔭間はそうした普通の座敷稼ぎではない情事代のことから起こった名かとも思われる。しかしまた元禄版『好色旅枕』中には交会態位《ラーゲ》の名に何々軒と称して軒の称を用い、衆道の態位名には何々蔭と称して蔭の称を用いている。そこで蔭間は男色稼ぎとの意にいわれたものか。とにかく語義の確証はない。

いずれにせよ、衆道は変則的なもので、常道に反し結実のわざとはならない無駄仕事なので、売春防止法にも含まれていないし、従来の売春問題からも除外されてきたものであった。その秘所を俗に「釜」といったし、異名では後門とか裏門などともいっていたから、蔭との称にも、その意味があるのかもしれない。

衆道に関する文献書は、かなり多い。古い物語本の中にも出てくる。咄本の『鹿の巻筆』にも仲間奴が小姓を追い廻わして、あとで少しはたしなみに、こんにゃくでも食らえといった話がある。延宝四年の北村季吟『岩つつじ』は衆道関係の歌や物語本から、その文献を集めているもので、珍しい書である。近代では故岩田準一氏がその方の研究で知られ、ことに平安、鎌倉、室町時代の史的研究があり、大正七年以来昭和十年までに雑誌などに発表されたもの十六種の項目は『日本艶本大集成』に収録されているし、同氏の遺稿で衆道文献を集めたものの稿が戦後特殊雑誌の『稀書』に連載されていたが未完に終った。その後この文献の出典につき、さらに書誌的解説を註書したものが『後岩津々志』として全文収録の一書が出た。

その他衆道書目集や解説紹介でまとまった書には、石川巌著『軟派珍書往来』に詳しく、斉藤昌三著の『江戸好色文学史』中にも、稚児物と野郎物および諸わけものの項に二十数種が掲げられている。

また衆道の歴史および風俗のことでは、昭和三十四年雄山閣刊、『性風俗』第三巻に載っている西山松之助氏稿に詳しい。衆道の「わけもの」「秘伝書」には『衆道秘伝』（一名弘法大師一巻之書）（解説編〈11〉）、『催情記』、『心友記』

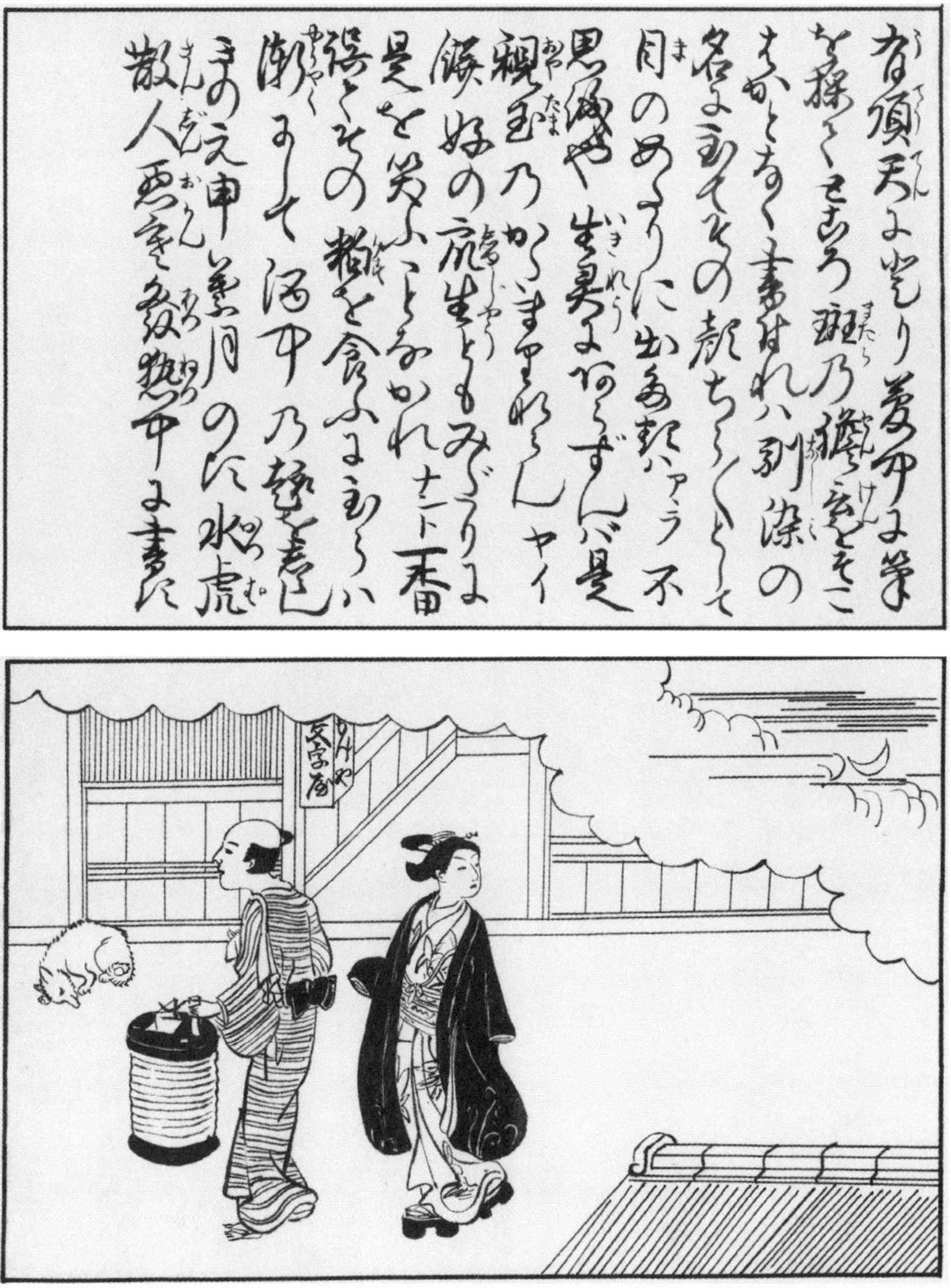

図８　『菊の園』（『江戸男色細見』／国立国会図書館デジタルコレクション）

などがあり、男色細見には平賀源内の『菊の園』（一名『江戸男色細見』、明和五年）（解説編〈12〉）、『三の朝』（明和五年）（解説編〈13〉）などがあり、この中には茶屋のこと、子供のこと、遊び代のことが記されている。

衆道における手練手管、たしなみなども遊女と変わらないさまざまな御法《ぎょほう》が行なわれていた（解説編〈14〉）。

《書　誌》

そぞろ物語　一　三浦浄心　寛永18

仮名草子、寛永十八年巳暦三月中旬開板とあり挿画なしという。『慶長見聞集』中から遊女、歌舞伎関係のものを抄録したのである。この書には「出雲お国歌舞伎」のことや元吉原遊廓が庄司甚内の建設以前に既に存在していたとの説などを掲げているが、写本で伝えられていた間に、後年のことなど混え加えられたものか、年代的に疑問な点があるようだ（解説編〈15〉参照）。

三浦浄心。名は茂正、五郎左衛門と称す。別号は三五庵木算。もと北条氏政の家臣であったが、北条氏滅亡後江戸に出て商売を営み、晩年は天海僧正に帰依し、入道して浄心と称した。享保元年三月十二日寂（と作家人名辞書にあるが、正保元年没八十二歳が正当か）。

あづま物語　一　徳永種久　寛永19

仮名草子、吉原本の祖、寛永十九年六月吉日板屋清兵衛開板とあり、同二十年には補訂版を出した。本書は花街本の元祖であり、吉原遊女評判記ものの祖ともいわれる。

遊里書の戯作ものでは寛永十八年刊三浦浄心の『そぞろ物語』が最古とされているのに対して、本書は正統たる評判記ものの最初として共に有名である。この書のことと内容目次は斉藤昌三著『江戸好色文学史』に紹介されている。

この書は絵入二十五丁半の一冊本、全文仮名書きで遊女の評を物語り風に述べて、必ずその終りに遊女の名を詠み込んだ歌一首が添えられている。また本書によれば、当時太夫は七十五人、格子三十一人、端八百八十一人、総計九百八十七名の遊女がいたとあり、それらの風俗のことも見えていて貴重な文献である。

作者は同じ年に出た『色音論』（一名あづまめぐり）の作者徳永種久と同じであろうとされている。挿画も『色音論』のものと大差ないし、出板も同様京都からであった。『作家人名辞書』には、徳永種久。江戸の人、伝未詳、元吉原遊女評判記「あづま物語」、仮名草紙「色音論」の著者。とある。その他名所記ものの濫觴ともいう元和三年（一六一七）の奥書のある写本『徳永種久紀行』との著述もある。

色音論　一　徳永種久　寛永20

「しきおんろん」一名「あづまめぐり」という。仮名草子、京都のはんや清兵衛開板とあるもの。内容には当時の江戸名所風俗や遊女のこと、歌舞伎踊りのことなどを述べ挿画を入れているので、「名所記」ものとしても「吉原本」としても貴重な書といわれている。

色道大鏡　写本　畠山箕山　延宝6

この書は古書のうちでは異色ある花街研究の大集成ともいうべき書で、全十八巻あるいは三十巻と称せられる尨大なもので、写本によって伝えられて来た。他の遊里書が主として遊里のこと、遊女の品定め、遊客の心得といったことを記しているのに対して、本書では全く遊女自身の心得、衣服、調度、音曲、床入などについて記している。わが国の遊里風俗、慣習等を究めようとしたもので、形式は史書「大鏡」に則って寛文格などの名目下に規定しようとした。最初は漢文で書いたが、後にこれを仮名交りに改められたりして伝えられ、すでにその大半は散逸してしまったという。

箕山は京都の人、俳諧を学び、文を好んで幻々斉、呑舟軒等の別号があり、本名は畠山次、あるいは笠原の別姓もある。寛永五年生れ、宝永元年六月に七十七歳で没している。

若年にして遊里の研究に志し、自ら遊里に入り、牛太郎や風呂場の三助にまでなって経験し、京の祇園、長崎、江戸の遊里を始め名地の遊里をめぐって苦心三十年、ようやく筆を執って本書を書いたという。昭和三年、日本軟派古典叢書の第一冊として、本書の活字本が出たが発禁となった。

『色道大鏡』　畠山箕山　B6判　一三三頁　洋々社刊

内容目次は左のとおりだが完本ではない。

第一名目抄
第二寛文格
第三寛文式上
第四寛文式下
第五（欠）
第六心中部
第七習器部
第八音曲部
第九より第十一巻まで（欠）
第十二日本遊廓総目 ―以上―

となっている。だが本書以外にも活字本で大冊の一書が刊行されているのを見た。

こそぐり草　承応2

一名『島原しかけかた』という。島原遊女の諸訳を記している。作は慶安末か承応頃といわれ、現在では島原遊里書の最古のものに属すべき書。上巻は欠本の由、この頃の遊客には公家殿上人も混っていたことが知れるし、遊女のたしなみ、手管の数々、閨房のことなど思い切ったことが書かれている。

○にほひの事、○あいひきようの事、○嫌なやつふり様の事、○そら起請の事、○そらなきの事、○田舎衆あしらいの事、○職人あしらいの事、○年よりあしらいの事、○ほれぐすりの事、○ねぶりの事。等あり、「ねぶりの事」のうちには床の作法、始末のこと、下刈りのこと等が出ている。

遊女評判記　浅井了意

これは仮名草子で、後の浮世草子の基礎となったものという。

桃源集　一　承応4

承応四年（一六五五）は明暦元年である。京都島原の遊女評判記兼細見記で、松之部には太夫十三名、梅之部には天神妓四十名が載っている。上方における評判記最古の書といわれ、文中の狂詩狂歌に遊女の名を詠み込んだ戯文体の評判記としていることは『あづま物語』と同様である。この書の跋文に、

十余年前六番町を今のところに移し、名づけて島原と曰う、けだし島原乱之時、城郭一門を構う。今の傾城町亦然り、因て比並して之を称す。云々

とて島原遊廓の由来を記している。

満佐利久佐　一　明暦2

大阪における最古の遊女評判記といわれ、「増り草」とも書く。作者は『色道大鏡』の著者畠山箕山であろうという。上官部には土佐以下計十一人、中官部には高天以下計六十三人の遊女評判を記しているが、かなり突っ込んだ秘事などの評書である。

後の月見　一　文化5

洒落本で新潟繁昌記「八百八後家」と角書あり、後家と呼ばれた私娼の形態を戯称して掲げている。河原万吉著『珍籍独談』に書誌解説が出ている。

婦美車紫鹿子　一　浮世遍歴斉　安永3

洒落本、江戸の遊所六十六ケ所の娼価、品定等を記す。
寸南破良意　一　南鐐堂一片　安永4
洒落本、こんにゃく島岡場所描写。
太平楽巻物　一　天竺老人　安永年間
洒落本、一名『お千代の伝』という。
かくれ里の記　石橋真国　天保15
天保七年稿で画は国貞画。
岡場所考　二　石塚豊芥子　安政4
岡場所遊廓考　天保9頃
活字本では未刊随筆百種に収録されている。
昼夜万開両面鏡
各地遊里の値段付を記す。
色里三十三所息子順礼　三枚
江戸の岡場所の妓種、風俗、値段付などを社寺順礼記体に記した戯文。三枚絵の墨摺。
京大坂茶屋雀　一　いろはん屋三助　元禄6
浮世草子。一名「諸分調宝記」という。
吉原草摺引　六　元禄7
問題となり、絶版処分となった書。
娼妓絹ぶるい　山東京伝　寛政3
この年の改革で蔦重版元が処分され、洒落本は絶版を命じられた。

陽台三略　鎗華子　明和年間
洒落本。遊里「わけもの」の一書。

倡売往来　十返舎一九　寛政6
一九洒落本の初作。

諸遊芥子鹿子　横本一　祐信画　正徳年間
一名「諸遊絹ぶるい」ともいわれる浮世草子だが、艶本風の書。遊女と野良の経歴談。戦後活字複製本あり。

寝物語　明暦2
島原もので挿画三葉、一章から三十章まであり、遊女の手管を記し、いちいち遊女の名と年令とを書き、談話風に記しているもの、この書をほとんどそのまま江戸の吉原のことにしたのが『吉原鑑』であったという。

吉原鑑　万治3
『寝物語』より二章不足し、挿画は師宣の画いた遊女の姿絵、江戸の鱗形屋の開板、巻首には吉原細見図がある。
紙数三十八葉で、八帳までは今の細見に似たものと「吉原書目」にある。

吉原伊勢物語　二　寛文2
伊勢物語に擬して書いたもの、紙数五十余丁と「吉原書目録」に見える。

新町おかし男　寛文2
京阪で、大坂新町の客と遊女の諸わけを記したもの、後にこれを吉原のことに改めて出たのが『吉原伊勢物語』という。

朱雀諸分鑑　延宝9
島原太夫の恋の諸わけ、その他を記す。

朱雀遠目鏡　二　延宝9

遊女評判記の一書だが、島原の太夫十四人、格子五十六人の無遠慮な品定めと、床のたくみ、お茶の様まで述べている。後にこれは『月跡選』『月のしのぶずり』として出た。

朱雀信夫摺　貞享4

非常な名文で書かれている評判記であるが、また諸わけものとして、はなはだしい床の描写が見られる。

（五）秘画艶本

艶本の存在

著名なある文学者が「艶本」などは低級なもので、文学的になんらの価値のないものであるといっているのを読んだことがある。そして外国の艶笑文学ものには芸術的なエロチックがあると論じられているのであったが、わが国の艶本とは何であろうか、この答えはまだ充分に説明されていなかったようである。

艶本は江戸の元禄、享保以後に現われた名で、文学書目にはこの名の書目は載っていない。もちろん好色本禁令以後には、好色との書名も姿を消したので、それに代って艶本と称せられたのであろう。艶本は天明から文政頃にかけての祐信、春信、歌麿、英泉、春好などの諸書に、これを冠して書名としているのが多い。そして内容的には古くからの「笑い本」の系統を引いたもので、物語小説読み物であるが、笑い本には俗話というだけで、ことさら享楽的刺激をねらったような点は、あまり考えられないけれども、艶本には好色以上と思われる具体的な行房描写が見られる。しかし中にはかなり優雅な名文ものもあるし、小説的な無理のない筋のものもあり、あるいは思いがけない裏面の生活場面や情景を描いているのもあり、閨房描写にも情緒豊かなものもある。

ただ浮世の時代的経過の違いから、江戸後期の艶本には、自ら享楽追求の濃厚さというか、大胆さというか、そうした面は認められる。だからといって、浮世草子時代の好色本が、わが国の文学史上に立派な作品として取り上げられながら、後に名を代えて現われた艶本がすべて抹殺されるのはおかしい。好色本禁令のためだとすれば、それは政策的なものであって、文学そのものに関することではない。

要するにこれらは時代的、社会的世相の中で庶民の生活風俗ないしは庶民文化の発達過程において、人間の欲求を表現したものである。したがって、かかる書の存在は覆うべくもない厳然たる事実なのであり、人間生活の歴史上からも、あるいは文学の発達史上からも、いつわることのできない真実であった。それを如何に理解し、そこから何を汲みとるべきか、次代の人々の生活の糧として如何に収拾すべきかが、われわれに示唆された課題ではなかったろうか。

享保七年（一七二二）、わが国で初めての出版取締令によって、好色本は風俗のためにもよろしからず禁止するとの令が出て以来、好色と名のつく書物は俄かに姿を消したが、その後には風流本といい、笑い本といい、会本とか艶本などの名で、同様な書が絶えず、江戸後期の町人文化の爛熟頽廃期には、ますますかかる艶本が続出した。取締まりの趣旨がはたしてどこにあったか、取締まりの期待した効果は何であったかは知らないが、この政令によってやがて性生活風俗のことは語るべきでない秘事となったのは確かである。

それから二百数十年を経た今日では、当時出版の雑書のほとんどは、もはや喪失されてしまったにもかかわらず、艶本の類はその古書がいまなお各地で発見されている。これは籠底秘書としてひそかに所蔵されていたからで、皮肉な現象とはいえ、とにかく永い歴史上の記録にしても、庶民生活のことはあまりにも伝えられていない。その意味からでも、艶本から発見しうる資料があるかもしれない。

艶本を通じて感じられることは、かつて仏教が盛んであった時代には僧侶は修行のために色欲が戒められていたし、武家時代には武士の剛気を保つためとか、封建制度による家というものの繁栄保持、そして家族統制の上から自由な恋愛情事が許されなかった。あるいは儒教的道徳観から性生活の制約が行なわれたりして、性の表現は概して秘事とされてしまったのである。

以来、人々の性行動の面には知らされないものが多くなり、それが却って非常な魅力となって、身を誤ることが少なくなかった。そんな意味からも艶本の流行となったものとも思われる。艶本には、もちろん古い笑本におけると同様に、性的なほほえみの要素をもち、人々の快楽の心をとらえるところがあるのであるが、艶本時代にはもっと積極的な誘いの笑いとなっていた。しかし浮世絵大家の名作ものともなれば、それが行房秘画とはいえ、秘戯画以上の美的魅力に誘われる。艶本においてもそうであるが、何がそのような性的快美感をもたらすのか、このことでは科学的にも考えてみる必要がありそうである。

芸術は美の表現をする技術であるといわれ、文学における芸術性もまたそうだろうが、その美とは快感である。だが心理的な美感覚にはさまざまな場合がある。偽りのない純真や純情さが、人間的に泣けてくるほど嬉しく美しいものに感ずる場合があるし、またあるいは花やかで楽しいことが美と感ぜられる場合もあるだろう。また、金持ちの豪華で派手な生活が美しいと思われるものもあろう。あるいは土を相手に耕作の実りを愛する者の姿が、たとえ土にまみれた老夫であっても、何かいいしれぬ美しいものを感じさせる。またあるいは恋愛に熱中できる者の姿の美しさを考える人もあろう。

権力で制圧されながら、低俗な下層社会ときめつけられ、そこに起こるどうにもならない不信感やら欲求不満のために、せめて許された生活の中にだけでも享楽しようとして生まれた庶民文芸のすべてが、また低級無価値な文学といいきれるだろうか。ここで艶本をとくに賛美するわけではないが、その中にもまた人間の生活のもう一つの面があり、別の美しさの意義が見いだせるのではあるまいか。

艶本の異名

現今「艶本」といえば江戸時代に行なわれた情事読みもので、その内容はただ露骨な行房秘戯を描いているものだと考えられている。しかし江戸の文芸書の幾種類かを見て、どれが艶本かということになると、おそらくは判然とは指摘できないかもしれない。それほど学問的には、学者もこれに触れて語ることはしなかったのである。

現今においても「猥本《わいほん》」とか「エロ本」はたとえ読んだとしても、真面目に他に語ろうとはしないし、あまり考えてみようともしないのではなかろうか。ある特殊な趣味家がこれらについて語るか、特異な研究として発表するくらいのものである。法的にはこの種のものを販売頒布または公開することは猥褻罪に触れるからでもあった。

さてそこで、これらについて語る前に、まず艶本の異称類名について掲げてみると、

笑い本、好色本、会本、艶本、和印本《わじるし》、読み和、色本、春本、秘戯書、籠底書《ろうてい》、猥本、秘本、埒外本、艶笑本、エロ本

その他の近代称や隠語の名が多少ある。

だが厳密にいうと、この中には時代的に発生した文学書の一部通称であるものもあって、性に関する読みものには違いないけれども、その描写や表現の意図には大分異なるものがある。要するにこれらの呼称は、必ずしも艶本と同じではないということである。しかし艶本の称はいつ頃から起こったか、どういう意味での呼称であるか。

次に略解を記してみる。

1 笑い本

古い物語本などに性的な話の出てくるものには「笑い本」との呼称があったという。だがはたしてその古い時代にそう呼ばれていたのか、それとも後の文献書に笑い本がそれに当たるとの意味からいわれたものか、写本ものにしろ刊本にしろ、書物が一般に普及したのはそんなに古いことではない。まして笑い本などが話題になって書物にその名が現われたのは、古い文献にはまれなことと想像されるのである。ということは、古くは笑い本といったとあるのも、実は比較的新しい書物にそういうことが見えているというに過ぎないこととなるかもしれない。

とにかく、笑い本、笑い絵など呼ばれた「笑い」の意味には、性的なことを耳にしたり、書物で読んだり、あるいは話をするとき人々はそれに笑いを持ったかどうかということである。『笑いの研究』との書物も近代には何冊か現われたが、笑いにもさまざまな場合と種類とがある。そこで笑い本、笑い絵といった笑い自体に性的の意味があるのか、それともこれらの見聞に対して人々がテレ隠しに笑ったのか、あるいは誰も同じだといったようなことから、ただ笑いにまぎらせて否定も肯定もしなかったものだとの意味にいわれたのであろうか。

かつてある研究家から、笑いの名には本来性的な意味があるのかとの疑義を問われたことがある。言語学的にも心理学的にもそうした関連がないわけではない。しかし風俗的な笑い本などの称が、どこから起こったかは詳かでないのである。

たとえば幼児に戯れて、そのからだをくすぐると、幼児は初めのうちは嬉しそうによく笑い、転ろげ廻るが、さらにしいてそれを続けると、ついにはからだを丸めるようにして、苦痛を訴えるかのように泣きだしてしまうことがある。これは性的快楽における場合と同じで、快感の極致は苦痛につながり、自分でもどうしてよいのかわからなくなるといわれている。

艶本中の会話の中にも、しばしば〝アレサどうしようのウ、早くどうなとしておくれ〟といっているのがある。あるいは「嬌声《よがりごえ》」とか「痴語」といわれる、意味もないような断続的な言葉、切々たる表現し難い言葉には、普通では考えられないリズムの切実さがあって、意味のない言葉であっても、それによって性的快感が促進されるのがある。それが笑いというものだといえないこともない。

『古語辞典』に――「笑《え》む」花が咲くこと――とあり、笑みほころぶ意なのであって、つぼみが笑み割れて開くのを咲くというのである。江戸時代の艶本の書名にも「咲本」と書いて、これを「笑い本」と訓ませているのがある。この咲の字は笑の本字だという。中国南部地方の慣行では、花が咲くことを咲花と用いるけれども、北部地方では、「開花《カイホウ》」と用いるのが常だといわれている。意味は同じなのである。

古書の『気象考』には女の癪《しゃく》を治す法として、

しゃく持の妻もちて、いたくさし込みたれば、薬よ医者よと騒ぎせず、角のふくれを笑めるにあわせ、抱き起し、抱き居て背骨の左右を一二三……となでおろし見よ、下ること妙なりとぞ。

との記がある。ここにいう「角のふくれ」に対する「笑める」は女陰の名である。前記の開も、わが国ではやはり女陰の名として行なわれているので、「笑」が女陰名とすれば、それに関連する話が笑い話、笑い絵といってもうなずけないことはないであろう。

〝笑い〟ということ自体に性的な意味があるかどうかとの疑問は、おおよそこのようなことになる。しかし書名に現われている笑本では、

笑本　ふくあられ　春潮画
〃　婦多葉志羅《ふたばしら》　〃
〃　連理枝　〃
〃　美夜娯禽《みやこどり》　湖竜斉
咲本　色春駒　〃
〃　宇意冠《ういかむり》　歌麿画

などがあり、江戸後期の艶本の題名である。この頃にも笑い本の称が行なわれていたわけで、好色本禁止以後のことであるから、それに代って角書《つのがき》となったものと思われる。

2 わじるし本

これは本屋仲間に起こった称といわれ、春画春本にこう呼ばれたもので、仲間の取引に際して艶本である場合には指で輪を作って、その暗号にしたともいう。そして文句だけの艶本は読む和印との意で、とくに「読み和《わ》」と称したのである。『懐中娘』序には——ひそかに開板《かいはん》するをもて、わじるしの板主とや名づくべき云々——といっているのがあるが、『色女男志《いろなおし》』上巻には、本屋の図があって、その詞書に、

わたくしども仲間でも、枕草紙を和印と申します。イエわらい本ゆえにわ印と申すので御座りましょう。

といっている。「わじるし本」は笑い本の略称なのである。またこの称が行なわれたのは文政・天保の頃と思われる。

3 会　本

会本（かいほん）といえば、華書の白文に註をして編纂することだというが、わが国の艶本書目に出てくる会本

（えほん）は艶本の異名となっている。艶本にも「絵本」との角書をしているものがあるけれども、会本は同音でも、これは交会描写の書物というわけなのである。たとえば、

会本	思意《おもい》の多毛《たけ》	菊麿画	享保2
〃	可男女怡志《かなめいし》	春章画	天明2
〃	色好乃人弐《いろごのみのひとに》	〃	天明5
〃	邯鄲枕	春潮画	天明頃
〃	於津もり盃	笑山	文政9
〃	新玉門発気《あらたまつばき》	春章画	
〃	色形容《すがた》	歌麿画	
〃	意佐鴛鴦具抄《いさおしぐさ》	二代歌麿	

など、いずれも会本の角書がある。

4 春　本

華語になずらえて、わが国でも春画の称が行なわれていたが、春本は秘画に対して読みものの義にいったのであろうが、艶本の多くは秘画と読みとを合綴して一冊としているので、春本も絵文もともに冊子となったものを称する。「春冊」ともいう。詳しくは秘画の条に改めて述べよう。

5 色　本

この称は『色掃溜《いろのはきだめ》』中にも見え、情事情交等を書いている本との意の俗称である。俗言で情夫を「いろ」といい、人情話などを「色物」といっているが、あるいは色香、色好み、色の道の称と同様な意味である。書物に色本と称しているものは、いわゆる「色道指南書」などの類で、好色本とかその他の通俗読みものでもない、行房秘戯に関する雑書をかく俗称しているようである。

6 好色本

好色本というのは延宝、天和（一六八〇頃）に起こった「浮世草子」の一種で、元禄時代を中心とした庶民生活における享楽の諸相を描いた小説本のことであったが、やがて遊里の情事やら、閨房のことを書いた「色指南書」のものが現われ、「八文字屋本」など単なる「浮世本」以上に露骨な、性愛秘戯の書が刊行されるようになった。

そこで享保七年（一七二二）には、ついに好色本の禁令が出て、ようやく好色との書名の類が姿を消すに至ったけれども、その後「風流本」「会本」「笑い本」「艶本」などの名によって、この種の書は絶えることなく、「好色本」はそれらの総名のように用いられて来たのであった。しかし〝浮世〟とか〝好色〟との言葉には、近代の人々の感覚とは異なった点もあるので、別にまたやや詳しく述べたいと思う。

7 秘戯書

中国には「春宮秘戯書」などの称も見えているが、これはもっぱら行房態位や御法のことを書いている書物の意味で、江戸の元禄時代に出た『日夜艶道女宝記《にちやえんどうにょぼうき》』『好色床《とこ》談義』『好色旅枕』などから、志道軒の『五癖論《ごへきろん》』（解説編

図９　於津もり盃（画像提供：国際日本文化研究センター）

〈16〉参照）、大極堂有長の『色道禁秘抄《しきどうきんぴしょう》』、湖竜斉画の『女大楽宝開《おんなだいらくたからばこ》』、さては秘具の用法を書いている『艶色色時雨』等々多くの書がある。だがこれらは大体に解説的なもので、情景描写の読み物といったものではない。その点でいわゆる「艶本」と見なされない場合がある。つまり「性典」がわが国でも「養生書」として、医事衛生的なものとされ、それを通俗化した「色指南書」を出現させているが、艶本とは違うとの説をなす所以である。しかし近代ではどちらにしろ、かかる性的秘事は公開さるべきではないとして発禁となったものであるが、考うべき点が多いのである。

8 秘　本

近頃艶本の類を総称的に「秘本」と称しているのがある。秘事といわれる性的関係の書が「籠底書」として、ひそかに所蔵されたりしたから、秘蔵本との意味でもあろうが、秘事秘戯などの秘本の意をきかせた名称であろう。秘語、秘画、秘具、秘薬、秘戯などと性的なものに用いられるところから、同様な書物を「秘本」と称したと思われる。

9 埒外本

これは昭和初め頃に尾崎久弥氏辺りが用い出した新造語で、普通の書物の埒外的存在のものであるとの意味であろう。江戸小咄本にも特に好色ものを載せている『さし枕』『豆談語』『豆だらけ』を安永期の小咄埒外本の三部書としているなどそれである。

10 猥　本

近代の呼称で猥褻本の略称である。〝わいせつ〟の語は〝みだらな〟といった意味で語義が明らかなようでも、字義的には必ずしもあまりよく知られていないらしいし、刑法の条文中にも〝猥せつ罪〟はあっても〝猥せつ〟とは何かとの定義は掲げられていない。

この猥せつの罪に触れるような書というわけで「猥本」と呼ばれたのである。宮武外骨氏は大正の頃多くの性風俗関係の著書を刊行して、しばしば発禁処分を受けた。『猥褻廃語辞彙』『猥褻風俗史』など、猥せつの名をしきりに用いているのも、猥せつに対する意見に異議を持っていたからであろう。そのためにあえてかかる題名を使ったのかもしれない。

富士崎放江《ほうこう》氏には『褻語《せつご》』の著があり、その中で猥せつの字義を説明しているのがあるが、短文のものであった。この書の初版ものは富士崎放江文庫として、今も福島図書館に保存されていると思う。これら語彙、辞典もののことは、雑誌『愛書家くらぶ』（斉藤夜居主宰）第二号以下五冊にわたって拙稿が載せられている。

⑪ エロ本

エロチックなものとの意味だが、近代わが国では好色本、艶本などに対する通称となっている。しかしエロチックの意義は本来は必ずしも艶本や秘戯書とは同様なものではない。しいていえば好色本に近いかもしれないが、それも近代的通称のエロには、なおかなりの差異がある。

⑫ 艶笑本

戦後にこれは古今東西のエロ本との意味に用いられたり、あるいは笑い本、艶本などの通称のように考えられているらしい。この艶笑の語は昭和五年、丸木砂土訳書の『世界艶笑芸術』に現われたのが最初であろう。原書はバウル・エングリッシュの好色文学史で、この中に出てくる独乙語のガランテを邦訳語で艶笑としたのであって、この書の巻頭にその艶笑の意義を説明している。英雄ナイト時代の貴族的恋愛情事のエロチックとは、また違ったものを含んでいるのである。

とにかく、そうして艶笑の語がわが国には昭和当初の頃から流行語となり、諸書に用いられていたが、戦後にはそんな文学的な厳密な意味にかかわりなく、通称のように用いられている。

⑬ 地下本

これはかつての秘密出版本のことで、旧出版法の届け出をしない秘密本に対して、戦後の出版の自由時代となってからでも、刑法に触れる猥せつ文書図画に該当することを承知で、地下に潜入した方法組織で作り、あるいは販売する書物なのである。ほとんど猥本の類を指してこう呼んでいる。

だいたい以上のような異名類称が艶本に関連していわれて来ているのであるが、少しく詳しく説く場合には年代的にも内容的にも、それぞれ相違するところがあって、必ずしも同一に語ることはできない。よってこれから述べる性的諸書についても、この点を注意してみる必要がある。要するに「艶本」と限定して記す場合には、とくに性愛情事、行房秘戯を主として描写している享楽的読み物ということになるわけで、他の文学的形態をかりて実は艶本の内容をもつものや、異名類称の本義によらないで通俗艶本のものもあるから、以上の名称説明は参考までに掲げたのである。

艶本の形態と読和

性的書物には、さまざまな種類と形態のあることは、それぞれ別項で述べるが、性的秘戯を載せている書には秘画を除いても、大別して性典系統のものと文学的笑い本系統とのものとがある。艶本は後者に属して小説的読み物であり、通俗読み物の中に、とくに閨房の描写を入念に加えたものである。だから艶本とは「つやぼん」であり、情事読みもののことだとの説には、注目すべきものがある。

ということは、現代の人々が単に艶本は猥本のことだとばかり考えて、取締まり上の猥せつ文書はすべて艶本とみる者があるからである。わが国の「三大奇書」（解説編〈17〉参照）といわれている『逸著聞集《いっちょもんじゅう》』『藐姑射秘言《はこやのひめごと》』『阿奈遠加志《あなおかし》』のうちの『阿奈遠加志』は会津藩の国学者沢田名垂《なたれ》の作といい、貴族の性生活物語など四十二話を載せているものであるが、頗る流麗な擬古文体で綴られ、その中に風俗秘語の考証風な文も入っている（解説編〈18〉参照）。この三大奇書は、いずれも近代活字本で復刊しようとされたが、原文のままの完本はみな禁止されている。そして文学書目にも載らないのである。

『俳諷末摘花《はいふうすえつむはな》』も従来は部分的な句の引用でも必ず発禁になったが、戦後に東都古川柳研究会から活字本で全文を収録した一書が出て、猥せつ文書頒布罪で二年余りも裁判にかかった末、これは江戸文芸資料としての公刊がようやく認められたのであった。

こうしたことからみても、艶本をどう区別するか疑問が多いのであるが、いちおう艶本は主として閨房情事を具体的に描写した通俗読みものということで話を進めてゆきたい。前にも述べたように艶本は物語文学の笑い本の系統を襲ったもので、浮世草子時代の好色本からさらに転化して閨房の通俗小説となった。艶本との名が起こったのは、天明から文政頃までの書名にこれを冠して呼ばれているものが多く、おそらくは享保の好色本禁止によって、好色の名に代わって、享保以後現われたものと思われる。そして内容的には好色本とか八文字屋本よりも、いっそう変わったものとなっている。

古い物語の「笑い本」は、だいたい伝説伝承、そのほか民俗的な「昔話」ものだが、艶本の類は秘画と合綴して、とくにその方の書として現われている。そうしたことから考えて、初めは秘画だけのものが行なわれていて、それも絵だけで「詞書《ことばがき》」のなかったものが、やがて詞書がつき、さらに分離して会話や説明的な物語が読みとなって添付されたものと思われる。

古い絵巻物でも、絵と詞書の作者が別であったり、詞書が後の世に作られたものもある。

江戸時代の初期から元禄以前に出た秘画には、墨摺で詞書のないものがあり、北斉の名作大錦の『浪千鳥』にも詞書のないものと、それのあるものとの二版がある。どちらが初版かわからないが、詞書のある方が後にできたのかもしれない。

このことは秘画だけでなく、その物の情景をいっそうよく知らせるために、画面人物の会話とか嬌声の文などを加えるようになったものと思われる。

そこで、このような詞書が情景や場面の進展を示すために、筋を追って綴られたものが艶本の読みとなったと想像されるのである。天保に出た吾妻雄兎子《あづまおとこ》作の読み和本『春情花朧夜《はなのおぼろよ》』などでは、長編本のため却って秘画は入っていない。これは一見普通の読み本と見せかけるためであったか、あるいは長い読みの中途で他人にのぞかれた場合、秘画が目立っては具合が悪いとの考慮からであったか、艶本にしては不思議な形態なのである。そしてこの物語では、とくに主人公という人物が一貫して現われてくるわけではなく、毎回それからそれへ相手が変わって情事を展開し、最後には主要人物がいっしょに集まって何組もの交歓が行なわれ、和楽の繁栄ということで結ばれているやや変わった筋のものである。小本で三編九巻百七十五丁のもの、挿画は総計で二十四図だが、すべて普通の絵ばかりである。各巻各回とも必ず閨房描写が出てくるので、艶本としての読みは、かなりにぎやかである。

他の艶本でも感じることであるが、秘戯場面の順序方法、痴語などは、それぞれの作者によって一定の形があり、どの場合にもだいたいそれが繰り返されるのは、どうしたことか不思議なくらいである。態位《ラーゲ》の種別などは近来三十二型とか、もう少しあるとか分類されている。そしてある人が教えられもしないけれども、変わった態位を考えだしたと思っていても、古い秘画など見るとそれがすでに昔から行なわれていたことを知るのである。それにしても作者によってある一定の型のものしか現われてこないというのは、知らないのか、それとも特殊な嗜好があることなのか、面白い現象である。

それから、ついでに記してみたいのは、閨房におけるいわゆる「叫快媿声《よがりごえ》」を艶本に文字で表現したもの、俗にスーハーなど称せられている部分は、読むものがその字音をたどって読むことによって、現実と同様な心情となることである。これは字音のリズムが心理的、生理的に共鳴現象を起こすものであろうか。媿声《きせい》については戦後雑誌『猟奇』第二号に「叫快名記《きょうかいめいき》」として拙稿を載せてあるので、ここには省略するが、その他艶本の要素ともいうべきものについては、まだ分析研究の余地が多いようである。

艶本目録

江戸時代に出た艶本の種類は千種以上あるだろうが、その全書目はわからない。古くは、書肆の目録書にも「枕絵・楽事類」との分類下に、それらの書目が掲げられていたというが、やがて後にはこの分類もなくなったし、艶本は全く記録されなくなってしまった。

わが国で書物の「目録書」というものは、古くから行なわれていたが、それはいずれも蔵書目録の類であった。出版屋が取引上の必要から作った「出版書目録」が始まったのは、万治年間（一六六〇）頃からであったという。そして「枕絵・楽事」の項に艶本が記載されていたが、享保七年の好色本取締令以後は艶本書目も姿を消し、それ以後は不明である。しかしこの種の秘画艶本が盛んに出現したのは、むしろ安永から寛政頃と、さらに文化・文政、天保にかけての間であった。

柳亭種彦の『好色本目録』は、その手記に成るもので、寛永十九年から宝永元年に至る間の好色本目録で、絵画、写本ものは含まれず印本だけが記され、書目約百余種に簡単な説明がついているのである。つまり享保の禁令以前の好色本だけであるが、大いに参考になっている。

この種彦目録が写本で伝えられていたのを、明治三十九年に大久保葩雪《はせつ》補訂として活字印刷とし『新群書類従』第七に収録されたものは、書目百二十種となっている。

そのほか稿本、写本、孔版刷りの目録が近代に伝えられたものも数種あり、『日本艶本大集成』に掲載された『いろは別好色本春画目録』は、東京のある古書店主が書き留めたものともいわれる筆写本で、書目約九百種が載っている。

大正十五年に尾崎久弥編『増補艶本目録』の発表があったが、これには書目約八百種が載り、非常に珍しい編著であった。昭和三年にはこれに似た『日本艶本目録』で、雑誌『奇書』増刊号に大野卓編として発表されたのがあり、書目数は尾崎氏のよりもやや多いようであるけれども、説明が簡単で、また疑問の点も少なくない。

江戸後期の艶本には、もはや作者の署名もなく、ほとんどが隠号になっているし、似たような隠号も少なからず、今は判断に苦しむものが多いのである。刊年の記載もなく、わずかに序文の終りなどに〝朝から晩まで酉のとし初春〟といったような書き方であったから、年代も定めがたい。

あるいは普通の読み物で、それが評判になると、同じ題名の艶本が出たのもあり、合巻本『釈迦八相倭文庫《しゃかはっそうやまとぶんこ》初編』

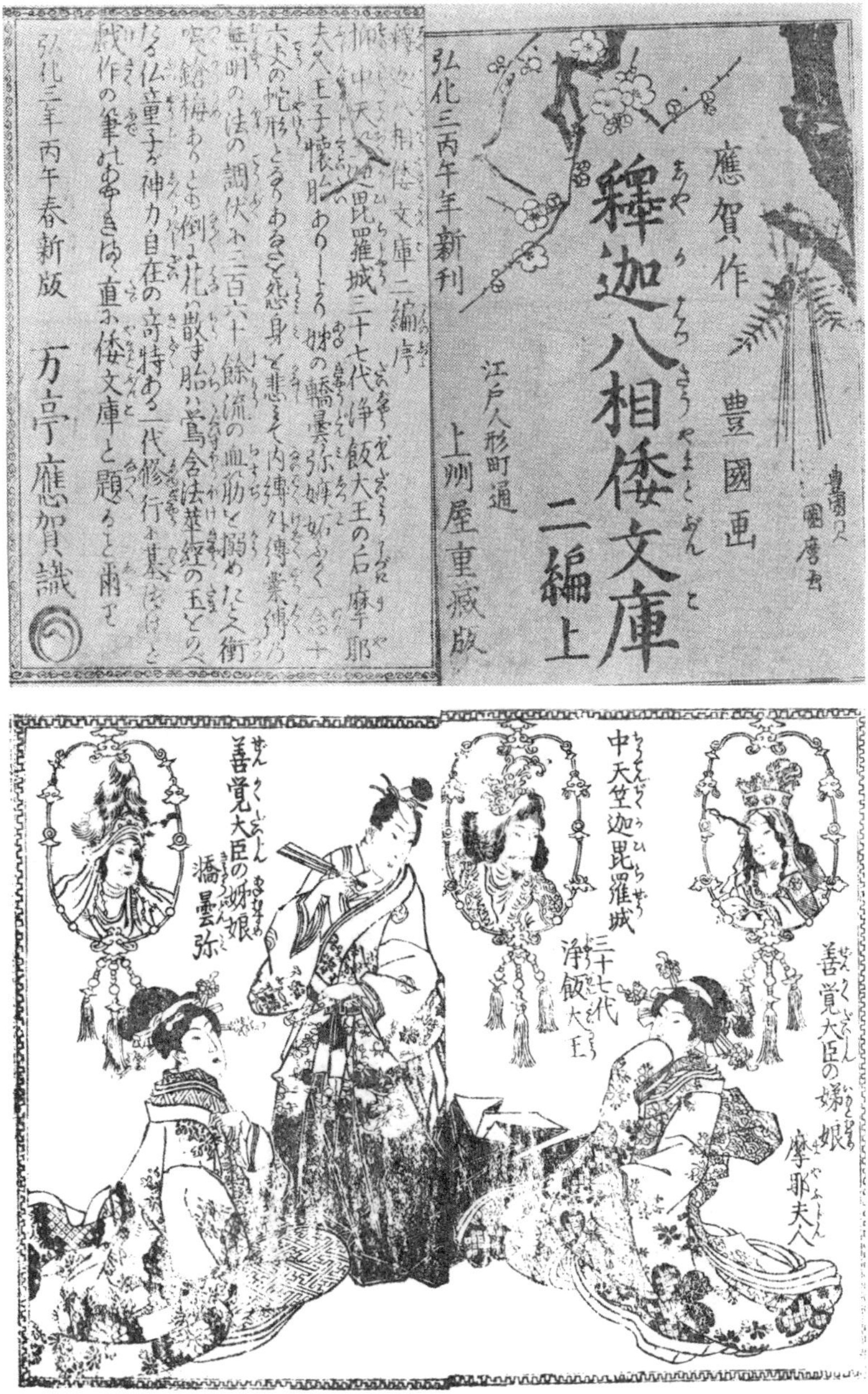
應賀作　豊國画
釋迦八相倭文庫
二編　上
弘化三丙午年新刊
江戸人形町通
上州屋重蔵版
釋迦八相倭文庫二編序
弘化三年丙午春新版
万亭應賀識
善覚大臣の妹娘
潘曇弥
中天竺迦毘羅城
三十七代
浄飯大王
善覚大臣の姉娘
摩耶夫人

図 10　釈迦八相倭文庫

は萬亭応賀《よろずていおうが》作、弘化二乙巳年に出てから五十八編（明治二年）までで完結しているのだが、艶本では『釈花八粧矢的《しゃかはっそうやまと》文庫』として六冊が万延元年（庚申一八六〇）に出ている。

吾妻雄兎子作『春情花朧夜』は代表的読和ものだが、小本三編九巻・百七十五丁の長編、三冊本の題簽には「於宝呂月」とあり、初編末尾には「於保呂月《おぼろづき》」、二編末尾には「朧夜」、三編の末尾には「花の朧夜」と記されているので、艶本目録にはこれらが区々に載り、そのために別の類書か異本と誤られることさえあった。

そのほか、再摺本で形態が変わったり、他の文と合綴されるとか、似てはいるが内容の違う類書が行なわれているのもある。五十三次ものの『色競《いろくらべ》花の都路《みやこじ》』などは、同じ書名でも形態の変わったもので、いく種かがあり、挿画など後摺で一括されたりしている。

「文《ふみ》指南書」には中本形が多いが、同名でも内容が少しずつ違っていたり、全く別種のものなど、百種近い類書が行なわれていた。

このようなことから「艶本目録」はすでにむずかしいわけであるが、江戸時代から今日までそれも公然と蔵書されるものでなかったり、ほとんどがなくなっていて、原本を見ることもできない今日では、もはやこれらの書目録を作ることは全く不可能といってよい。またこれまでの目録にはない小冊艶本がよく見かけられることもあって、どのくらいの種類があるかしれないのである。

近年においても、篤志研究家で艶本目録の作成の一部を発表されている人々、あるいはかなり貴重な記録稿本を所持されている人もあるが、整理が成らずにいる。それらは別として従来の艶本目録その他参考書目集などを章末に掲げておく。

読和もの

「読み和」とは「読む和印」の略称で、「読み物艶本」のことである。一般に「艶本」と称するものでは、秘画と読みとが合綴されていて、どちらが主ともいえないものであり、あるいは「読み」が絵とは関係のない別の短い話であったり、あるいはまた短い幾つかの別々の物語が掲げられているのであるが、「読み和」は物語の文が主で、全然絵のないものもある。とにかく読む艶本をいうわけで、概して長文、長編のものである。

艶本は性典系統の色指南ものなどの説明ものではなく、「つやぼん」として小説物語のことであるとの意見からすれば、読和ものこそ艶本なのである。しかし別項「艶本読和書誌」に掲げたように、代表的艶本の『春情妓談《しゅんじょうぎだん》水《みず》揚帳《あげちょう》』（解説編〈19〉参照）などには立派な色摺口絵があり、物語もその絵に現わされた場面と同じなのである。また長編読和の『春情花朧夜』には、挿画はあるが、墨摺の芝居絵風の人物が描かれていたりして、全部普通の絵で秘画はない。これなどは長編読和だけで全くの艶本なのである。

とにかく別項に掲げた著名な「読和」ものは、長文ではあり、物語も小説読みもの風に筋のあるものである。そしてこの種の読和ものの中には、特殊な「秘語」も出てくるし、変わった性風俗の話もある。催春薬《さいしゅんやく》の「九年酒《くねんしゅ》」のことは『むすぶの神』にあるが（解説編〈20〉参照）、『春情花朧夜』では「いもり酒」の話がある。いもりは黒焼の惚れ薬として知られているが、これは飲ませる酒になっているのである。長命丸は練り薬で男子用洗薬なのであるが、洒落本の『叶福助略縁起《かのうふくすけりゃくえんぎ》』には、

「長命丸というは、あんの薬だ。」「長生きの妙薬サ、ぢいさん、ばあさん一包買って長生きする気はねェか、用いようは晩ンに二人の寝るときにおしえてやろう。」ばばあ「そんな薬をのんで、つっぱらみでもし申したら、長生き恥多しだ。」

というのがあるが、川柳ではまた〝名に惚れて長命丸を姑のみ〟とあり、とんだ長命とも知らず、しかも洗薬を飲むという滑稽句になっている。

秘　画

「絵巻物」は、古い物語ものの絵画化であった。そして書型的には巻子本同様に巻物として、物語を連続画に描いたのである。『古画に現われた性の表現（古画の秘所）』（昭和四十三年）には鎌倉期頃までの絵巻物四十余種のうちから、その風俗上に見られる性描写について述べたのであるが、この時代ごとに庶民生活にあっては服装の関係もあろうけれども、しばしば隠し所を露出した絵があり、筆致は概して素朴なもので、あえて見るものをして催情させようとしているところが認められない。そしてまたそこに現われている人々の風俗にも、たとえそれを見て笑っている者とか、戯れている場面があっても、きわめておおらかな様子が見える。

だから、この時代すでに「笑い話」「笑い本」「笑い絵」などの称が行なわれていたかもしれないけれども、その笑いはきわめて自然なおかしなことといった程度の、笑いにまぎらして看過したおおらかなものであったろうと思われる。嫌らしいとて嫌悪の情に憤然とするようなものでは決してなかった。「笑い絵」が見るものの催情を意図して描かれるようになったのは、後年の秘画時代になってからである。

秘画異称

ここで、古今の諸書に現われた秘画に対する呼称および略名の類を拾いだしてみると、

笑い絵　おそくづ　枕絵
枕草紙　春　絵　春画
春宮図　籠底画　艶画
嬌艶画　猥　画　秘戯画
秘　画　組　絵　番《つが》い絵

角力《すもう》絵　遊び絵　姿　絵
写し絵　鏡　絵　鞘　絵

等がある。艶本『精くらべ玉の汗』の序には、

おかしと思うゆえに笑い絵と呼び、また枕かみにおきてそのさまをまねぶにたよりあれば、まくら絵と云へり。いもせを組み合するからに、くみ絵というより思いよりて、すまい絵などともいう云々。

とある。もとより戯文なのであるが、さまざまな異称を列挙している。中国の艶本『覚後禅』には、「看春意誦淫書」とあるが、この「春意」というのも秘画の名であろう。「春画」というのも華語から来て、わが国にも一般の称となっている。

随筆『塩尻』には、享保七年の好色本の禁令について記している中で「春絵」（まくらゑ）、「楽事」（こうしょく）など訓しているのがある。柳亭種彦の『好色本目録』の中の『修身演義』注には、一名「人間楽事」春画刻本のはじめなるべし。としていて古い頃の書肆目録には、秘画艶本の類は別に楽事の部に掲げられていたという。「楽事」は好色秘戯の称とされていたのである。

中国の隋の煬帝の行状記ともいうべき『迷楼記』には、烏銅屏のことがあり、鏡の屏風十数面を作らせて、これを寝所の周囲に立てめぐらし、帝はその中で活春宮《かっしゅんぐう》を行ない、自らの姿を鏡に映して眺め、帝大喜曰《みかどおおいによろこんでいわく》、絵画得其象耳《そのかたちをうるのみ》、此得人之眞容《これひとのしんようをうえうこと》、勝圖畫《づがにまさる》万倍矣。とある。活春宮は交会の意であり、その図をば「春宮圖」「春宮秘戯圖」など称せられていた。活春宮とは活きた春宮図との意で、その実演といったわけである。

後年には鏡の間が寝所として用いられた例がいくつかあり、わが国では遊里で特別な馴染《なじ》み客のために使われていたのがあった。周囲の壁面と鴨居、天井にまで鏡が張りつめられているので、部屋の内部のものの姿はさまざまな角度から映し出されるばかりか、さらに反射し合って、いながらに各角度からの映像が眺められるとはいえ、さながら切子細工の変わり眼鏡をのぞくに似たものがあり、あるいはかの蟇の油の口上文句にもありそうな有様であった。

図 11　色ひいな形（画像提供：国際日本文化研究センター）

「鏡絵」とはこうしたところからの異名でもあろうか。

あるいはまた「写し絵」にちなむ別称であったか。写しとは、中国の房経房術書のうちにもいう写施の意であろうか。中国の女子同性愛の見世物には磨鏡《マーチン》というのがあり、現代わが国の一部にも行なわれたシロシロ同様なものなのだが、磨鏡の鏡はどうやら陰名らしいのである。

「写し絵」というのは、わが国で江戸時代に行なわれた幻燈映写の名でもあった。室内娯楽として行なわれ、さらに寄席興行として行なわれたこともある。「紙芝居」「立絵」の前身であった。その頃には風呂と呼ばれた暗箱に灯を入れ、前方にガラス板に画いた絵を入れて、壁などに張った白紙に映して見せたのであるが、この絵にもしばしば怪しげな絵があったといわれるので、写し絵との異称が起こったのかもしれない。

「鞘絵」との俗称も、見世物にちなんだもので、川柳には〝嫁いやでのうて覗かぬ鞘写し〟との句もあり、子供相手の大道飴屋などが、この絵の足元に刀の鞘を立てて見せると、普通では何の絵かわからない図が、はっきり絵になって見えるというもの、これを〝鞘写し〟と呼んでいた。偏平な画き方の絵で普通に見ては頗る不態な絵なのだが、彎曲面に映して見ると常態の絵になって見えたのである。雑誌『此花』や伊藤晴雨著の『江戸と東京風俗野史』にはこの絵が載っている。また川柳句に〝鞘は江戸殿は抜身で御出立〟ともあるように、鞘は女陰名俗称にもあるので、鞘絵とはそれから転じた称かもしれない。前出の句の嫁が見世物の鞘写しを見るのは嫌ではないのだが、鞘というのが恥かしくてとの句意もそれでである。

正徳元年（一七一一）刊、祐信画自笑作の『色ひいな形』との一書があるが、艶本にこの雛形との名が流行した時代がある。秘画異名の「姿絵」は普通義の言葉では画像、肖像画のことで、絵姿にした絵との義となる。女絵とか女姿絵などと美人画にいっているのであって、『瓦礫雑考』や『男色大鑑《なんしょくおおかがみ》』などの中に出てくる姿絵との称も、普通の画像の名に解せられるが、『好色一代女』に――姿絵のおかしきを集め云々――とあるのは秘画の異称の方である。『好色旅枕』には張形について――是れに三名あり、一名はお姿、一名は張形、一名は御養の物――とて、秘具にもお姿の称があり、秘画の「姿絵」も行房の容姿の絵というわけなのである。

「枕絵」は床の意味でもあろうか。普通に「枕の絵」といえば箱枕に漆などで画かれている絵のことで、菊花だの狽の絵がある。また箱枕には抽出の付いてるものがあり、これにはねや紙など入れたが、あるいはひそかに秘画冊なども入れたという。そんなところから出た異名であるかもしれないが、一枚絵のものを枕絵といい、「枕草紙」とは冊子になった秘画のことだという。

「勝絵《かちえ》」との異名もある。『古画備考』には勝図と書かれているが、これは武士が出陣の折り、具足櫃の中に秘画を入れて行けば戦に勝つとの厭勝説によるものであった。しかしこれも戦陣での慰めだったのであろう。あるいはまたこの絵を衣類櫃に入れて置けば虫がつかないとか、火災の難をのがれるまじないだとかいわれて「避火図」との異名もあったが、やはりひそかに所蔵する口実だったり、火をよけるとは情交が情火を消す譬えとされていたからでもあろう。俗間では秘画を財布に入れておけば金がふえるなどともいわれていたのである。

「秘画」との称は近代の新造語である。「秘戯画」の略称であると共に、秘事の絵との意ともなり、簡潔でそれとわかりやすい名だったからでもある。そして秘具、秘薬、秘戯、秘語などいうのと同じだが、近頃は「秘本」などと用いるものもある。「秘版」と称したのは秘版画との意味で、浮世絵秘画のこと、戦後版で『秘版北斉』が刊行されたとき初めて現われた呼称である。

秘画の形式と内容

古い「笑い絵」は、だいたい一枚もの（絵巻は別だが）で、絵ばかりである。北斉の大錦『浪千鳥』も同じ構図だが詞書のあるものと、それのない絵ばかりの浮世絵版画が二種出ている。後年のものは詞書の付いているものが多い。絵だけでなく、会話などの詞書を添えていっそう情景の感じを出そうとしたものと思われる。草双紙などになると墨摺の秘画の上下左右の余白に、細字でびっしりと書くようになった。「艶本読和《えんぽんよみわ》」は、この詞書が独立して文になったのである。「艶本」のことはすでに別項に述べたが、「読和」ものの書には却って秘画が一つも入っていないのがある。

次に秘画がまだ「笑い絵」と称せられていた時代には、これらの絵に対する一般の関心は、きわめて素朴でおおらかなものだったことが想像される。そのことは「古画に現われた性の表現」の中でも種々指摘されていて、それがしだいに微細な写実的描写となり、見るものの催情を意識して画かれるようになったのは、浮世絵秘画となってからだといっている。そして享保の禁令以前には、この種の絵にも作者の浮世絵師の署名がなされて、絵草紙屋の店頭に公然と売られていた。

図12　喜能会之故真通（北斎画）

わが国の秘画には、局部が他の部分に比してことに巨大に描かれるのが特色で、世界のどこの国にもない誇張の描法なのであるが、しかもそれが決して不均整の感じを与えず、素晴らしい芸術的表現であるとはゴンクールの評であった。

それにしても浮世絵大家の画いた大錦の名作秘画などは、頗る美しく格調の高いもので、秘戯画であってもみだらな感じどころか、美しい偉大な芸術作品とさえ思われるのである。わが国の浮世絵大家のうち、美人画では歌麿、風景画では北斉、役者絵では写楽が代

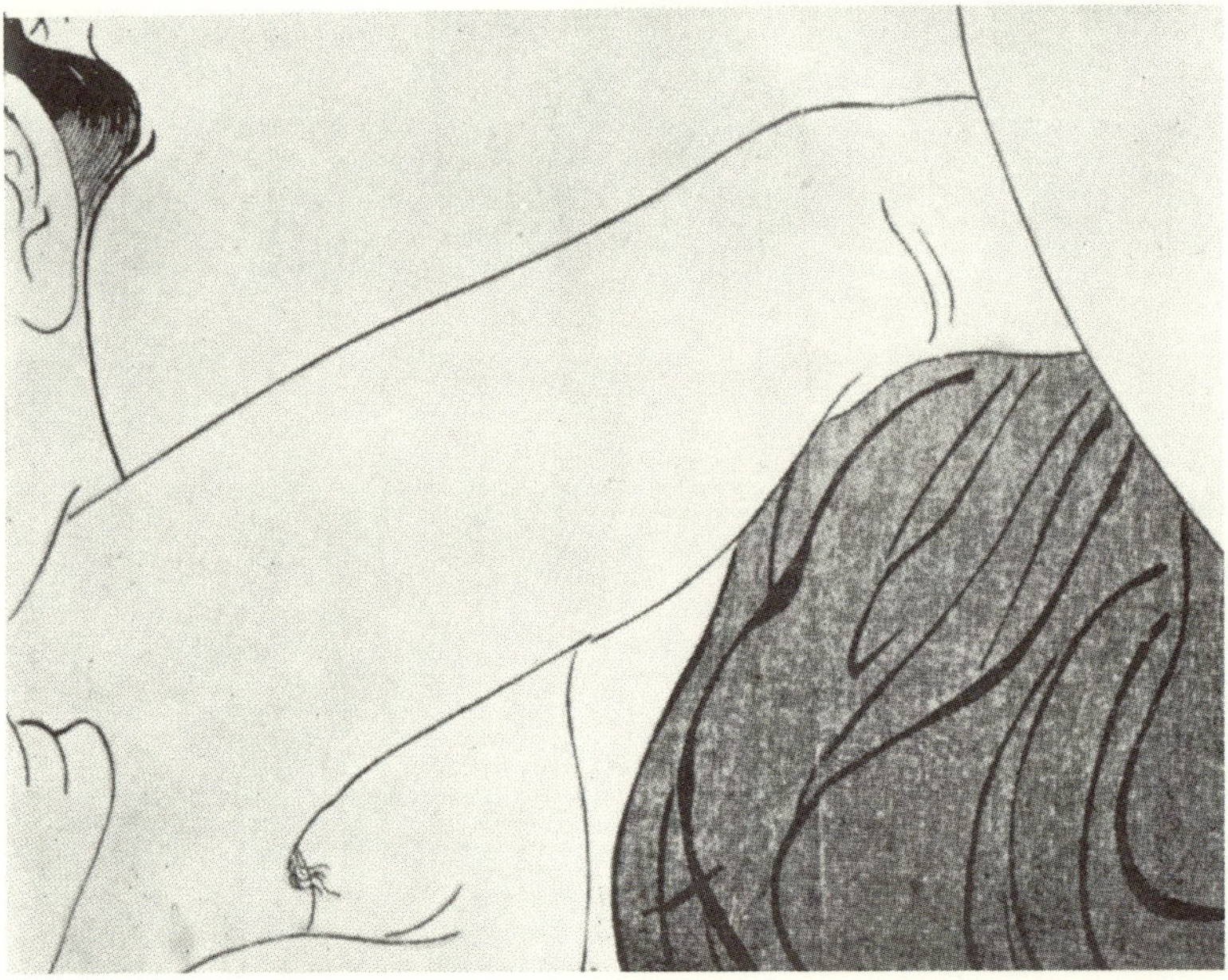

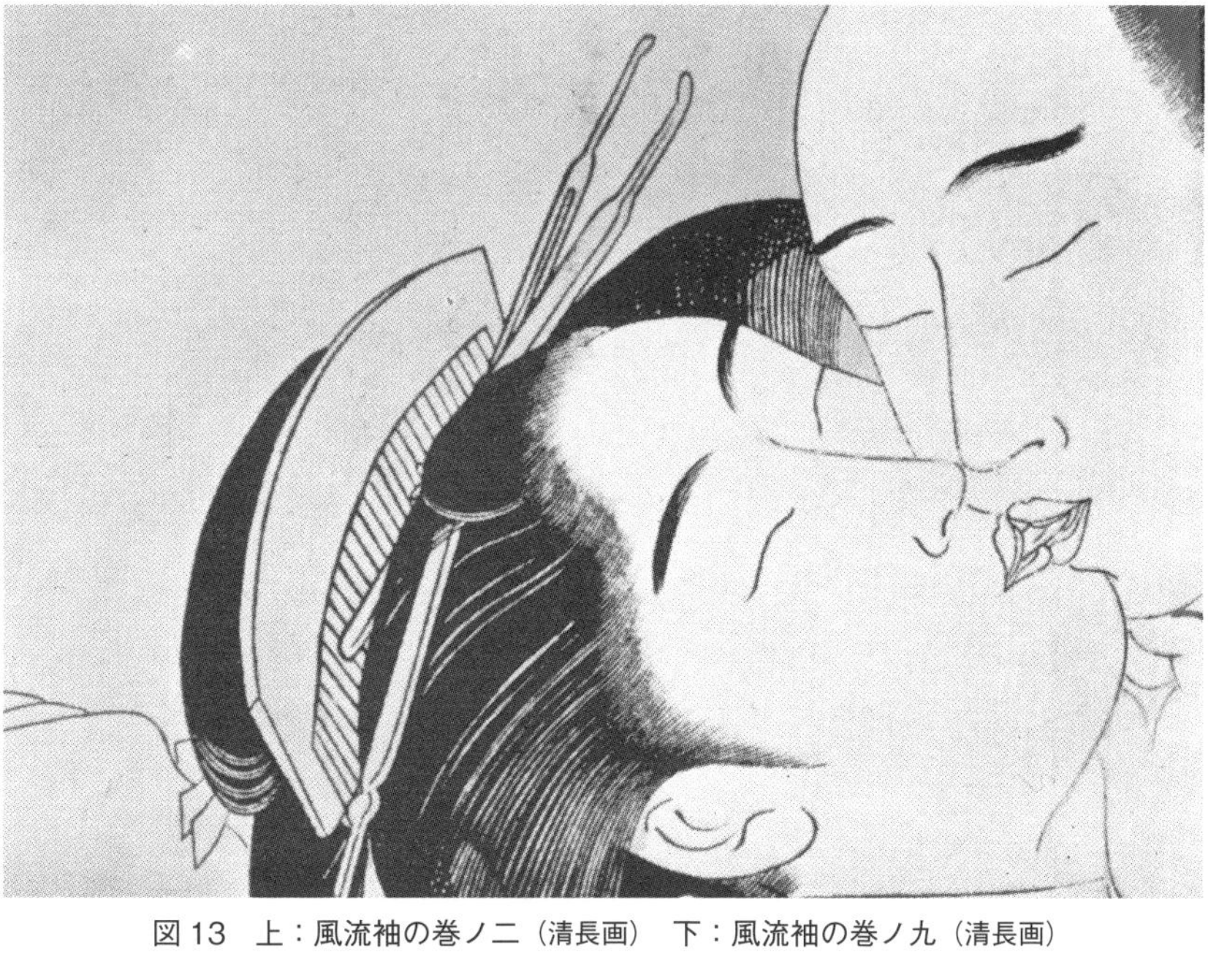

図 13　上：風流袖の巻ノ二（清長画）　下：風流袖の巻ノ九（清長画）

表的な「日本三大浮世絵師」として、世界的に定評あるものだが、それぞれに素晴らしい表現の特色をもっている。そのほか春信の美人画も、なよなよとしたデリケートな女性を描いて、多くの人々を魅了し、今もその価値は高く評価されているのであるし、清長はかなり写実的で肉付のよい健康美の女性を描いている。国貞あたりでは、やや太くて堅い線の美人画や役者絵などがあるが、その初期の作品には頗る密画で美しい絵がある。

歌麿の艶本『幾久《きく》の露《つゆ》』は淡彩摺の半紙本三冊ものだが、絵は上巻が九丁八図、中巻が八丁八図、下巻が八丁八図で、人物の姿態など頗る奔放な筆致で描かれていて、画面一杯にあふれ、時には次の頁にまで延び、そこには裾の乱れや足の先だけしか画かれていないといった有様なのである。なかなかの傑作だが、清長の『風流　袖の巻』〈解説編〈21〉参照〉も、細絵を横に長くした十二枚の巻物仕立、この短冊形を横にした中に大胆な構図で秘戯姿態を描いている。だから上下姿態の一部は当然紙面の外に出て描かれていない。しかしその描線の美しさと構図の雄大さとは、却って魅力的な表現力をもった偉大な傑作である。

また西川祐信などでは、大和絵の達者な筆致で多くの風俗画を残しているのだが、豊かで美しい線の女絵の、肌ぬぎになった若い女に乳首が描かれてないものや、臍のない絵がある。春章なども達者な描線の女絵で、小咄本の秘画をいくつか残しているが、写実的な風俗で非常に参考資料となるものがある。秘画というべきものであろうが、湯文字の耳合わせを前結びにしたり、横結びにしたもの、湯殿での下湯の図、下刈りの絵などは他の書には見られない風俗図である。

読みの短い艶本の秘画は、本文に関係のない秘画が巻頭口絵として載っているのが多い。そのほか「仕掛絵」と称して、たとえば、室内に男女が語らっている普通の絵に、見開きの貼込みがあって、それを開くと取組みの絵となるといったもの、『桃源華洞《とうげんかどう》』に挿入されている図では所載原本の名は記されていないが、娘が立膝姿になった膝の上に草双紙が置かれている絵の、草双紙がこの仕掛けになっていて見開きになる窃視的な図がある。

そのほか、江戸末期ものと思われる一冊本の読和で、各丁読みの文ばかりなのであるが、その袋綴じのある一丁を小口で切り放すと、間に秘画が入っているというのも見掛けられた。こうした構図や製本上のさまざまな形も考案されていたのである。それにしても『春情花朧夜』『淫書開好記』などの長文読和書には、口絵や插画が普通の絵ばかりで秘画がないのは、ひとにのぞかれても艶本とは知れない用意だったかもしれない。

《書　誌》

春情花朧夜　　墨摺小本三冊　吾妻雄兎子　天保

江戸期艶本の三代表作の一、墨摺小本三冊、三編九巻、百七十五丁の長編読和ものだが、一冊に合本したものもある。

題簽には「於宝呂月」とあり、初編の末尾には「於保呂月」、二編の末尾には「朧夜」、三編の末尾には「花の朧夜」と誌されているので、目録にもこれらが区々に載っているため異本と誤られることがある。

序文にも初篇と二篇とには吾妻雄兎子とあり、三篇の序には京女郎半丁述となっているが、各篇本文のはじめには、いずれも吾妻雄兎子著とある。

絵は各篇とも巻頭に二図、本文中挿画各六図、計二十四図あるが、みな普通のもので秘画ではない。

読みは全くの読和だが、筋の運びは変化に富み、人物の関係、解逅、離別に大した無理がなく傑作である。各巻とも必ず登場人物の行房場面が出て来るのだが、秘戯御法の順序などは不思議とほとんどが同じ運びとなっている。

春情妓談　水揚帳　　半紙本三冊　柳亭種彦作　不器用又平画　天保5頃

江戸期艶本の三代表作（『春情花朧夜』『真情春雨衣』『春情妓談水揚帳』）の一つで、種彦がこの種の艶本に手を染めた最初の作といわれ、その構想、描写ともに読本作家と称せられた種彦だけに秀作ものである。序文に、

近ごろ人の物語を水揚帳の反古の裏へ拾い書きして、書名をも水揚帳とよびなすは、かかる双紙を作りいづる

師事という意なるべし。

とあるように、これは種彦の初作との意味を含めている書名である。と同時にこの書が情事の教書だとの意もあったろうか。

水揚というのは花柳界で小妓の初めて客をとることで、俗語では〝舟おろし〟のこと、本来は問屋が入荷を陸上げする意である。水揚帳とは遊里では各遊女の毎日の稼ぎ高を記入した大福帳のことで、もう一つの遊客の氏名年令、人相、遊びの種別や時間、相方の妓名などを記入して置いた客帳は入船帳といった。藝妓花街の記入帳には花山帳との称があり、いずれも情事秘語に関連しているのは面白い。

この書の中には有名な望遠鏡を覗いている色摺絵があり、川に浮んだ船中の情事場面の大写しが載っている。そのほか同じ中巻の最後の半丁には、小間物屋風の男が張形を出して賣っている図が珍しい。

作者柳亭種彦は読本、合巻物の作者だが、合巻ものでは第一人者といわれ、京伝、馬琴と並び称せられた。また古典に関する知識があり、考証随筆ものも書いている。始めて小説を書いたのが文化四年といわれ、読本から合巻物に転じて十二年まで合巻を書いた。第一の長編『偐紫《にせむらさき》田舎源氏』は彼が四十二歳の文政十二年から続いて、天保十三年三十八編まで出た。

氏は高尾、名は知久、通称彦四郎、幕府旗本の士、天明三年江戸に生れ、別号には足薪翁、愛雀軒、偐紫楼、柳の風成、心の種成（狂名）等あり、天保十三年六十歳で没した。

天保改革に際して出版物の取締まりのきっかけとなったのは人情本で、作者為永春水がリストに上った。そして各問題の書を書物問屋から書きださして没収したが、その中にも種彦の水揚帳半紙三冊がある、種彦も奉行所へ呼びだされたけれども、その翌月の七月十八日に没してしまった。

真情春雨衣《はるさめごろも》　三　吾妻雄兎子　安政4

江戸期艶本の代表作の一、中本型三冊ものである。この複刻本は戦後版にもある（解説編〈22〉参照）。

女護島延喜入船《えんぎのいりふね》　半紙本三冊

作者、年代など不詳。淫水騒人訔安の序があり「女護島宝入船」と題したのもあるが、内容は同じ書と思われる。絵は十二枚である（解説編〈23〉参照）。

鼠《ねずみ》染春《ぞめ》の色糸　中本三冊　暮朴斉

怪盗鼠小僧を題材にした読み和の一つ。忍びが上手で大名屋敷や豪商の家に忍び込んで、大金を盗むとそれを貧しい庶民に送った義賊だとも伝えられて評判の話となっているが、別の艶本には江戸城大奥へ忍び込んで、御殿女中の夜の生態を覗き歩き、自分も情事にまきこまれるといった筋のものもあった。

作者の暮朴斉は慕々山人とも称し、仮名垣魯文の隠号という。

春情心の多気　三　女好庵

三編九冊ものの読和、戦後には全文複刻になって出たのがある。

淫書開好記　中本十八冊　慕々山人

慕々山人は仮名垣魯文の隠号だが、これは太閤記に擬した読和もの。『淫書開交記』柳下亭種員作というのもあり、長編艶本で戦後活字本になって出たのもある。

釈花八粧矢的文庫　六月　成　万延1

釈迦一代記を艶本にしたもので、三冊初めに出たものは、色摺厚表紙で本文は模様ワクのカコミ内に文字を刷った二色刷、巻頭にも極彩色の艶画を入れたやや豪華な作りだが、同じ年に続いて出た後篇は墨摺絵で粗画の三冊、これには仕多丸君が六歳から十四歳までの間の行状記を記している。正続六冊だが、またこれを一冊にした別本もある。

小説書目年表慶応二年後に合巻本の『釈迦八相倭文庫』萬亭応賀作の普通のものは、弘化二年初編から明治二年五十八編までで完結している。艶本の月成には類似隠号もあって詳かでない。

図14　淫書開交記（画像提供：国際日本文化研究センター）

開談遊仙伝　半紙本三冊　落書庵景筆　文政11

画は色摺で二十四図、うち六図が秘画、別に草双紙風の中本型の書のものは「開談花の雲」の書名になっている。戦後にも活字小本で流布されているのがある。

好色な殿様を仇とねらう姉弟の話から始まる長編で上巻十五丁、中巻十三丁、下巻十二丁。この中巻には女《あま》の意《い》和戸《わと》の見世物小屋と内部のヤレツケの図があり、また第一図が仕掛絵、文中の絵は袋綴のうち側にあるといった特殊な「仕掛本」である。

葉名茂見誌《はなもみじ》　半紙本三冊　嬌訓亭

色摺の絵入、上巻本文九丁、中巻口絵二丁二図、読み八丁。下巻絵三図、読み十三丁。内容は唐土山東に、盗賊の大親分開楽、開遊という二人の兄弟があり、不思議な女護ケ島へ漂流、さまざまな情事を経験する話が前編となり、この二人の生れ変わりの艶之丞、優三郎が、前世に神女を奪い合った因果により、今世でも多くの女と関係が出てきて苦労するという変わった物語である。

中巻挿画にある「妓亭楼上之図」と「閨中光景」は妓楼の断面鳥瞰図で変った構図のものである。

春情指人形　半紙本三冊　英泉　弘化

好色旅日記　白眼居士　貞享4

竹斉の旅日記に似た好色本で、道中のことなどを描き、途中で不離の身となり、戸板で運ばれる話など出てくる物語である。

春色入船日記　大本三冊　女好庵

これに似た書名の「春色入船帳」というのもあり、「水揚帳」が浅草、向島、吉原を舞台としているのに対して、入船帳は深川遊里を背景に描いている天保八年板という。また横本で極彩色の絵に詞書があるだけで、読みの付いていない「春色入船帳」との秘画冊もある。

世話情浮名横櫛《よわなさかうきなのよこぐし》　嘉永

切られ与三とお富の狂言が上演されて評判になったのが嘉永六年三月、その瀬川如皐の脚本の筋をそのままに艶本化したものである。戦後版にも、この活字本が出ている。

仇枕浮名草紙　中本二冊　好亭大馬　文政

好亭大馬は式亭三馬の隠号、三馬は江戸の水という化粧品を売り出し、それを読本に広告したりしていたが、ここでも作中の会話に「開談百陰語」好亭大馬作英泉画の名が出ている。

狂蝶《きょうちょう》新語　半紙本五冊　巫山亭　文政6

全篇を鎌倉の巻、浪速の巻、京の巻と分け、それぞれ独立した三つの物語を載せている。江戸を遠慮して鎌倉としているらしいが、そこの両替屋富益屋の若後家お才は貞節堅固で評判者、番頭の媚兵衛はもと武家に育ったこれも大の堅物だが、不思議なことに月に一二度は発作を起こして失心するほどの苦しみをする。その原因が知れず、本人もこの病気のことを話すのを嫌っていた。お才がこの秘密をようやく医者から聞きだすことができだが、病は似馬鉄茎といい精気凝固のためで、治療に薬もなく、ただ徐々に手で撫でしずめるほかはない。根治には男女の交通を知らせて行なうことだという。それからは発作が起きると、お才はこの番頭を蔵の二階へ運び入れ、人々を遠ざけて自ら似馬鉄茎をしずめていたが、やがてお才は発作の頻発を願うようになり、番頭媚兵衛も女を知り二人はこれが縁で末長く暮らすようになったとの物語、やや変わった構想の読和である。

佐世見八開伝《さよみはっかいでん》　中本三冊　暮々山人

里見八犬伝のもじりで、草双紙風の読和とある。

阿古妓《あこぎ》文庫　中本三冊　梅渓　安政6

草双紙体読和。墨摺絵入り。

生（正）写相生源氏　大本三冊　国貞画

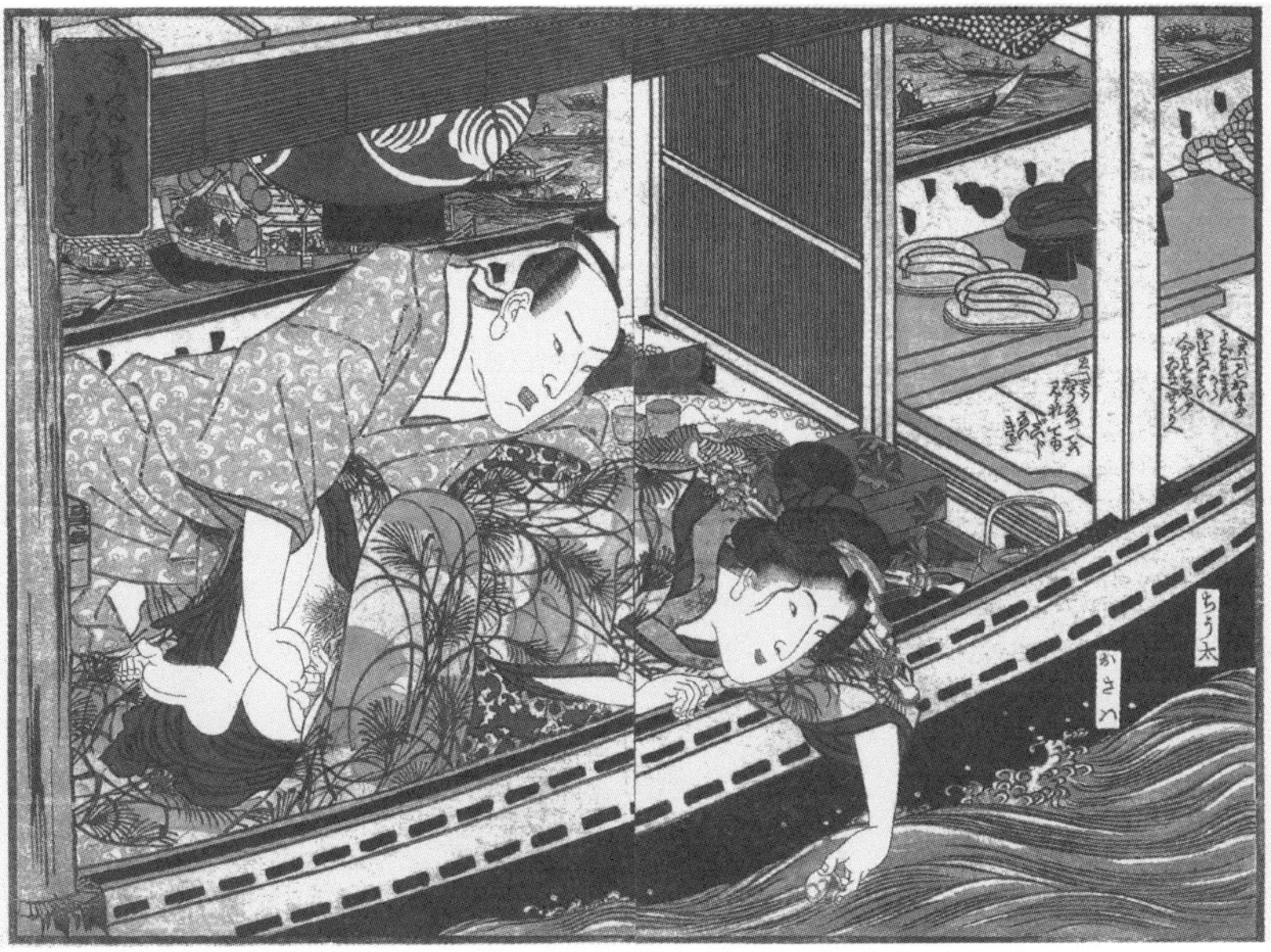

図 15　春色入船日記（画像提供：国際日本文化研究センター）

図 16　正写相生源氏（画像提供：国際日本文化研究センター）

作は京都女好庵主人となっている。国貞の源氏ものとして知られているものには、浮世源氏五十四帖、花鳥余情吾妻源氏、艶姿娯集余情、源氏品定めなどあり、本書は「三源氏」の一つとして著名な箱入豪華本である。あるいは、そのために福井藩主松平春嶽公の御手摺本とも伝えられている（解説編〈24〉参照）。

戦後の会員雑誌『生活文化』特集号だったかに、この解説と全文が収録された（※解説編〈25〉〈26〉も参照）。

《艶本目録》

増補艶本目録　尾崎久弥　大正15

雑誌『変態資料』大正十五年十月以降に七回にわたって掲載されたもので、松岡利英本を底本として編纂されたとある。

日本艶本目録　大野卓　昭和3

雑誌『奇書』昭和三年十二月増刊号に載ったもの。尾崎氏のものとほとんど似たもので書目数はやや多いようであるが、疑問の書目などあり記録も簡単である。これといっしょに佐藤紅霞編『世界艶書目並解題』というのがあって、外国艶本百種の目録も掲載されている。

いろは別好色本目録　松岡利英　大正5

これとは別本という富永某編の同名の目録が東大図書館に所蔵されていると聞くが未見。

いろは別珍書目録　山本伍一　不詳

年代不詳だが孔版半紙判一五〇頁のもの。

いろは別好色本春画・附 吉原もの野郎もの目録　不詳

美濃半紙本写本で五五丁。内容は江戸もの、中国艶本、近代もの混りで、いろは別に収録している。記載は現物によって書いているらしいところもあり、誰か古書店関係者の記録とも思われる。この全文は『日本艶本大集成』に収録された。

好色本目録　柳亭種彦

写本で伝えられてきたのだが、明治三十四年『東壁』第一号および第三号までに、富岡謙三郎氏校訂のものがある、明治三十九年刊の『新群書類従』第七巻には大久保葩雪氏補の種彦「好色本目録」が活字化されて収録された。

好色本解題　東京古典社　昭和4

半紙判和綴五三頁。種彦目録の活字複製本である。

好色本目録　蔵春洞主人

『玉くしげ』第三篇に掲げられた蔵春洞の蔵書目録であった。後これに石川巌氏が追補したのが、次の同書解題である。

蔵春洞書目解題　石川巌　昭和9

孔版刷半紙和綴二一丁。奥付なし。蔵春洞(飯島花月)の好色本目録に追補解題を加えたもので、本文十八丁半、追加二丁半、索引一丁。書目一三二種のものである。

えん本手引草　軟派物研究会　昭和2

美濃判和綴一二一頁。会員に無料配布したといい、古今の書目と著者を簡単に記したというが未見。

玉のさかづき　雅俗文庫　明治45

明治四十五年雅俗文庫(宮武外骨)から刊行されたもの。外骨の稿本には「筐底書詮索」もある。

名家秘蔵書目集　沼津古典社　昭和14

半紙判和綴六〇頁で、解題二頁、本文五四頁、書名索引四頁。『うまの春』『玉のさかづき』『玉くしげ』などの秘本目録を収録したものである。

春艶一里塚　白雲荘学士　昭和8頃
山口県の白雲荘学士が覚書として記録したものを孔版にして所持したもの。艶本類の書名だけの記載だが、二一六種を載せている。
夢のわた季　高島監泉編　明治14
秘稿目録　南一笑亭　明治45
篭底秘蘊　不羈斉主人の稿本
筐底書解題　だるまや主人の稿本
以上四点は未見。
そのほか「解題書」や雑誌に紹介解題のものなどあるが、略す。小倉清三郎の『相対会報告』中にも「秘本手記」として艶本書目を掲げているのもあったが、未完に終わった。

（六）性典・秘戯書

性的秘事

性的な物語や読みもの以外に、性の倫理、医学などの面から理論的、学術的に記述された書がある。これらも閨房のこととなると、以前には、すべて秘事と考えられていたのである。

性生活のことは人生の重要な生活部分と考え、家族や子孫の存続、継承、繁栄などにつながる重大な問題だというばかりでなく、性生活はいわば人間が異性との営みを完遂し、満足するための体当たり的な真剣な努力なのである。そしてそれが完遂されるまでは、とにかく一対一の人間としての接渉が行なわれるのであるから、これが失敗すれば大きな苦悩であり、心の痛手となる。

そうしたものであるだけに、本来はきわめて私的なことでもあり、個人的な自由と権利のものであり、あらゆる情知をつくして当たり、他人の干渉を許さないのである。しかし人間が社会生活の中で安全幸福に営もうとするこれらの性生活には、自からいくたの制約があるし、他人に侵害や妨害を受けやすかった時代がある。

そのために、これは秘事となったと思われる。当事者間には秘事でなくとも、他に対して秘事なのである。またある部分については当事者の相手に対しても秘事とする場合がある。そしてこの知られざる部分を魅力として残し、交渉の過程において、なおわが身を有利に導こうとするのである。そこでこうした秘事や秘事とする部分が案外暴露されると羞恥を感ずるのである。むかし好色物語を「笑い本」と称した時代には、房事のことなどを書いているものを見ても、大して気にしないで笑いにまぎらして過ごしたという。

いわゆる秘事に対して相当神経質になり、羞恥を問題にしだしたのは、江戸時代の儒教による道徳感からでもあろうが、世態が頗る享楽的となり、絵巻物が春画となり、笑い本が艶本となったように、挑発的催情的の傾向が強まってきてからである。そして売色や遊びが盛んになったから、いわゆる秘事はもっと真面目に守り隠されねばならなくなったし、それらに対して差恥が強まったともいえる。

では「羞恥」とはなんだろうか。そうあるべきことを為しえない者には「恥を知れ」という。真剣な恋もなしとげえずに、遊びに有頂天になる者も恥しいに違いない。性行為の乱用者を見ると、恥かしく嫌悪をさえ感ずるかもしれなかった。自分らの性生活も同じような軽率なものと思われることも、残念で恥かしかった。

江戸時代には士農工商の階級が厳然と定められていて、町人は武士にはなれなかったように、すべてが身分相応な生活しか許されなかった。だから商人とか職人とか百姓など服装で見分けられたといい、それも親方と平《ひら》職人、手代番頭と丁稚とそれぞれに服装にも階級があり、身分相応の服装をすることで他から直ぐに見分けられても、むしろそうであることを自らの誇りとしていたという。

俗語にひとをたしなめ、あるいは侮蔑し、あるいは罵倒する言葉に「ざまを見ろ」といったのも、柄にないことをするからだといった意味の、その有様、容姿を見ろとのことなのであった。

ここでも恥を知れといわれる。でも、この恥を知るということが、人間的に美徳だとされていた。性的な羞恥は前にも述べたように、確かに魅力となる要素をもっている。だが、その羞恥の魅力は一面からいえば、相手が恥かしく思う弱点を見て、自分の優位、優勢と感じることかもしれない。その羞恥の本態がなにかに関心をもち、謎である場合に魅力となる。

武士は恥かしめを受けたとき、その解決のためには死をも賭した。そのくらいに恥を知ることを最高の美徳だと教えこまれたのであった。

恥知らずで図々しいのは人間の屑、問題にならない下等者というようにいわれるようになった。知っていても悪いことを平気で行なう恥知らず、このように恥は自他の立場でさまざまに解釈されている。宮武外骨は、かつてこういったことがある。

羞恥は警戒心理の現われである。動物心理で自身の弱体を意識して敵の攻撃を警戒するとき羞恥が起る。食事をとっているとき、用便中、裸体で防禦装備のないとき、それらは動物に於て最も弱体を暴露して、他からの攻撃を警戒する。だから羞恥する。

というのである。性的な秘事事象について、この言葉は、とくに注目すべきものがあると思われる。攻撃を受けやすい状態を示すことに羞恥する。他人のそうした状態を杞憂して羞恥と思う。ある種の女どもは故意にそれを現わして相手を誘いかける。目的は取引のためであり、単純ではないのだから、いやらしいのである。

近代の「猥褻」ということには、性的にこの羞恥を要件としているので、むずかしい話になる。

江戸の大奥では将軍にしろ、奥方にしろ、更衣にはほとんど自身で手を用いず、下から上まですべて側近者が世話をしたと伝えられる。お局が厠に入るにもお付きの女中がいっしょに入って、万事を始末し自分は手を用いなかったが、春日局だけはそれをさせなかったともいう。

これで誰もそれを羞恥に感じないのは、もちろんそうした慣習のためだったろうが、一つにはなんらそのための危害や障害がなく通って来たからであろう。

たとえ同性の間でも、他人の前に隠し所を現わすのは、羞恥であり猥せつだといわれているのに、公衆浴場においては丸裸を少しも不思議とは思わない。慣習による群衆心理から起こった実例である。

性典・秘戯書の歴史と内容

さてわが国の性典書として、最も古く有名なのは『医心方《いしんほう》』における「房内篇」であった（解説編〈27〉参照）。この書は、しかし漢法医書として丹波宿祢康頼《たんばのすくねやすより》が、命により隋唐の医書から集載、天元五年（九八二）に稿を起こし、永観二年（九八四）に脱稿奏進したという全三十巻の医書で、そのうちの第二十八巻が「房内篇」として、中国の房経『素女経《そじょきょう》』その他を収録しているのであり、いわば房事衛生の巻なのであった。そして人々の性生活におけるさまざまな房技房術、つまり交会姿態や御法《ぎょほう》を、ここでは養生医学として掲げられていたのである。

もちろん、かかる書物は当時一般に見られたわけではなく、特別な階級者の一部に知られていただけだと思われる。

〝性典〟との名は近代の新造語で、辞書にも普通のものには見当たらない言葉である。明治の初期に、いくつか現われた性的機能や、生理衛生を書いている通俗医学書風の『造化機論』などいう類の書物に対しては、これを「性学書」と呼んだ。これとて、もちろん後年になって名付けられた名称なのである。「性典」とは、性愛に関する教典との意味であろう。

有名な『カーマスートラ』(愛経)は印度の古代性典であった。印度におけるシャストラ(経書)には多くの類書が存在していたが、いずれも宗教的な教義として、神の啓示を理論的に説いた聖典であった。そのうちの政治経済面をもっぱらとして説いた経書を「財経」といい、また社会規律を述べているのを「法経」といった。そしてさらに男女の性愛に関する部面を説いたのが「愛経」であった。

印度にはそのほかにも『ラテイラハスヤ』(愛秘)、『アナンガランガ』(愛壇)の性典が著名で、『カーマスートラ』と共に、これを「印度三大性典」と称せられている。それからトルコには『エル・キターブ』(典籍)一名愛の秘律と呼ばれているのがあり、アラビヤにも『ジャルダン・バルヒューメ』(匂える園)というのがあって、いずれも東洋の古代性典として知られている。

仏教の戒律にも、さまざまな禁忌事項が規定されている。これらは宗教的な修行生活上に慎しむべき訓戒を定めたもので、その中には色欲に関するもので一種の性典と見るべきものも含まれているのである。『大蔵経』中の戒律篇にもそれが見られ、大正十五年に出た北川智聖訳『邪淫戒』(初版発禁)には、そのことがわかりやすく書かれている。あるいは敦煌石窟から発掘されたという古文書で、尼僧の色欲に対する戒律を記している書も出ている。

また中国では、古くから仙術などとともに、「房術」というものが称えられていた。そしてそれを書き残したものが「房術書」または「房経」として伝えられていたのである。由来中国の民俗思想では不老長生が人生最大の幸福とされていた。そのために各種の仙薬とか回春の術が真面目に考えられていたのであって、結局は不老長寿を保って、夫婦和台の営みを楽しむべきだということであった。

そこで中国には、昔からよく仙術によって不老不死の霊薬を探しに出掛けたとか、不思議な方術や秘伝をさずかって若返ったとの話がある。あるいは実際にも採陰《さいいん》補陽《ほよう》の術とか、閉固呼息の法とか、さては掬弄《きくろう》、暖房暖手、肉陣などいったさまざまな方法が行なわれて、これらを「房術」と称した。古くは王侯貴族の側近には常に房術家と称する専門家が召し抱えられていて、それが閨房生活に対する種々の助言をしたのである。

だから中国には、これらの仙術家や房術家が、それぞれの秘伝秘法を伝えた房術書がいくらもあった。いわば「性愛秘戯書」であるが、要するに、いかにしたら自身を損することなしに快楽をえられるか、あるいは回春補陽の術となしえるかということであった。

こうしたもののうちで最も著名な、そして基本的な房経が『素女経』であった。黄帝と素女、黄帝と玄女との問答体で記されているもので、『玄女経』とも称せられた書である。

昭和四年に文芸市場社の談奇館随筆第二巻として出た梅原北明著の『秘戯指南』には、秘戯に関する各種の文献中に、この『素女経』の抜革が掲げられたが、戦後に紫書房から出た『性史・素女経』には、葉徳輝氏編の『双楳景闇《そうばいけいあん》叢書』から邦訳されたと思われる訳文が載っている。

わが国における性典はこれら中国の房経を伝えた『医心方』房内篇から出たもので、一般に見られるようになったものは天文二十一年（一五五二）、大医《だいい》今大路道三延寿が『素女妙論』を和訳した『黄素妙論』であったが、さらに慶長年間には『延寿撮要』が出た。この書は慶長木活本で仮名交り文であったので、大分多くの人々に読まれたらしい（この全文紹介は雑誌『あまとりあ』誌上に拙稿を掲げてある）。

内容は養生之総論、言行篇、飲食篇、房事篇といったように、養生書として出されているのであって、このうちの房事篇に行房の諸事項が記されているのである。

とにかくわが国では性典を「養生書」と呼び、養生医学の一部とされて来た。貝原益軒の十訓書の一つ『養生訓』は、正徳三年（一七一三）の稿であるが、やはり養生書として行房度数のことなどいっているのは有名である。だが、これらはやがてさらに通俗化して「重宝記」風の艶本にも載り、あるいは「文指南」書中にも部分的な抄録が掲げられたりして、後には「色指南」書と称してこれにならったわが国の性愛秘事や、いわゆる四十八手の俗称御法などの書が出廻ったのである。遊里書の「わけもの」は、主として売女の手管としての性的秘戯を書いているのであるが、畠山箕山著の『色道大鏡』（延宝六年）中にも、遊女の心得としてそうした部分にも触れて書かれている。嘉永二年版の『色道禁秘抄』は、わが国の性典書として立派なものであり、著名な書である（解説編〈28〉参照）。全篇六十四項に分かち、わが国に以前からいわれて来た性的な事項を掲げて解説している。

そこでかかる性書の内容および形式について分類してみると、

①男女の恋愛秘戯の諸相とそれらの一般的技巧等に関するもの。

②交会姿態および御法等、行房秘戯に関する直接的なもの。

③秘具、秘薬等の用法、技巧等に関するもの。

④陰名、その他機能や鑑別について記述したもの。

⑤男色、女色、独悦手弄《どくえつしゅろう》、探春《たんしゅん》等に関するもの。

などがある。その解説書が性書ということになる（解説編〈29〉参照）。

性典秘戯書は、こうした性の理論や教書なのであるが、人間の性欲は享楽の追求としてのみ現われやすいので、これらについても艶本と同様な見方が行なわれる。艶本は行房秘戯の情景や細かい感情の描写、心理的な態度などを文学的に表現しているが、性典秘戯の通俗書が示す行房のこと自体が、ある人々には魅力となって想像の世界に誘ったり、あるいはまた技巧として相手を喜ばすために利用しようとする、興味として見られた。

行房姿態が、なぜさまざまに起こるのか、性典にはそれが体質や体格的な方法として説かれているのであるが、一般には概して快感の追求、刺激的変化のために行なわれたり、場合による便法として選ばれたりしている。愛情の表現をいかに特別な創意らしく強く感じさせられるか、快感の情熱をいかにして満足に導くか、といったことからの態位の変化があると考えられる。

とにかく、そうした行房についての諸相が述べられているのが、性典その他の秘戯書である。遊里書の一つに「わけもの」の書があり、これには売女が稼業に用いる種々の技法が記されているものであるが、商売のための行房であるから、痴話や口説《くぜつ》もそれによっていかに相手の男を喜ばせるか、あるいは気を引き、後々までも忘れられないものにするか、交会では男に魅力を与えて喜ばせ、自身は精力の消耗、労力の加重を避けて、いかに早く男には満足させるかなどの方法なのである。さまざまな御法があるし、フリを付けると称して、意識して「泣きを入れ」たり、遂《すい》情《じょう》の開縮が妙境と思わせる偽交、好かぬ相手へのむかもも偽交、さては花心への妙接をさける底根の法なども行なわれた。

衆道においても親嘴《くちづけ》のこと、下湯のこと、探春のことなどは女色の場合と同様に行なわれていたことが、衆道書には見えている。

ある厳格な老夫婦の一人娘として育てられた女が、後に家の事情で客商売のところに働きに出たのだが、そこである男にいい寄られ、ついに関係が出来てしまった。その後しばらくして男は彼女に飽きたのか口実を設けては、彼女から遠ざかろうとしたのであったが、女は執拗に男のあとを追い離れようとしなかった。そして彼女の告白によれば、男を愛して忘れられないといい、だが男との性欲的な快感は知らなかったらしく、一度もそう思ったことはなく、なぜ男はあんなことをするのかと思えてならなかったという。

不感症なのかもしれないが、今まで育った生活の中で、ほとんど男女の接触とか性的な話なども聞かされなかったからかもしれない。

さまざまな性戯を変態的と思って、恥かしく考える者もある。あるいは環境により他人の嬌態を知って、好奇心からの性戯に走る者もある。また隠された秘事を知ろうとする場合もある。

とにかく性典・秘戯書では、秘事といわれた性生活の部分を説いているのであり、ことに庶民風俗や秘語のことは、他の書に見られないものが多い。そしてこれらのことも、実は人間の生活知識の上に真剣に考えねばならぬ問題が少なからず含まれているのである。

ところで、これらの書も近代の人々は一般に「艶本」と称しているが、前にも記したように艶本は読み物小説で「つや本」だという。そう区別するのが当然でもあろう

《書　誌》

医心方　丹波宿祢康頼撰　永観2

素女妙論　游子刊　嘉靖15

黄素妙論　唐本形一冊　雖知苦斉道三　天文21

延寿撮要　大本一冊　曲直瀬玄朔　慶長板

衛生秘要抄　丹波行長撰　正応元

以上の諸書についての解題は『講座日本風俗史』別巻第一集総括篇に拙稿を掲げたので省略する。

その他中国の房経房術書『素女経』『素女方』『玉房秘訣』『洞玄子《どうげんし》』『抱朴子《ほうぼくし》』『天地陰陽交歓大楽賦』等は葉徳輝編の『双楳景闇叢書』の一冊に収録されているが、この漢文を訳した活字本『性史素女経』（紫書房刊）に載っている。

既済真経　仙人呂純　中国房術書

これは素女経以前の房術書といわれ、内容は孫呉の兵法に擬して房中御法を説く。采戦、返老、還童、長生の

術を述べている。『百戦百勝』というのもあり、これについては特殊雑誌『新生』（孔版）に詳しい解説が載っている。

淫事養生解　中本一　高井伴寛　文化12
二冊本のうち上巻は「食事養生解」で、下巻が「淫事養生解」である。

子種蒔　半紙本一
本文七丁の小冊、仮名交り文、内容は和合の道、男陰の十品、女陰の十品、その他老若陰四項、である。ここでは張形を独楽具でなく補戯の具としている。

女閨訓　写本一巻　筆者年代不詳
内容は、常の心得、閨《ねや》の御慎み事、朝夕の御心得の三部に分れている。この全文は斉藤昌三著『東亜軟書考』に収録あり。「女訓」ともいうが、原本に名称はついていないという。

養生訓　貝原益軒　正徳3

色道禁秘抄　半紙本二冊　兎鹿斉　嘉永2

その他通俗指南書の類あるいは「重宝記」類で房事記事を含む書では、

女大楽宝開　大本一冊　宝暦頃
艶道日夜女宝記　横本一冊　元禄頃
艶色色時雨　横本一冊　祐信画　元禄頃
好色夜砧槌《よきぬたのつち》　横本一冊　宝永2
好色智恵海《ちえのうみ》　半紙本三冊　元禄年間
万宝智恵海　二　文政11
真情指南　中本二冊　英泉画　文政5

題簽に「色指南」とある。

素婦色指南《ぢいろ》　中本一冊

閨房秘術宝文庫　半紙本三冊　丸麿画

枕文庫　半紙本九冊　英泉画　文政頃

陰陽手事之巻《てごと》　中本一

色道無限算開記　中本一　安永頃

しめしこと雨夜のたけかり　写本

解説は『日本艶本大集成』にある。

全盛七婦久腎《ぜんせいしちふくじん》　中本一

目録には『宝船比知婦久人』三冊というのがあり、外題替の一書に『新色月の七草』三冊があるという。

春色忍ケ岡　中本一　作者年代不詳

（七） 物語文学と咄本

物語文学

わが国の文学書目分類によると、最も古くから行なわれたものは物語文学で、それにも昔物語、説話物語、歴史物語、戦記物語などがある。

「絵巻物」はこの種物語ものの絵画化であって、絵画美術に属する部門であるが、絵巻物の最盛期ともいうべき時代は藤原末期で、従来の唐絵からようやく大和絵が普及し始め、絵画が概して貴族豪族の愛玩物であったり、あるいは装飾的用途に供せられていたものが、漸次庶民的な意味に移行し始めたことを示したものであった。またこの絵巻の中に現われた風俗、絵詞などは、後の「笑い本」に大きな影響をもたらしていることは見逃せない。

「物語文学」について『日本史小辞典』は、次のように簡潔な説明を掲げている。

平安時代から鎌倉室町時代へかけて続出した物語様式の文学作品の総称。始源を古代の口承文芸に発し、これが文字に記載されて、まず歌物語（伊勢物語など）と、伝奇的物語（竹取物語など）ができ、『宇津保』、『落窪』などを経て『源氏物語』に至り、この両者が止揚完成された写実小説となった。このほか今昔物語のごとき説話文学、平家物語のごとき軍記物もこの範疇に入る。共通した性格として「かたる」という叙述形式をとり、物語的プロットとストーリーをもつことがあげられる。

芸術的効果として、読者に親睦感ややわらか味を与えるので、近代の作家でも意識してこの様式をとることがある。

平安時代以来、わが国の小説は物語の形式をとった「説話文学」が代表していた。

「説話文学」広義には説話学の対象たる神話、伝説、民譚、童話等を文章化したものをいうが、普通には文学的表現と構成において結成された説話の集団すなわち説話集をさす。『霊異記』、『大和物語』などに発端し、『今昔物語』の大成を経て鎌倉期に最も栄えた。叙事的、伝奇的、教訓的、民衆的等の特徴を有し、その性格から宗教(仏教)説話、歌話、童話、世俗説話の四種に大別できる。

貴族知識階級の虚構により成立する物語文学に対し、民衆社会の現実直視を生命として発展したものと考えられる。後には苛烈な現実の彼方に架空の夢を托し、(御伽草子)、転じて説話を素材として創作化の方向へ発展した。民衆の信仰、風俗、生活を知る屈強の好資料。

ともいわれている。とにかく古い時代の人々の生活には、それを取巻くさまざまな事象、事物に由来「いわれ」が伝承伝説として語られ、あるいは英雄の事蹟などもいい伝えとして物語られていた。その他土地や生活の歴史、慣習や行事の理由にもそれぞれの物語があったのである。

だからこの時代の伝承伝説は人々の生活の歴史であったばかりでなく、説話としてある程度人々の社会生活に規矩を示してその秩序を保たしめる効果をもっていた。そしてさらには仏教や儒教の教訓と結びついて、文学的には「お伽草子」の出現となった。お伽草子については、

鎌倉時代末期より江戸の初期までの通俗短篇小説と称し、お伽噺、童話、寓話、怪異譚、教訓譚など儒教倫理を含んだ物語ものであったが、庶民文学として流行した。

といわれている。そして江戸時代に入ってからは「仮名草子」を出現させた。仮名草子は、

江戸文学の一種で、その初期における出現であり、以前の漢字の仏典、経書、漢詩などがもっぱら学者とか貴族の間にだけ行なわれてきたのに対して、これはもっと通俗的で近世的、庶民的なものであった。種類はさまざまであったが、要するに啓蒙教訓的な仮名書きの物語短篇小説をいうのである。和歌、俳諧は含まないが、やがてその後に出現を見るに至った。「浮世草子」への推移過程における内容的性格がよくうかがわれる。ものであった。

以上の説話もの、お伽草子、仮名草子の諸書については、すでに別記したが、このような物語の中にも性的物語は少なくなかったし、あるいは性的な滑稽物語としてさまざまな話が掲げられている。しかし、この時代の書物は文体の関係もあるだろうが性的な話では、きわめて素朴で率直に述べられている。意識的に誇張したり、刺激するような点があまり感じられないだけに、それがいかにも自然に現われた事がらとして受け取られるので、読む人々にもおおらかな気持ちで、ある人々にとってはひそかな笑いとなったのであろう。

もちろん、時代的にも当時の人々は聞く方にしても、素朴でその物語に出てくる情景や心情をより以上にかんぐって、あれこれと批判的なことはしなかったかもしれない。だから、これらの性的物語ものを「笑い本」と呼んだけれども、この呼称もいつ頃から起こったものか詳かでない。そして江戸時代の小説物語の笑い本とは大分意味を異にしていたと思われるのである（笑い本の項参照）。

貴族や権力者と庶民との身分的階層的生活が、生れながらにして約束され、宗教的思想や儒教的道徳によって人々の社会生活が営まれていた時代には、性生活においてもその花やかな享楽追求の欲望なども、自らそれぞれに限界があって自由なものではなかった。

庶民が現実的、刹那的な享楽をその生活のうちに追求するようになったのは戦国時代以後、江戸期となってようやく庶民生活に安定のきざしが現われた元禄前後からであった。そして好色ということが漸次批判の対象となってきて、取り締まられたから、性的問題はいっそう刺激的なものとなって、隠れたる秘事との観念を強めたために、却って意識的な笑い本の出現などを促したようである。

文学的にはかくてやがて「浮世草子」の出現となったが、物語ものに関連して次に「咄本」のことを述べることにする。

語り話

古い伝承伝説の類は、人々の生活のうちに「語り話」として口から耳へと語り伝えられてきた。古代には「物語師」(かたりべ)と称して物語を人に聞かせることを専門にしていた者があった。『日本史小辞典』には「語部」(かたりべ)の項に

古代における記憶口誦によって傳承を掌っていた部。語造(天武十二年紀)――語部君、語部首(出雲國大税賑給歴名帳)――語部(御野國戸籍)等若干の組織をもっていたと思われる。奈良朝以後の職掌は踐祚大嘗祭卯日の儀式の際に古詞を奏す。云々。

といっている。

わが国最古の書といわれる『古事記』も、当時の大学者太安萬侶が物語師稗田阿礼から聞いた話を書き綴ってできたものだといわれている。このような伝承伝説の語り話が文学的には「物語文学」となって、文学の最古の形態をなしたのである。そしてこれらの物語には多くの性的な話が含まれているのも、人間の本能的欲求が生活の中での語り話に表現された証となろうし、むしろ自然なことなのである。

イリンの『書物の歴史』には、

むかしある国に非常に物覚えのよい男がいた。そこで王様はこの男に国の歴史や英雄の物語などを覚え込ませて、他国からの来賓があったときにはその席に男を召し出して、来賓に古い物語を聞かせるのを例としていた。しかし男は一度も物語の順序など間違えたことはなかった。

といっている。まるで人間録音器のような存在であったのである。また同じような話が別の書物にも見え、そこでは、このような物覚えのよい男何人かに、王様はそれぞれ物語を覚えこませていた。あるとき他国からの來賓があったので、さっそく男を呼び出させたところ、しばらくして使いの者がもどってきて「物語は本日病気で休んでお

ります」といった。

とあり、物語が寝込んでいるとの滑稽話になっている。ものはいいようだが、文学はそうしたところから起こる。

わが国にも、もと著名な武将の邸などには「お伽衆《とぎしゅう》」というのが召し抱えられていた。「お伽衆」お咄衆《はなししゅう》ともいう。日夜君側にあって主君の話し相手をなす役。十六世紀中頃、戦国武士の間に武辺に関する咄が流行し、戦陣の徒然《つれづれ》の慰安や武士としての心掛け、実務の処理等に対する参考として喜ばれていた。初め大内氏、武田氏らが、老臣、武功者をこの役に用い、ついで毛利、豊臣、前田、徳川の諸氏に至り後世まで続いたところもあったようである。

と『日本史小辞典』はいっている。かの曽呂利新左衛門や安楽庵策伝などもお伽衆だったという。新左衛門には多くの逸話が残っていて、機智に富み滑稽な話がいろいろ伝えられている。

殿様から何か褒美をとらせるから望みをいえとのことで、新左はそれならば今後自分が時折急に殿の耳たぼをなめたくなったとき、その勝手を許してもらいたいといった。妙な願いだが雑作のないことだから殿もそれを承知した。すると、その後諸大名が殿の御前に出てさまざまな言上やら、御機嫌伺いに来たときなど、新左は君側にいてしばしば耳たぼへ口を寄せた。これを見た大名たちは、また新左が殿にいらぬ告げ口をしたかと思い、野望を持つ大名はさっそく新左のところへ贈り物などをしてきたという。

文学書以外に「語り話」は人々の生活の中に語り伝えられていた。今も残る各地の「昔話」「民譚」などがそれである。

辻咄

延宝、天和（一六八〇）の頃、上方に「軽口」というのが流行した。『古語辞典』に、

軽口というのは、一語で二つの意味にとれるものをいって座興がること。

と説明されているように、これは一種の「掛け言葉」であり、「洒落言葉」であった。人の意表をついて面白がり、それが理解されることを得意としたり笑いとしたものである。

このような風俗傾向や流行が起こったことは、浮世時代への風潮を示すもので、そのことは、さらに後節においてやや詳しく述べることにしたい。洒落言葉はその後江戸にも盛んに行なわれるようになったのであるが、普通の話で表面はたわいのないような言葉ではあるが、もう一つ他に隠れた意味が裏に含まれていて、それが滑稽だったり、痛快だといったことから、江戸っ子が好んで用いたいわゆる諷刺諧謔に通じる言葉であった。

浮世時代が出現するに当って、上方にまずこの軽口が流行をみせ、そして「軽口咄」が起こった。軽口咄は物語の終りをこの軽口で結ぶ話なのであり、口軽にしゃべりまくる「おどけ咄」のことでもあった。この頃広場などに小屋掛をして人々を寄せ、入場料をとってこの種の話を聞かせる新商売が起こり、これを「辻咄」と称したのである。

貞享には京都に「辻風呂」というものが行なわれていたが、天和二年版の『好色一代男』の中にも、「船湯」というものを考案して商売にする男の話があり、この頃「辻商売」として新しい商売の街頭進出が目立っている。江戸の新吉原に「辻駕籠」が許されたのは元禄三年のことである。「辻咄」もこの種の辻商売の一つであったが、これが後年の「寄席落語」の先駆であったといえるだろう。

とにかくここに物語や昔咄が変わった形で商売に登場したことは注目すべきものであり、やがてここからさらに「咄本」の出現となったのである。『守貞謾稿』に、この頃三都に辻咄起こるといっているのがそれであった。

天和年間、京都では露の五郎兵衛という者が四条河原や北野天神の境内などに、小屋をかけて入場料をとり、人々に話を聞かせて商売とした。

また大阪でも、米沢彦八らが天王寺とか道頓堀の盛り場に出て、小屋掛けの辻咄を行なった。

江戸では鹿野《しかの》武左衛門が、貞享の頃に中橋広小路に莚張りの小屋を作り、そこで木戸銭六文をとって辻咄を聞かせ、大いに人気があったといわれている。

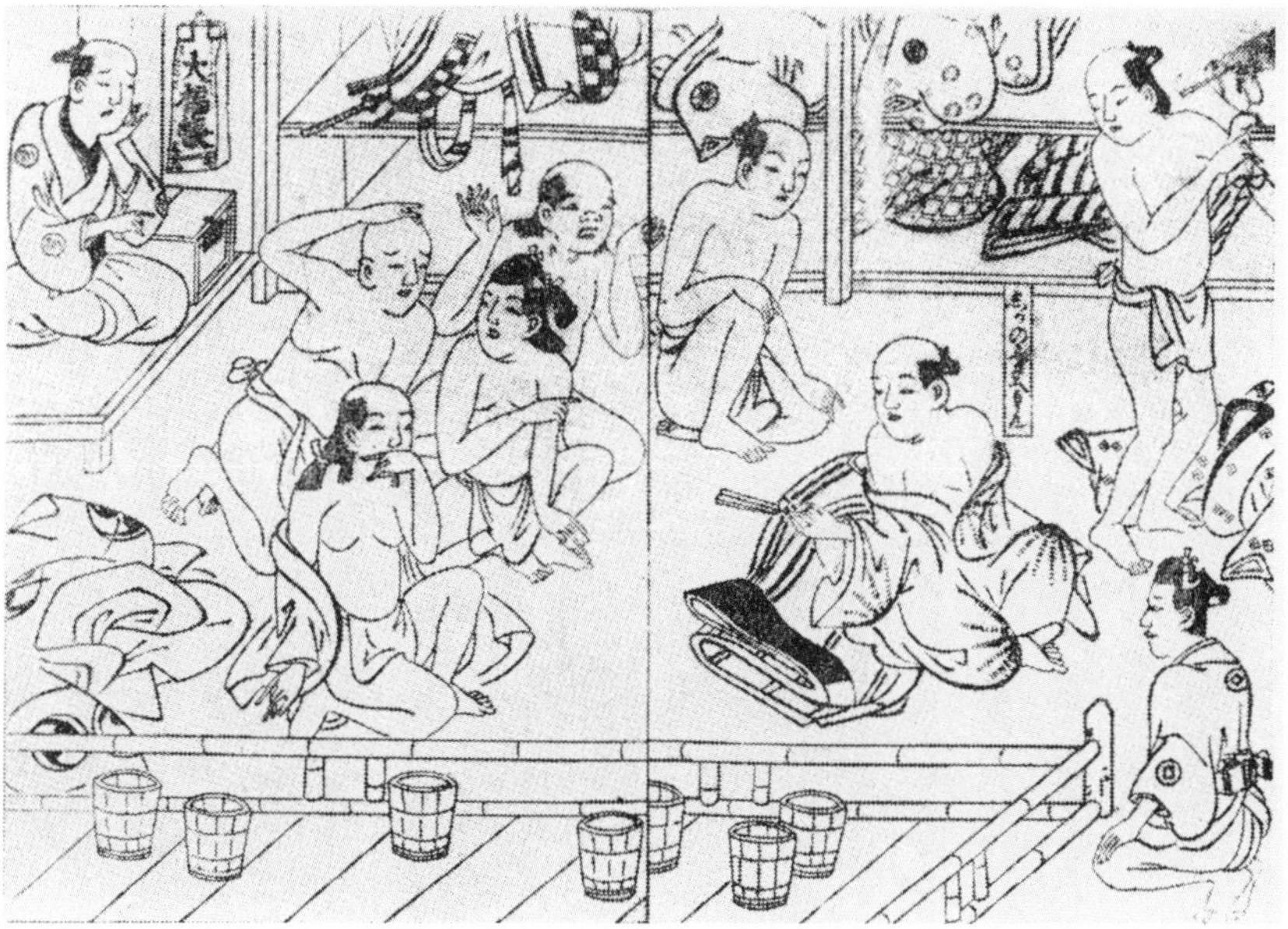

図17　鹿の巻筆（古山師重画）

かくて辻咄の祖は京都の露の五郎兵衛だったとされ、彼のことは『足薪翁記』や京伝の『奇跡考』あたりにも記されているのであるが、『近代日本文学大系』第二十五巻「日本小説作家人名辞書」には、

露の五郎兵衛　京都落語家の祖、延寶の頃から京都祇園の真葛ケ原、四條河原、北野神社境内等で辻咄を興業した。辻咄の祖である。雨洛と號し、また老後剃髪して露休とも號した。元禄十六年五月九日没。年六十一。

と記され、米沢彦八のことでは

米沢彦八　大阪落語家の祖。大阪生玉神社の境内で辻咄を業とし、当時有名であった。一名萬歳彦八と稱し萬歳の音曲をも試みた。「輕口男」（貞享元年刊）、「軽口御前男」（元禄十六年刊）の作者。

と見えている。近代熊本地方に伝わる「彦一頓智話」というのも、実はその昔大阪の彦八がよく聞かせた話だったとの説もある。

鹿野武左衛門　江戸の長谷川町に住んだ塗師職人だったが、日頃から語り咄に興味をもっていたので、ついに辻咄を始めた。江戸「仕方咄」の祖といわれる。滋賀の産の田舎武士（武左）だったというので自ら鹿野武左衛門と名乗ったとのことである。「座敷咄」や「仕方咄」をやり、中橋広小路での辻咄は評判がよかった。

とある。近年落語家を「しか」などと異名するのは「はなしか」の略称であろうが、鹿野武左衛門にも縁がありそうである。

貞享三年（一六八六）に出た『鹿の巻筆』五巻は彼の作で有名な咄本なのだが、当時この書はつまらぬことから当局の忌避にふれて、ついに絶版処分となり、武左衛門は伊豆の大島へ流罪となった。これが元禄七年のことで、同十二年には許されて江戸に帰ったが、その年のうちに病を得て五十七歳で没した。

軽口咄は「おどけ咄」とも称せられていたように、概して軽快な洒落を加えて語る面白いもので、上方には明和の頃まで流行が続いていた。だが「辻咄」には自然の滑稽話とかあるいは事実ありそうな話題が多く行なわれ、初めの頃は比較的「長が話」ものであったが、しだいに短かい話で洒落や滑稽を話す傾向となり、仕方咄からさらに気のきいた「小咄」へと移行していったのである。

笑い話

ここで「笑い話」について少し述べておきたい。「語り話」のうちにも、古くから性的な好色話が存在し、「笑い話」と呼ばれていた。これは後年江戸の庶民文化が発達するに従っていろいろな形でいっそう盛んになったが、世相的関係があるにせよ、これも人間本能の一つの現われにほかならない。

『昨日は今日の物語』は、わが国艶本の祖だともいわれる最古の好色本であり、また咄本でもあった。建長六年（一二五四）成立の『古今著聞集』中にも好色との一章があり、その物語が集められている。さらに弘安六年（一二八三）になった『沙石集』も物語本として古いものだが、内容にはかなり好色物語が収められている。

このように「笑い話」は、古くから伝えられていた。しかし江戸時代には笑い絵、笑い話、笑い本、笑い道具などと、さまざまにこの笑いとの呼称が用いられている。だがその笑いの内容には、以前の笑いとは大分に意味の違ったものが認められるのである。性的なものである点に変わりはないが、それらの表現においてもあるいは見るものの受取方においても異なるのであって、かつての素朴さがなくなっている。非常に巧みさが加わり、刺激が感じられる。しいてこうしたことに「笑い」と称することが、はたして古くから唱えられてきたかどうか疑わしいくらいである。しかし中国の笑話本『笑府』は明の末期に集大成されたものであり、これを改編した『笑林広記』は一七六六年わが国の宝暦六年なのであるが、これには笑いの文字が用いられている。それから『嬉遊笑覧』には巻二に〝笑い〟古くはおそくづの繪といひたり〟とあるのだが、古い文献に笑い話、笑い本と称しているのはまだよく調べていない。

原浩三著の『日本好色美術史』に、わが国の絵巻物の由来を述べている一章があり、絵巻物は物語の絵画化であったといい、それ以前の中国伝来の仏教画あるいは風俗画などの唐画から、大和絵を樹立するに至った気運には、この時代の内国文化の著しい勃興を疎外することはできないとして、次のような意味のことを述べている。

今われわれが絵巻物を主題として、その中に好色的なものを抽出するに当って、特に注意すべきは藤原末期から始まった国文学上の小話集の誕生である。

長い専横時代を作った藤原氏の基礎が、新興の地方豪族、即ち武士階級への勢力によってゆるぎ出したところに、視点をそそぐ必要がある。武家の興起は漸次に貴族文化を庶民化するに力があった。

戦乱が諸所に続き、自嘲家のもののあはれは、もののかなしみに変る。かかる社会の状態が立派な文芸を培う筈はない。断片的で自己満足的なものしか生れぬ。世間話が珍重されて、通俗絵物語が面白がられる。既に前代の泰平が憧憬と回想を以て迎えられなくなった。

古今著聞集や今昔物語を読んだ人は、如何に閨房の滑稽談が当時好まれていたかを知るであろう。要するに政治上の不安が人々を怪奇と滑稽に導いたのである。

とあって、語り話のうち笑い話の要素を強めたことには、こうした世相的背景が影響していたことや、庶民文化の勃興があったわけで、さらには永い戦国時代を経てようやく徳川の世に泰平を迎えたときの庶民社会には、現実的享楽思想が出現していて、かつての憂き世は浮世と文字を変えたのであった。どうせこの世がままならぬなら、いっそ面白おかしく暮らしたがよいというわけだった。その面白おかしい「笑い」だったのである。

それからもう一つ、享保の好色本禁止後にこの名は好色の称に代えて用いられるようになったものか。艶本という名も同様に禁令以後に現われたものである。そして題名の角書に「咲本」と書いたものもあり、これを「わらいほん」と訓ましている。

咲の文字は笑の本字なのであり、これらのことについては前述しておいたが、これは快楽と苦痛とは紙一重で表裏しているとの説明なのである。

とにかく性的な物語、語り話は「笑い話」として古くから存在し、跡を断たなかったばかりか、江戸時代の庶民文化が盛んとなった生活風俗の中においては、むしろ一段と数を増したのであった（解説編〈30〉参照）。

咄本

語り話や辻咄が書物になったのを「咄本」という。しかしこの咄本はいわゆる「物語文学」と違って、また自ら特殊な趣をもち、滑稽や諧謔を多分に含んでいる。それも年代的には軽口の系統から起こったからであり、咄本は概して短かい物語を集めている。ことに後年の「小咄集」では形式的にも非常に短かい話となり、気のきいた文句は読む話としての作意が充分うかがわれ、好色的な点では性的な話がますます多くなった。

『昨日は今日の物語』のことは前にも記したが、わが国最古の好色本であり、また咄本でもあった。それから延喜前後の作といわれる『竹取物語』でも、それは物語本の祖とされているわけだが、物語の末にオチがあるというので、後年の落語の祖だとも称せられるのである。しかしいわゆる「咄本」の祖として定説のあるのは『醒睡笑』と『戯言養気集』である。後者は元和九年（一六二三）に出た。『醒睡笑』は安楽庵策伝の著で、彼が幼年の頃から耳にした笑話を集大成したものであった。全三巻八冊、収録の笑話は三〇六節という多数の話が集められている。

安楽庵策伝のことについては、関根黙庵著の『講談落語今昔譚』には、

安楽庵策伝は京都吉田に居住せる人で、本姓は平林、通称を平太夫と呼び、後に誓願寺中竹林院の住僧となり、醒翁と號し、茶事を金森宗和に學び、常に諸侯の門に出入し殊に豊太閤に愛せられた。彼は頗る頓才に富み、笑話に巧みであったため、諸方に召されて座興を助けたので、此事大いに世に行わなれた。晩年に至り聾となったので筆談を以て談話に代えたが、彼は文筆にも長じていた。歿したのは寛永十九年の正月八日で、時に行年八十九であったという。

策伝は板倉侯のために、己れの演ずる落語を集録して八巻の書とし、醒睡笑と名づけて刋行した。これこそ落語本上木の始めで、元和九癸亥年に稿を起こし萬治二年これを板に付した。

と出ている（寛永五年の整版本、慶安元年本、万治元年本がある）。

上方に流行したのは主として軽口咄、仕形咄、狂歌咄、当て咄の類で、曽呂利新左衛門の頓智咄や狂歌咄が行なわれたのも、策伝とおよそ同時代だったという。

「狂歌咄」というのは、狂歌を詠み込んだ滑稽咄で、この頃よく行なわれたものであったが、かの十返舎一九作の『東海道中膝栗毛』（初篇享和二年）あたりにもこの形式が用いられていて、各宿場ごとの旅物語の終りには、それぞれ物語にちなんだ狂歌が添えられている。

「当て咄」というのは、法問の形をとっている咄で、これも一休咄などによく出てくる。

「仕形咄」は、辻咄などでは咄の中に身振手振、所作などを入れて面白く語ったのを、咄本ではところどころに文字の代りに挿画を入れてあって、絵で読ませる形式が採られているものである。

一休の当て咄で『一休咄』というのや『一休関東咄』が出たのは寛文十二年（一六七二）頃であるし、その後『二休咄』『続一休咄』などの法問咄ものが一時流行した。浅井了意の『狂歌咄』が出たのは寛文年間であり、万治二年

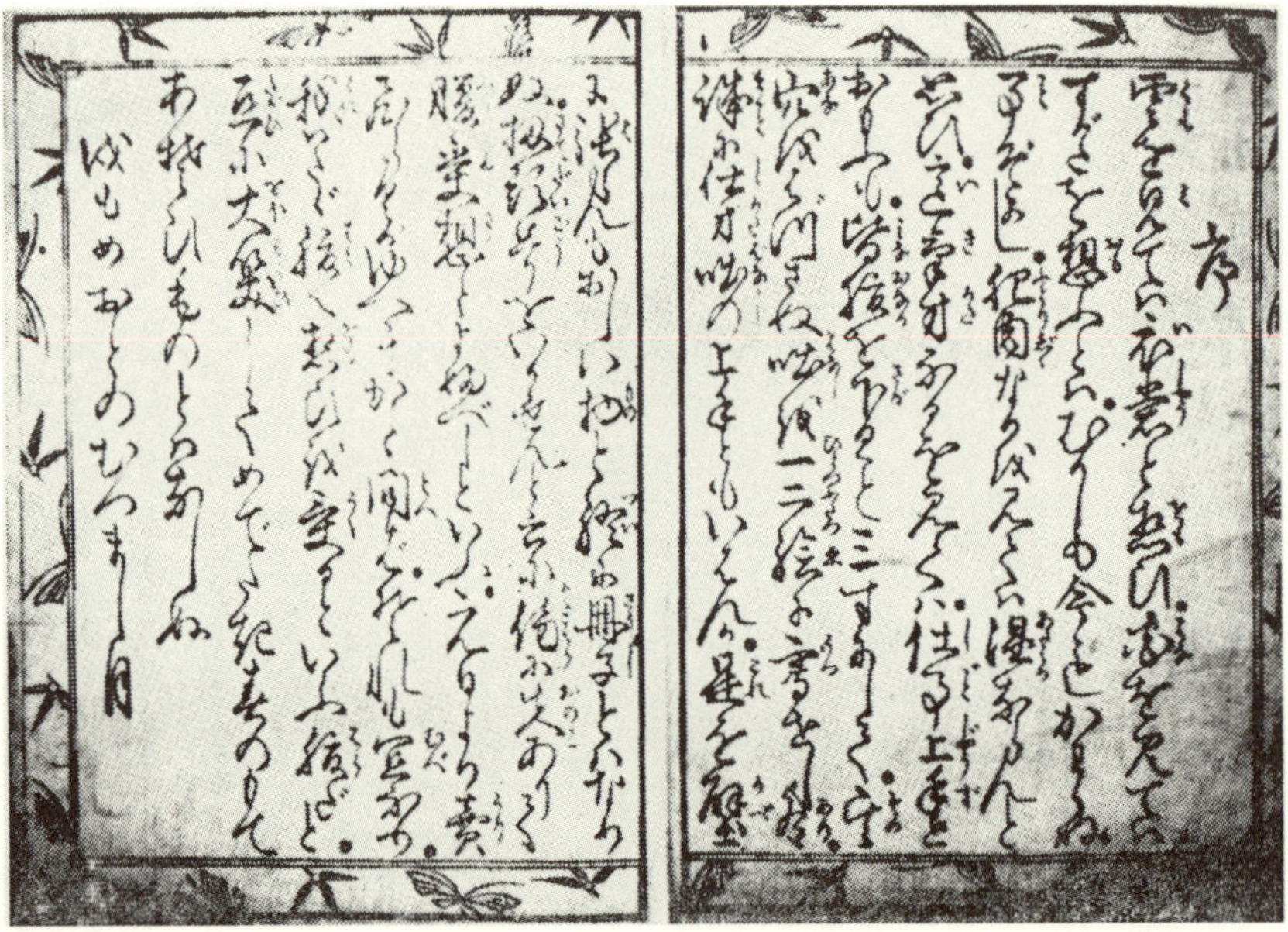

図18　小咄本「腹受想」の序文

（一六五九）には中川喜善の『仕形咄』が出ている。

安永二年の『口拍子』には筆屋の看板の話があるが、同様な話で安永二年の『仕形咄』には煙草屋の看板との話がある。

「二三人連れで煙草屋の前を通れば、大きな煙草の葉を染め出したのれんが出ている。（絵）、「テモ大きなものじゃ」といえば、店先に座っていた亭主が着物の前を合わせて急いで隠した（絵）。「これは大のいきすぎ、看板の事サ」といえば、（絵）今度は亭主チャッと袖でわが鼻をかくした。

俗諺には〝鼻の大きい男は一物も大きい〟というので、初めにテモ大きいといわれて、店先の亭主わがものが出ていたのかと思って前を合わせたのだが、次に看板のことサといわれて今度はまた鼻のことか早合点して袖でかくしたのであった。いずれにしろ、この亭主大きいに違いない。

仕形咄はこのようなものであった。今も「寄席落語」の高座に現われる落語家は、概して妙な顔をしてとぼけたようなのが笑わせるといって、その顔で身振りや仕草を加えて演じているが、東京のこのような落語はたとえ

「まくら」の雑話を入れるにしても「素話し」と称せられるのに対して上方落語は関西弁で語り、前には台を置いてこれを張扇で叩き、楽屋では鐘、太鼓の鳴りもの入りで語るのが例となっているのである。

延宝八年（一六八〇）には上方版の咄本で『軽口大笑遠慮《かるくちおおわらいえんりょ》』というのが出たが、これは『軽口大わらひ』五冊ものの第五巻で、遠慮と題したのは差しさわりのある咄を集めたものだったと序文にもいっているように、好色咄二十一話を載せた書であった。「唖を使いに出す話」というので、赤貝と毛巾着の話が出ているのもこの書である。

語り話が咄本となり、読む話となって、やがて「小咄本」に移行した。咄本の書目には『新群書類従』第七中に、大久保葩雪編の「笑話書目」があり、四百七十五種目が収録されている（元和より慶応末まで）。

また『近代日本文学大系』第二十五巻「日本小説書目年表」中、「噺本」の項には書目五百余種が掲げられている。そのほか部分的な小咄本書誌には宮尾しげを氏の『小ばなし研究』や特殊雑誌『稀書』に登載のものなどがあり、『庶民文化』誌上にも研究家の小咄本書誌が連載されていたのを記憶する。

小咄

咄本も初期の上方本には比較的長咄のものもあったが、それはやがてしだいに短かい話を集めた形式のものに移行した。咄本はもはや聞かせる話ではなくて読ませる話となったからであるし、自然の出来事を話すのではなくて、作意をもった文学的な一つの形態が起こったともいえるのである。

そして軽口というものが、すでに一語で二つの意味にとれるような言葉であったところから、いわゆる洒落言葉やオチのつく話には、却って短い話の方が味があって効果的であった。そのほか、この流行期が恰も元禄の浮世時代に当たったために、庶民文学的の性格をもち、現実的生活風俗とか、好色的享楽の傾向を帯びて発展した。

俗に〝火事と喧嘩は江戸の華〟といわれ、それは〝江戸の名物伊勢屋、稲荷に犬の糞〟と同様に、それほど火事や喧嘩が多かったとのたとえと、また江戸ッ子の気負い立った元気のよさをいった詞なのだが、それだけに江戸ッ子は

火事好きで、火事があると直ぐに飛びだして行く野次馬の風習があった。そこで小咄には、
　亭主が夜中フト目を覚ますと、屋外で人々のざわめき、どこぞ近くに火事でもあるかと起きあがり身仕度をしようと、傍に寝ていた女房をゆり起こすと、女房は寝とぼけ声にて「ア、今夜はもうおよし」。

というのがある。火事の度に野次馬見物に飛び出すのはもうやめたがよい、との平凡の話のように見えるが、実はもう一つ別の意味で、女房は寝とぼけて火事のことも知らず、また例の要求かと思ったとの話になるわけである。

川柳には〝倅が起きると女房をゆり起し〟との似たような句がある。川柳ではこうした別義を隠している手法を「逃げ」と称するが、小咄においても別義の解釈ができる文句にするためには、必要な用語の挿入とか秘語や異名が用いられ、それで人々を感心させることになるのである。例の『聞上手』にある有名な熊の皮の話などは、実に淡々と語る平凡な話のうちに、思いがけない人情の機微をうがっているのだが、それも熊の皮との秘語がわからなければ意味がない。

軽口咄はやがて小咄となり落語となったのであるが、語り話が咄本となり上方から江戸に伝えられると、そこでいよいよ江戸ッ子気質を表現した洒落と、キビキビとした形の小咄となったのを、とくに「江戸小咄」と呼んだのである。そして安永から天明にかけて江戸の小咄本が盛行し、川柳と共に庶民文芸の代表的なものとなった。

安永八年の『鯛の味噌津《みそしる》』での壺の話は、
　粗忽者が道具屋の店に立ち寄り、店先に伏せてあった壺を見つけ、「サテモこのような口もない壺が何になる」といいながら、ヒョイと裏返して見て、「それに底が抜けている」。

自分が間違っているのに、相手のものが役に立たぬようにいい、しかも思い切ってまくし立てるところに却って滑稽があるのだが、権力を笠に着て、とんだ矛盾も押し通すような社会を諷刺している小咄ともなる。

また別の話では、

「オイこの瓶は底が抜けてるぢゃねェか」「ハテそこまでは気付かなんだ」。

というのがあり、文句がいっそう短い落し咄となっている。さらに別の話では、

「なんだこの先は行き止まりか」「ヘイ」（塀の意）。

と、これはきわめて短い「一口咄」の例なのだが、もっと別の話では、

「昨日厠で本を見ていたら落とした」。

というのは、ホン（本）の落し咄なのである。このように「小咄」とか「一口咄」との名があるくらいで、形の上でも頗る短かい話となっていった。

わが国最古の咄本といわれる『昨日は今日の物語』では、話の終りをすべて、

……と申されたといわれた。

と結んでいるのだが、室町期の説話集である『今昔物語』においては、

……となん語り伝えたるとか。

というような結び言葉になっている。これらの伝統を襲って元禄頃までの軽口咄なども、話の最後を、

……と云われた。

と書くのが常であった。ところがその後になると、しだいに短い形にするために、会話の文句だけでブッツリと切ってしまうようになった。だから「江戸小咄」時代には小咄は文字どおりのきわめて短い形となったのであり、しかも烈しい諷刺諧謔を含み、言葉もきびきびとしたものとなった。

江戸小咄

上方の軽口咄がやがて江戸にも伝わって咄本となって流行すると、小咄、落し咄も、しだいに江戸風のこ気味のよい調子に発達した。その形態が洒落や諷刺を含み、前にも述べたように短い文句の読む小咄となったものを、とくに「江戸小咄」と呼ばれた。

しかも咄本の書名では、安永頃まではほとんど軽口と称しているものばかりである。落し咄との書名が現われたのは、安永七年以後である。そして「一口咄」との書名のものは刊年不詳の数書があるだけで、書名に小咄の名を付しているものが見当たらないのは注目すべき点と思われる。

ところで安永元年（一七七二）刊、小松屋百亀作の『聞上手』と、木室卯雲作の『鹿の子餅』が評判となって、これが江戸小咄本の祖といわれている。前者は六十四話を載せ、この第二篇は安永二年、第三篇が安永三年に出ている。有名な「熊の皮」の話の原型は、この本の第二篇に載ったもので、江戸小咄の傑作ものの一つである。

「大きに御無沙汰いたしました。皆様御變りも御座りませぬか」「ヲ、おいでか。サアたばこでもあがれ」「そんなら一ぷく致しましょう。ハテ忘れました、一ぷく下さりませ」「ホイ、ちときつかろうが……」と、毛皮のたばこ入を差出せば、「これは熊の皮じゃの、さてもよい」と手でひねって見て、「イヤほんに妻もよろしうと申しました」。

という話なのである。桃源探春は懐郷の現われか、その人情の機微をうがった軽妙な笑い話なのである。

これがその後『鯛の味噌津』では熊の皮の敷物の話となり、『豆談語《まめだんご》』では胴乱の話に替り、さらに『男女畑《まめばたけ》』では富士の裾野の巻狩で仁田四郎が猪の背に飛び乗って、いまごろ家ではさぞ女房が案じているだろうとの話に焼き直されて載っている。

この頃から天明年間にかけて江戸の小咄はますます盛んになり、恋川春町、太田蜀山人、明誠堂喜三二、山東京伝なども小咄本を書いている。安永四年恋川春町作の『春遊機嫌袋』は黄表紙風小咄の嚆矢といわれるが、天明・寛政頃から咄本はしだいに黄表紙風に変化していった。この書に出ている「初湯」との話では、

うら町の御内儀、初湯に出かけるとて、八丈のかわり縞に、金しもん両國おりの巾廣をしめかけ、内腿まで白粉をぬりかけ、そと八文字に歩きかけらるれば、通りの人あれを見やれ、とほうもねェ白いことの、黒田様の上屋敷のようだのと悪口、供の丁稚きもをつぶし、うろつく拍子に石にけつまずいて内儀の裾へばったり、内儀ふり

かへって、「長松や今のはなんだ」。長松「アイわたくしがけつまずいて転びました」。内儀「ウムおれはまた仙人かと思った」。

とある。随分としょっているいい方だが、それほど魅力的に見せようと、足の上の方まで白粉を塗って、白い脚を水色の湯文字の下からちらつかせて歩いた。その頃江戸の町人社会では男は遊里、女は芝居が唯一の享楽場となっていたくらいで、女の流行はすべて芝居の役者の扮装から起こったといわれている。だからこの白粉風俗も、芝居の影響だったに違いないけれども、このような「あぶな絵」的な風俗が実際に行なわれていたという。その艶姿はまさに現代のミニスカート以上だったかもしれない。

安永期の埒外小咄本の三部書といえば『さし枕』『豆談義』『豆だらけ』の三書だが、好色小咄本も少なくなかったし、秘画まで入った咄本が出現している。章末にそれら好色小咄集として著名なもの、そのほか特色のある小咄書目を掲げておく。

落　語

小咄は「一口咄」とも「落語」ともいわれた。「らくご」は以前には「おとしの咄」、「おっこち咄」、「おとし咄」などと称せられ、話の終りにオチのついていたものである。

オチとは結末の意である。前にも述べた「軽口」というのは一つの言葉で二つの意味にとれるおどけた洒落言葉であったが、同様に平凡な話が最後の言葉とか文句によって、もう一つ別の意味のあることを思わせるような綾のある話が落語なのである。

江戸時代の遊戯的言葉に「洒落」「かけ言葉」「地口」「語呂」「なぞ言葉」などが流行した。

このことは武家権力下に不満や矛盾を感じていた庶民が、正面からそれに反抗することはできなかったために、滑稽や諷刺諧謔に托して幾分でも気晴らしをしようとしたものと思われる。世相の混乱時にはよくユーモアとか漫画、漫談の類が流行した。

しかし落語のオチには、見立オチ、考えオチ、とんとんオチなどさまざまな形態がある。さて落語について『日本史小辞典』には次のような説明がある。

「落語」　江戸時代町人文化の一。「おち」「さげ」のある話の意。元禄前後、京都、江戸で街頭や小屋掛で演じ、市民に笑いを提供したのを起原とするが、全盛時代は天明～寛政、化政時代である。常軌を逸した市井人に取材し、脚色を加え、誇張や演者の表現力で滑稽味を強化し、複雑な構成を示す。天保禁令で打撃を受け、以後三遊亭圓朝で一時振ったが、全盛に至らず明治となる。これら古典的落語は今日主流として存するが、その後の新興落語、漫談に壓迫され、世上の變遷、發表形式の變化（ラジオの普及など）のため内容形式ともに變化しつつある。

というものである。最近にはこのほか「ホール落語」と称して、ホールの舞台に落語家が順次登場、短かい制限時間内に一席終って後と交替するといった形式のものも行なわれている。つまり話の全部を語ってオチまで示さないで終わる場合もあり、漫談風に途中の興味の演出だけで終わったりするのである。

また戦時中には、いわゆる「禁演落語」といって好色咄五十三種の古典落語が、時局柄遠慮さるべきものであるとして落語家間の自粛によって、高座では語られないことになったのがあった。

要するに落語は咄本の流行で途中しばらく実演は行なわれなかったのが、天明六年（一七八六）四月、立川焉馬《えんば》が向島の料亭で同好者を集めて落語の会を催したことがあり、これが近世の「寄席落語」の動機となったといわれている。

この会の競演はなかなかの評判で、その後数回催しを続けたのであったが、町人の分際でぜいたくな振舞いだとか、好色咄がよろしくないとの理由で文政十二年（一八一五）にはついに禁止されてしまったけれども、落語の人気はいっこうに絶えなかったので、翌十三年になって昔物語や忠孝の道だけを語るのであれば差支えないと条件つきで許可されることになった。

寛政三年（一七九一）二月には岡本万作という者が大阪から出府してきて、橘町で講席を開いたとの記録があるが、『講談落語今昔譚』には、

寛政十年（一七九八）六月、岡本万作が神田豊嶋町藁店に頓作軽口ばなしの看板をかかげ、辻々に繪入のビラを出して客を呼んだ。噺の寄席の始めという。

と見えている。この年代の相違は詳かでないが、寄席落語の興行はこの頃から起ったらしい。その後は林家正蔵その他の落語家の出現によって、おいおい盛んになり、「なぞ咄」「三題咄」などの新しい考案も起こり、近代への変遷を来した。これらの事情や芸界の名人のことなどについては、多くの書物が出ているのでここは省略する。

江戸時代の咄本には軽口何々と題名を記しているものが多いが、落語の名の現れたものを年代順に拾いあげてみると、

新落噺初鯉《しんおとしばなしはつこい》　安永5
新作落咄梅の笑顔　安永7
落語花之家抄　安永7
新作落語徳治樽《とくじだる》　天明7
新作落語比文谷噺《ひもんやばなし》　寛政1
落語節季夜行《せきぞろやこう》　寛政1
笑ます落こち咄　弘化5

などがあり、呼称の変化の参考ともなろう。

昔咄

いまも全国各地に残し伝えられてき伝承伝説、民話童話の類である。ほとんどが口から耳へと語り伝えられてきたもので、各地の方言や特殊の呼称によって表現されていて、ことさら文学的な作意とか技巧が用いられていない素朴なものであった。近代の郷土民俗研究によってこれら各地ごとの「昔話集」が刊行されていないところはないくらいに、多くの書物が出ている。

これらの「昔話集」の話には、類型的のものもある、同じものが所を異にして行なわれていたのもあって、古い文化の交流などが考えられるし、あるいは「彦一頓智話」のように全国的に興味ある話として知れ渡っているのもある。頓智咄、滑稽な馬鹿咄、民俗咄などのほか、性的な好色咄も少なくないのである。佐々木喜善氏の諸書や橘正一氏の『盛岡猥談集』、高橋勝利氏が採集した芳賀郡資料『性に関する説話集』など著名である。

毎日を営々と耕作に労苦して来た農民たちが、夕餉の団らん後、炉端で語る昔咄は男女老若の平和な思い出として、一生涯心のどこかに親しみのつながりを残したに違いない。そうした中での性的笑い話は、一面の性教育の意味もあった。

この話の中で「木の子塀の子の話」は筆者は仙台で、ある芸者の老妓から聞かされたことがあるし、「下男の顔の話」は津軽地方でも耳にしたことがある。昭和の初め青森での宴席で芸者が「おばこ節」を唄ったが、文句は方言であったからまるで意味がわからなかったため、若い妓に尋ねたら、老妓に聞いてくれとのこと、俗謡にも多くの性的文句があり、しかもそれが方言で特殊な名で呼ばれていることなど風俗的に種々な事情をうかがうことができるのである。

「木の子塀の子」というのはある箱入りお姫様が、隣家からのぞき見していた若者の塀の節穴からつきだした一物を見ての話で、川柳にも〝なりも似て一字違いは木の子なり〟というのと同様な話なのである。

「下郎の顔」は別掲のようなたらいに映った妻女の秘所を下男の権助が納屋の上から眺めるという話しで、とんだ梁上の君子というわけであるが、投射線と反射面とのなす角は、反射面と反射線とのなす角に等しい。夫君の見たものはこの法則によって水面に現われた実は権助の顔に間違いなかったのである。東北地方の慣習で農婦が野良仕事から帰ると、家にあがる前に土間の隅とか納屋で洗足たらいの水によって局部を洗う風習があり、これを「足洗い」と呼んでいた。だから水面に映るのを見るまでもない状況のわけだけれども、こういう話になっている。

「牛になる話」は思春期を迎えた娘が乳母に語っている話であり、その年頃はとかく局所が気になるばかりでなく、身心ともに変動期なのである。小咄本『豆談語』にある絵図の話もこれに似た話で、嫁入前の娘の妙なところに腫物ができたというので、心配した乳母は自分にだけでも見せてくれというが、娘は恥しがってどうしても見せない。仕方なくそれでは絵図に書くからその場所を示してくれといい、紙に筆でわらじ虫のような絵を書く、すると娘が「アレわたしにはまだそうようなものはない」といえば、乳母「でもこう書かねば上へ下タがわかりませぬ」といった話である。

「屁掴み屋」は東北の方言で男のを「へ」といい、女のは「へへ」というのから出た昔話の滑稽である。尻を出すとのことで笑い話になるわけであったが、また探春の示唆でもある。

「性器の位置の話」は、これを神話的な昔咄との分類に置いているが、欧州にも古くから各地に「人間創造」の神話が伝えられていた、人間は神の血で粘土をねって創造された。そして口から息を吹き込むと生きた人間になったが、それは両頭で四本の手足をもった非常に強い力を持つ者であったため、神も恐れを感じて人躰をついに二分してしまった。これが人間男女の始まりで、それ故男と女は永久にその半分を互いに求め合うのであるという。面白い神話である。

「ひと突きに一つ」は数とりの風習にちなんだ話であり、また若者の「競べ馬」などと同様な賭け遊びの話でもある。

「粟まきの話」は方言で男のを「へ」といい、女のは「へへ」といっている。「へのこ」の称はほとんど全国的に通用する名であるけれども、交会に「へのこする」と使う例はまれである。

「寝たら来い」は小咄にも寝呆けの話はよくあるが、川柳にも〝かみさまへそらったはけて這って見る〟などの句がある。

心やすい友達の家に泊り、夜中友人の女房の床へ這って見たくなって忍び寄ったが、亭主目をさまし大きに怒りければ、男重々詫びて、「おれは寝ぼける癖があり、全く知らずにやったこと、どうか判ってくれ」と頼む。漸く納得してまた寝たが、男は不首尾が残念でたまらず、暫くしてまた女房の床へ這い、どうやら済んだとき亭主目をさまして、男に声をかけるに、男寝とぼけたふりをしていると、重ねて亭主男をゆり起し、「コレ目をさまさぬか、よくよく寝ぼける男ぢゃ」。

との小咄もある。〝留守だから来なとはひょんな寝言なり〟これは女の場合の句だが、寝言に托していうとの知恵も考えたものである。

《書　誌》

今昔物語　　三一　平安末期

一名『宇治大納言物語』。作は源大納言隆国と伝えられている平安朝末期（一〇七七）の説話物語。全三十巻だが、旧本は二十九巻あるいは三十巻その他六十巻に分けたこともあるという。

天竺の部、震旦の部、本朝の部にわかれて各地の古伝説、仏教説話、民間説話を集めた物語書であり各文中の冒頭には〝今は昔〟とあるところから今昔物語の名が出たのである。また話の終りは……なん語り伝えたるとか……と結んでいるが、これが『昨日は今日の物語』では……と申されたといわれた……とあり、元禄頃までの軽口咄本も……と云われた……と書くのが例であったように、後年の小咄本の文句への形式的な変化を示す文献ともなっているし、今昔物語は他の、宮廷生活物語書と違って、武士や庶民階級の生活が語られているので、当時の社会風俗などを知る上に貴重な資料となっている。そして全篇数百話の中、艶笑説話が四分の一もあるといわれているのである。

宇治拾遺物語　一五　建保頃

『今昔物語』（宇治大納言物語）に洩れた説話を集めた拾遺物語集で、鎌倉時代に成立、作者は詳かでない。全百九十六話のうち『今昔物語』と重複しているもの八十余がある。刊本には古活字本その他万治二年版本があるという。

内容は仏教説話、武勇談、童話、巷談の類など庶民的なものである。芥川龍之介の作品「鼻」はこの書の中の物語を材料にとったものであり、また「中納言師時法師の玉茎検知の事」とて、聖者ぶった坊主が羅切したと称して、一物を飯粒で貼りつけ、まめやかものは見えず、ひげばかりなるを怪しみ小侍に命じて擦淫させ、その偽挙を見破ったユーモラスの話もある書。物語の書出しはやはり〝今は昔〟といっている。

古今著聞集　二〇　橘成季　建長6

刊本は元禄三年の絵入本がある。全二十巻三十篇で、神祇、釈教、文学、実録、世風、街談、巷談、見聞等世相風俗説話が収録されている。

第八巻第十一篇の「好色」、第十六巻第二十五篇「与言利口《よげんりこう》」の項に風俗的な笑話が載っている。後年に出た「好色三大奇書」の一つ『逸著聞集』は、本書に洩れた艶笑物語を集めたといわれるものである。

昨日は今日の物語　二　寛永13

わが国艶本の祖だとも、また最古の好色本であり、咄本であるともされている。成立は慶長の初め頃、慶長元年版の一書があるとのことだが、知られているところでは、本書には初版は寛永年間の中本型活字本、次に出たのが寛永十三年の整版本上下二巻で、三度目に出たのが正保四年版で、結局本書には中本型と大本型の二種三版があるという。

初版上巻には八十五話、下巻には七十九話があるのだが、寛永十三年版では内容が多少異なり、結局初版よりも二話少なく、上下巻で一六二話のものであった。

醒睡笑　三　安楽庵策伝　寛永5

わが国最古の咄本、天和九年（一六二三）稿成り、寛永五年に平仮名交りの三巻八冊で刊、笑話三〇六章が載っている。

戯言養気集　横本二冊　元和9

平仮名交りの元和話字本で、織田豊臣時代の軽口笑話集。

鹿の巻筆　五冊　古山師重画　貞享3

元禄七年に絶版処分になった鹿野武左衛門作の咄本。

聞上手　小松屋百亀　安永1

江戸小咄本の祖、六十四話収録、有名な熊の皮の原話がある。第二編は安永二年、第三編は同三年に出た。

鹿の子餅　木室卯雲　安永1

江戸小本の祖、五十六話を収む、この後篇は「譚袋」として安永六年刊。

談俗　口べうし　軽口耳抜　安永2

小本六十丁、六十五話、この二篇が『今歳花時』、四篇が『仕形咄』という。

春遊機嫌袋　二冊　恋川春町　安永4

十話あり、序文に落し咄にも六義ありとて昔々体、化物体、馬鹿婿体、行過ぎ体、仕形体、下懸体、いわゆるこのたぐい也云々という。黄表紙風の小咄本の嚆矢とされているもの。

高わらひ　陳奮翰《ちんぷんかん》序　安永5

天狗の格子見世物の話のある書。

寿々葉羅井《すすはらい》　一　志丈作　安永5

五十八話あり、「寒詣り」の話がある。

鯛の味噌津　一　四方山人　安永8

四十四話と発句の撰を載す。

笑談於臍茶《おへそちゃ》　三　政演画　安永9

京伝の画作で黄表紙風の咄本。このほかに丸麿画の陽頭の禽獣戯画を合綴しているという『笑貝《しょうばい》御臍の茶』との書もある。

今歳花時　一　安永2

ことしばなしと訓む。「口拍子」の後篇四十九話ある。

喜美《きみ》談語　談州楼みます連作　寛政8

諸家による連作小咄本、七両二分の話があるもの。

無事志有意《ぶじしゅうい》　烏亭焉馬　寛政10

題名は宇治拾遺のもじり、六十二話収録。天保十年に『開巻百笑』と改題再版されている。女郎駕籠、などの話のあるもの。

按古於當世《あごおとせ》　五　南華坊

写本で刊本の有無不詳。

正直噺大鑑　半紙本五　石川流宣　元録7

馬ぐすり、後家のことわりなど好色咄が多い。と云うた――と結ぶ長咄が多い。

軽口大笑遠慮　小雲子（京板）　延宝8

「軽口大わらひ」五冊中の第五巻で、遠慮とは差合の話を集めたからだと云う。二十一話が載る。

飛談語（初篇）　菖蒲坊　安永2

五十七話あり、秀作が多い。この第二篇が「さし枕」である。

さし枕　一　蛸壺庵　安永2

小本墨摺一冊四十丁、二十二話を収む。絵は春章画で十五図。江戸小咄埒外本の一つ。

豆談語　一　春章画　安永3頃

小本一冊四十五丁、絵は十二図だが一図だけは普通の絵、三十五話あり、ここには熊の皮の話が「胴乱」の話になっている。また「絵図」の話もある。

男女畑　一　北斉画作　天明1

豆はたけと訓む。北斉がまだ春朗と称した頃の作で、小本一冊四十二丁、絵十一葉、二十七話がある。例の「熊の皮」の話がここでは「猪」の話になって載っている。

豆だらけ　一　春好画と云　安永4頃

小本四十一丁、二十一話、十二図あり、「さしまくら」「豆談語」「豆だらけ」の三冊を安永期の「小咄埒外本」三部書といわれている。

腹受想　半紙本一冊　政演画作　天明8

絵本形式の埒外本、初めの画一丁に松たけ売りの絵と詞書があり、各丁ごとに一話一図あり、墨摺十六丁十五話のものである。

軽口開談義　中本五冊（上方板）　安永6序

墨摺中本、全部では二十五話。巻一は十七丁七図（序一丁、絵六丁秘画五図、他二図、本文十丁）序に安永二癸巳三月、八味山地黄寺とある。

保々志咄し　中本一冊　吾妻男作　弘化2頃
中本八丁の小冊、画は中之郷とあり国貞である。小咄埒外本の一つ、これに例の『穴相撲四十八手』が合綴された一書があるという。

盛岡猥談集　橘正一　昭和5
孔版仮綴非売品だが、発禁となった。盛岡地方の昔咄集成で総数七十二話を収めている（解説編〈31〉参照）。〔馬鹿婿の話〕燭台など七話。〔田舎者の話〕畳敷等三話。〔子供の話〕土産等五話。〔和尚と小僧〕墓詣り等三話。〔殿様の話〕下々の話等五話。〔たらいの話〕その他下郎の顔、木の子塀の子、粟まきひとつきに一つ、屁つかみ屋、とっとき、馬になった男、眉毛と腋毛、牛になる、障子から覗く、薬鑵と薬研、寝たら来い、巻堀村金勢大明神の縁起等五十六話。

性に関する説話集　高橋勝利　昭和4
半紙判仮綴孔版刷四四頁　非売
芳賀郡土俗資料第一篇として出た昔咄集で四十三話を収めている。
〔神話的の話〕性器の位置に関する話以下八話まで。〔民話〕俵編み翁の話等九話から三十三話まで。〔馬鹿婿馬鹿嫁の話〕ヨニに歯のある話等、三十四話から四十一話まで。〔俗信〕安産の俗信四十二話から四十三話まで。

図 19　色道取組十二番（磯田湖竜斎）

（八）滑稽本と戯文

滑稽本の諸書

『日本小説書目年表』には滑稽本について次のように説明されている。

滑稽本の発生は教訓に基礎を置いている。遠く『日本霊異記』『十訓抄』等に於て宗教的に倫理的に、作者より一段低い知識階級なる読者を教化せんと試みられた。しかし無味乾燥では読者をひきつけ得ないので、これを笑いに依って導かんとしたのである。それが後期になるにしたがい、滑稽が独立して描かれるようになった。云々。

教訓を笑いによって読ませるためだったという。笑いといえば古い物語本時代の「笑い本」もあるし、「洒落本」は「吉原もの」から転じ、「浮草草子」の「好色本」「三味線本」となり、遊里における遊蕩を描くのに道徳的忌憚をおもんばかって洒落と滑稽の手法を用いたものであった。

洒落本にしろ滑稽本にしろ、この時代にはもはや教化といったような支配階級者の教訓ではなく、庶民文学を庶民が楽しもうとする傾向になって来ていた。しかしそれが洒落や滑稽によって表現されたというところに、何か遠慮めいたものがあったに違いない。だから笑いといっても、内容的には多少意味が異なるものであった。

滑稽本の流行は宝暦からで、文化文政の江戸後期の庶民文化の中に盛んであった。内容の種類もさまざまだが『当世下手談義』（宝暦二年）、『風流志道軒伝』（風来山人、宝暦十三年）、『痿陰隠逸伝《なえまらいんいつでん》』（同明和五年）、『放屁論』（同安永四年）等の戯文ものあり、『小野ばかむら嘘字尽』（三馬、文化三年）、『道外実語教《どうがいじつごきょう》』（天保五年）、『湯語教』（嘉永四年）などがあり、一九作『東海道中膝栗毛』（初編享和二年）以後は道中物が多く出たし、『善悪道中記』などの滑稽本もある。

三馬の『浮世風呂』（前編文化六年）は、銭湯を舞台にして、そこに集まる人々の会話などを通して世態風俗を描いている有名な書で、ついで『浮世床』（初篇文化八年）も出た。

このように風呂屋や床屋を舞台にした読み物はあるが、庶民風俗における入浴の史的変遷とか、床屋の発達などを書いたものとか、厠のこと、寝所のことを書いてる書はあまりないのはどうしたことだろうか。

平賀源内の風来山人『痿陰隠逸伝』（明和五年）は陽物を擬人化して記した「戯文」である。だが、別に物語りではない。多くの陰名俗称などを列挙している博学を知る資料とはなるけれども、滑稽本としての分類下に入れるよりない戯文ものであった。短い文なので小冊刊行本で活字本になったのもあり、そのほか『日本艶本大集成』（昭和二十八年）にも全文が登載されている。『風来六々部集』には放屁論とともに、これも収められている。

『色道実語教』なども、「実語教」にならって色道の戯文に作りかえたものであり、『色道無限算開記』なども「色道指南書」の一種とはいえ、すべて算数のことに擬して洒落や戯文で書いている珍種の書である。吾妻雄兎子の『旅枕五十三次』も、各宿駅の名所地名、名物等の由来説明は、すべて色道に関連した戯文になっている。

このように、別段物語でもなし、随筆考証ものでもなし、普通の文でない「戯書」もいくつかある。

道中記

書物における「道中記」ものには、およそ二つの系統がある。その一つは「紀行もの」「旅日記」などの文学書であるが、他の一つは、いわゆる旅案内書としての「道中記」である。

遊里書の最初に現れたのが、その案内書であった細見や評判記だったように、街道の旅がようやく発達してきたとき、まず現われたのがこの道中記で、道中の路順とか宿駅間の里程、名所旧跡や名物などを記した案内書であった。

これらの道中案内記には非常に多くの類書異本が出ているので、その形態や内容にもさまざまな変化があった。

旅という語原的な意味では、旅とは〝たどる日〟の略言だともいわれるが、これだと旅とはいわゆる道中を意味する言葉になる。しかしまた旅（タビ）は〝他火〟であって、定住の地を離れて他郷に仮の寝食をすることだともいわれる。つまり他の土地に仮寓を設けて久しく居住していても、それを旅住まいといっていたのは、それであるというわけである。

それにしても街道に旅人が往来するようになったのは、宿駅が発達して旅籠屋ができてからのことで、そう古いことではない。宮本武蔵が死んだのは正保二年（一六四五）であるが、諸国修業のために旅を続け、旅籠屋へ泊る話など出てくるけれども、その頃に旅籠屋はまだなかった。昔の旅には、いずれも各自で食糧を携行し、途中農家があればそこに頼んで泊めてもらった。農家だからといって自由に米など買えたわけではないし、もちろん宿泊の部屋にしろ寝具など用意のある家は少なかったから、納屋の隅とか、炉端に着のみ着たままで仮睡するぐらいのものであったと思われる。

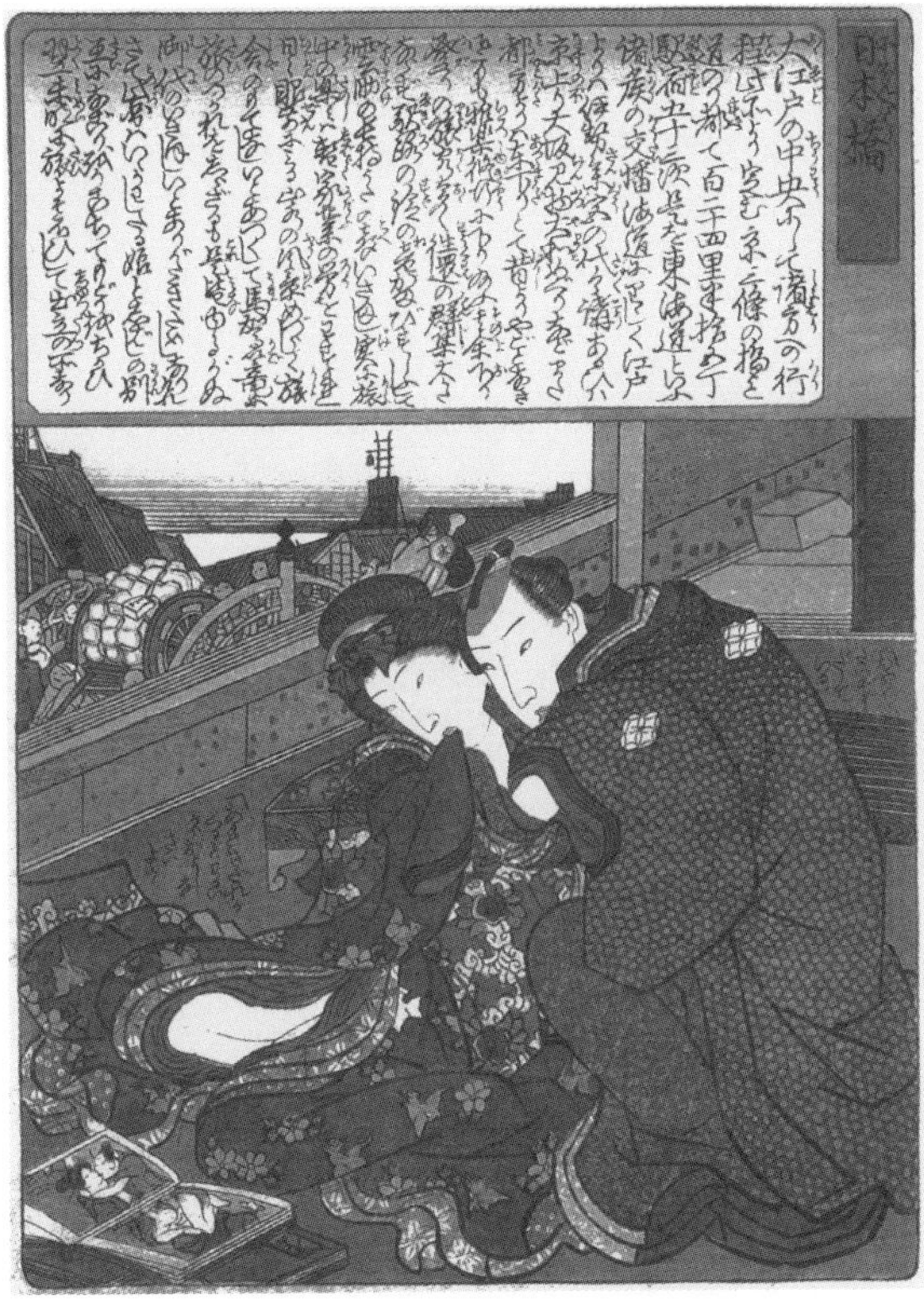

図 20-1　旅枕五十三次（日本橋）
（画像提供：国際日本文化研究センター）

道中の難行も少なくはなかったし、人里離れた野路が続いて、文学どおりの樹の根を枕、草を褥《しとね》の旅を続けねばならなかったことなど、古い紀行文に見られるとおりで、途中で病にでもなると、古寺か辻堂に休むか、自分で小屋を作ってその中で何日も疲れを休

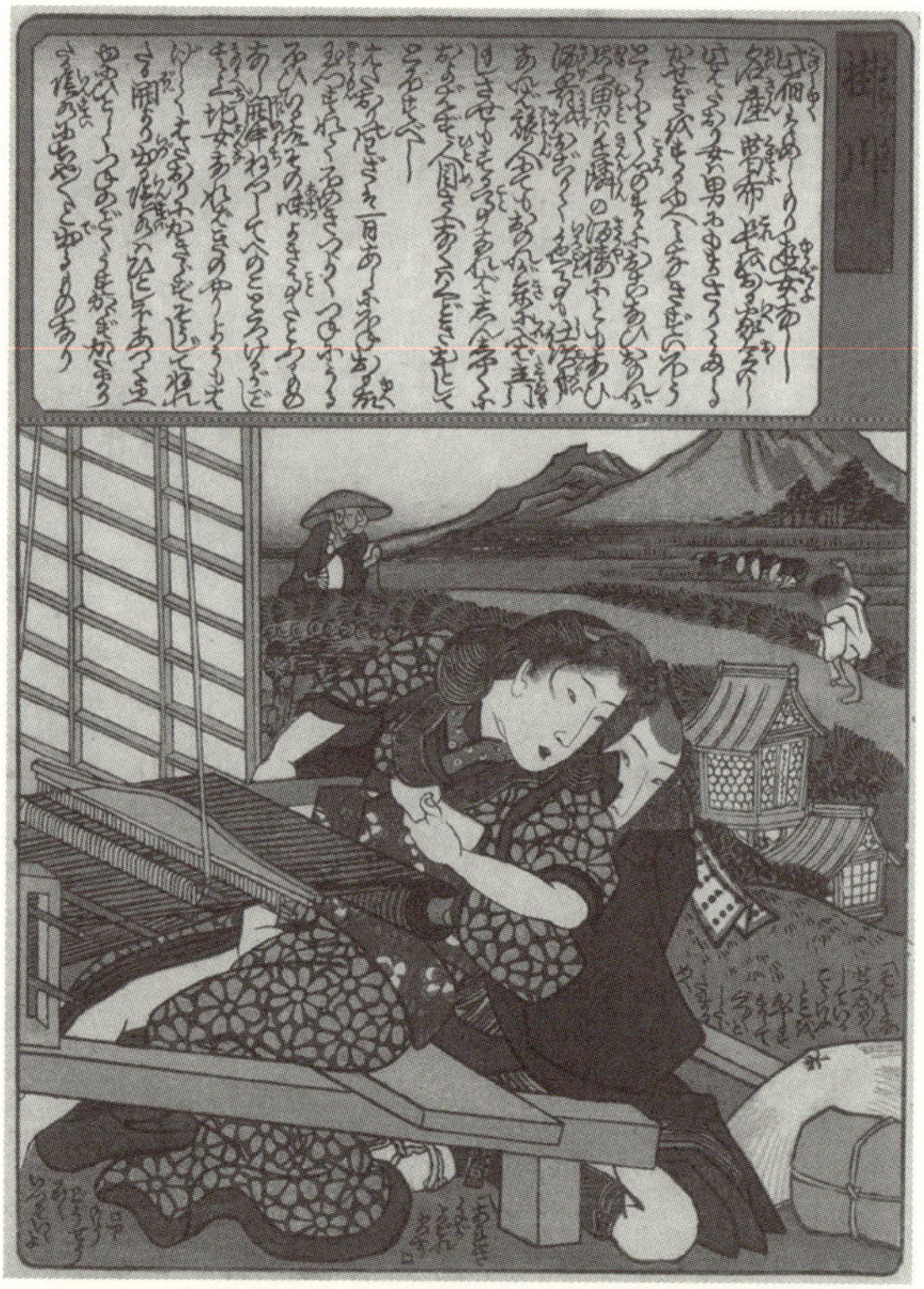

図20-2　旅枕五十三次（掛川）
（画像提供：国際日本文化研究センター）

め、雨風を避けるしかなかったのである。そうした苦難の有様は、浅井了意の『東海道名所記』あたりにもよくうかがわれる。

わが国の交通は、近世まで主として海路にたよられて来たのであり、陸路の旅はきわめて困難なものであった。駅や街道の制定、関所の設置などは、古くからしばしば行なわれてきたことだが、決して庶民の旅のものではなかった。頼朝の鎌倉開府によって延喜式の五畿七道と並んで、東国にいわゆる鎌倉街道ができ、東海道が重要な道路となったのは、だから鎌倉時代以後のことである。

江戸時代となり慶長六年（一六〇一）正月、徳川幕府は彦坂元正に命じて東海道を巡視させ、五十三次の宿駅を定め、問屋場、伝馬を常置させることにした。正保三年（一六四六）には、江戸と大坂間の駅路図が完成した。そして万治二年（一六五九）には、五街道（東海道、中山道、日光道、奥州道、甲州道）が定められた。

これによっても知られるように、東海道の旅が一般化され、庶民の交通が頻繁になったのはそう古いことではなかった。

浅井了意の『東海道名所記』が書かれたのが万治元年（刊本は寛文二年）だが、それにも昔の旅は困難であったけれども今は、人足も馬も茶屋も旅舎もあるといっているくらいで、この頃からようやく人々の旅がやや容易になったわけである。

「はたご」の名は平安以後の書に現われているが、はたごの古い文字には「篼」と書き、これが本字であったという。足利時代の旅舎に「甲屋《かぶとや》」の称があったが、これは屋号ではなく前記本字から甲（かぶと）に転化したものだろうといわれている。「はたご」とは元来は飼馬の用器の名であった。『漢和大字典』には――馬に水を飲ませる器、うまぶね――とあり、『和名抄』には――はたご、飼馬の籠なり云々――という。その他はたごの名は『宇津保物語』や『宇治拾遺物語』『昨日は今日の物語』などにも出てきて、「宿をかり、はたごを開きて物など食い云々」（『今昔物語』）とあって、ここでは旅行者が食物や用具を入れた器の義となり、また「百はたご食いに連れて行くぞ」（『昨日は今日の物語』）は、百文の布施で寺の食事を食いに行くことである。

『武家事記』には、――古来旅客伝舎に投ずれば、皆自らその飯を炊きてこれを食い、舎長はただその秣芻《まつすう》を弁ずるのみ、故に昔日馬槽を以て旅舎の招牌となす、時俗その家を称して馬駄餉（はたご）と称し、後世変じて旅籠屋と呼ぶ――とある。

駅ということも元来は馬舎（うまや）の意で、道中の駅は馬舎を中心として起こり、やがて宿駅は泊りの場所となった。そこで馬の飼いば入れが宿舎の目標となったが、人々が携行した旅籠をも「はたご」と呼び、さらに後には「宿屋」の称となったのである。

室町時代の『太平記』に出てくる「やど」との名はおよそ寝泊りしている家のことであり、営業の宿屋のことではない。『古語辞典』には「やど」の説明に――揚屋茶屋の意、遊女をあげて遊ぶところの称――ともある。「宿場」というのも街道に民家がしだいに集まって建ち、そこへ行けば泊めてもらえるようになったからである。江戸時代となってからでも、農家などへ泊ればみな「木賃」泊りであった。

慶長十六年（一六一一）木賃宿銭を定め、人は銭三文、馬は六文とした。

この木賃宿銭も、一般の民家農家で旅人を泊める場合の料金を規制したもので、その後旅人を泊めるのは本百姓でなければならぬとか、木賃の値が変更になったり、木賃米銭とて米も買えるようになって、一般に営業の「旅人宿」が起こったのは元禄以後であろう。

寛永二年（一六二五）各地に関所の制を布いた。完備されたのは寛文延宝の頃からである。

寛永十二年（一六三五）各藩大名の「江戸参観交替」の制が始まり、隔年ごとに大名行列が街道を往来した。

正保三年（一六四六）江戸と大坂間の駅路図が幕府の手で完成したが、「道中記」が出現したのもこの頃からであろう。

現在わが国最古の「道中記」として現在するものは明暦元年（一六五五）刊のものであるが、この書はきわめて簡単な記で、道中に茶屋があったことは、数カ所に出てくるが、旅人宿とか「はたご屋」の名は見えない。

万治二年（一六五九）には『道中記名所づくし』というのも出た。

その後寛文以後から街道には飯盛女などの売女が現われ、はたご屋も発達した。

かくて東海道も交通が頻繁となり、大名行列、飛脚、馬子、かご屋、順礼六十六部、鳥追女、大山詣りの一行や参宮参りの人々、放浪人、行商人、博徒の旅がらす、僧侶、虚無僧、徒々の旅人、それらに交って道中師のごまのはい、女すり等々道中の従来も千差万別であった。

この間「道中記」はさまざまなものが刊行され、各街道とも道中図を入れたもの、宿駅間の里程や乗物、人足の賃銀を記したもの、後には旅籠屋の道中記も出た。『東海道名所記』の刊本は寛文二年に出たのであるが、この記も道中記によったものであることは確かである。その他「紀行」ものや「旅日記」などの文学として見るべきものも現われたいっぽう、滑稽本としての十返舎一九作『東海道中膝栗毛』は享和二年から永年にわたって、有名な書となった。

ところが艶本のうちにも、これらの道中記や旅日記に擬した諸書が出現し、ことに膝栗毛に擬してそれを好色本としたものが種々あり、俗に「五十三次もの」と呼ばれている。かつて尾崎久弥氏はその著『江戸軟文学考異』に、「膝栗毛物の研究」として、これらの類書およそ三十種の書目を列挙されているが、その中には東海道を始め、木曽街道、甲州道、伊勢道中、大山道中などの「参詣道中記」ものもある。

これらのことはまた後章に述べるが、以上を総括していえば、かの鴨長明の作とも、あるいは源光行の作とも伝えられている『海道記』は、白河辺りから鎌倉への紀行書で、貞応二年(一二二三)のものであって、わが国紀行書の最古のものとされている。

これについで仁治三年(一二四二)に鎌倉見物をしたことを書いている『東関紀行』があり、建治三年(一二七七)には阿仏尼の鎌倉下りを記した『十六夜日記』などが、古い紀行もので、「旅の記」と呼ばれているのである。

このような紀行文学は、さらに物語文学としての「旅日記」ものを発生させた。そしてこの種の最古の書として有名なのは、伝烏丸光広作の『竹斉《ちくさい》物語』である。元和、寛永年間(一六三〇年代)の作ともいわれ『竹斉狂歌ばなし』などとも称せられている。

山城国に竹斉という藪医者があった。あるとき召使のにらみの介というのを連れて諸国巡歴を思い立ち、まず京の神社仏閣を訪ね、盛り場の見世物などを見物して、それより東海道を名古屋へ出て、そこにしばらく足を留めた。その後さまざまな滑稽や失敗を繰り返しながら、名所旧跡を訪ね、狂歌を詠みつつ、ようやくにして江戸に着くといった物語なのである。

この書は、また仮名草子中の名作として随一のものだといわれているし、男色恋愛物語の戯作ものとしても最古の書といわれる。

後年の十返舎一九作『東海道中膝栗毛』がこの書の影響を受けているのは明らかで、また艶本の『好色旅日記』も、この形式を模倣していると見られるのである。

さらに貞享四年(一六八七)には『新竹斉』五冊が出たが、これは享保十二年には『竹斉行脚袋』と改題再刊された。延宝六年（一六七八）には『出来斉京土産《でこさい》』などいう類書も出ている。

元和三年（一六一七）の奥書のある『徳永種久紀行』は、「名所記」ものの濫觴《らんしょう》とも見られている書であるが、名所記ものとして有名なのは浅井了意の『東海道名所記』である。作は万治元年（一六五八）、刊本は寛文二年だったが、この書は非常な評判となったから、その後多くの「名所記」ものの出現を促した動機となった。

かくて旅日記や名所記は、さらに「名所図会」なども出現させたが、その間旅の案内書としての「道中記」ものをも続出させた。この道中記ものが各種行なわれたのは、やがてこれらの書が単なる道中案内書としてだけでなく、人々の間には座右に置いて各地の名所名物を知る趣味の書ともされたからであった。そして道中記ものの書型や内容にも種々の変化があり、八文字屋本といわれる『好色旅枕』は道中ものの戯作ではないが、小型横本仕立が道中の携帯にも便利であるとの考慮から作られたとは、その序文中にも述べられているとおりである。

さてそこで道中記ものの「種類」を分類してみると、

①旅行案内の書として、実用的な記載を主とし、書肆から出版されるもの。

②伊勢参宮、四国巡礼、寺社霊場の参拝など宗教的信仰的な旅案内書として、講中等から出されたもの。

③文化年間に起こった浪花講その他の旅籠屋組合から出たもの。

④温泉宿や飛脚屋などから、得意先へ配られたもの。

等がある。また記載内容では、

①各街道宿駅の順路、里程、駄賃付等を記したもの。

②その他、問屋場、立場、宿屋、名所旧跡、名物名産等を加えて一層詳細な案内書としたもの。

③さらに旅立の吉凶、旅暦、携帯品、旅の衛生、歩行、泊り、道連れ等の諸心得を掲げているもの。

などがあり、旅籠屋の講中に配られたものは、その定宿名を宿場ごとに掲げ、駄賃付をも加えている。文化、文政には全国各地のはたご屋がほとんど「めし盛《もり》はたご屋」の娼家化したのに対して、これら講中の定宿はいわゆる「平はたご」としての純旅館であった。また文化七年に出た『旅行用心集』などは、旅の携帯品、馴れぬ近道、夜道旅の戒め、旅の衛生のことから、宿泊の心得、両替や宿の支払、道連れの注意などを記した特殊な道中記ものともいうべき書だが、そのほか歩行の仕方などのことや、旅先での寝所の心得などは忍びの者の秘伝書にも出てくる興味ある記載である、道中記のことでは三井高陽氏が『旅風俗』（昭和三十四年雄山閣刊）第二巻に詳しくされている。

戯作道中記

道中記に擬した戯作もので、教訓的な善道と悪道とに分けた街道図を描き、途中に道草、買杭、出杉、いき杉といったような説明を記した『善悪道中記』の滑稽本には、多くの類書があり、『日本小説年表書目録』にも記載があるが、大久保葩雪氏の中本書目には章末に掲げた『善悪道中独案内』などの諸書目が見えている。

五十三次もの

旅物語文学の類のものでは前にも記したように、寛永年間の作といわれる『竹斉物語』や『好色旅日記』があるが、名所記や道中記にならって旅の道中を舞台に、さまざまな滑稽や好色物語が綴られたのがあった。

有名な滑稽本、十返舎一九作の『東海道中膝栗毛』は、享和二年（一八〇二）にその初編が出て非常な人気を集めたために、その後文化六年（一八〇九）までに八編十八冊が続刊され、さらに文政五年（一八二二）までに続編、十二編二十五冊が出るといった有様であった。これなどは確かに『竹斉物語』の影響をうけているし、『東海道名所記』の評判に着眼したものと考えられる。そして街道の名所や名物を巧みにとらえて読みものとしているし、中に出てくる滑稽な話や好色物語は、単なる創作ではなく、昔から各地に伝えられた民話の「笑い話」が少なくないのである。

またこの膝栗毛の初編から八編までを改編して十編十冊ものとしたという『東海道中滑稽五十三駅』は、内容の筋はほとんど異ならないが、相当に好色的なものであり、挿画も多少違っている。「帝国文庫」旧版に収められているのは、多分これらしいということである。

そこでこれらの形態によって道中読和の艶本もいくつか現われたので、それを総括的に艶本の「五十三次もの」と呼んでいる。東海道五十三次の各宿場を背景として描かれた秘画に、宿場女郎や飯もり女の値段付を記した秘画冊もあるが、さらに短かい読みを添えているもの、各宿場ごとに売女を追って展開する旅物語などさまざまである。

図21　春画五十三次

『浮世《うきよ》閨中《けいちゅう》膝磨毛《ひざすりげ》』はだいたい栗毛と同様な筋であるが、途中の房事をとくに読和風に変えたもので、挿画も秘画になっている。これより後に出た玉廼門笑山《たまのもんしょうざん》作の『旅枕五十三次』というのは、始めから道中記風の記載であるが、各宿駅ごとに、地名、名所旧跡などすべて好色的な戯文で解説し、めし盛女の値段付とそれとのやりくりの有様を記している異色物である。しかし同じ題名でこの書には別の異本もあり、各頁の秘画なく、大文字で読み和を綴っているのもある。

《書　誌》

東海道中膝栗毛　十返舎一九作　享和2

滑稽本。初篇は享和二年（一八〇二）に出て、以来文化六年（一八〇九）までに八篇十八冊が出たが、さらに文化七年から文政五年（一八二二）の間に続篇十二篇二十五冊が版行された。

初篇	一	享和2	後篇	二	享和3
三篇	二	文化1	四篇	二	文化2
五篇	二	文化3	同追加	一	文化3
六篇	二	文化4	七篇	二	文化5
八篇	三	文化6	——計八篇十七冊		
続初篇	二	文化7	二篇	二	文化8
三篇	二	文化9	四篇	二	文化10
五篇	二	文化11	六篇	二	文化22
七八篇	四	文化13	九篇	二	文政2
十篇	二	文政3	十一篇	二	文政4

十二篇　三　文政5　――計十二篇二十五冊
発端　一　文化11
続々初二篇　四　天保2
書目録には、この続々篇四冊というのもあり、また一九作『滑稽臍栗毛』五冊（刊年不詳）の名も見えている。膝栗毛発端は、中途で読者から弥次喜多の出身が不明だとの声に、この一冊を追加板行したという。文久二年板『滑稽五十三駅』にはこの発端から載っている。また一九作東海道中膝栗毛初篇の題には「浮世道中膝栗毛」とあり、後年の艶本「膝磨毛」に浮世閨中とあるのはこれをもじって出た称と思われる。
この膝栗毛が出て非常な人気を得てから、他にも類書が多く出たし、また似よりの書名も多く出ている。続々篇の二篇四冊は天保二年でこの年に一九は死んでいる。三篇二冊は天保六年刊で二代一九作（糸井鳳助の改名）という。

滑稽五十三駅　一九作　文久2
墨摺中本十冊。表紙は色刷模様、題簽上部には東海道中と角書あり、全十編十冊。各篇とも（三篇までは）上中下巻に分れ、序文は初篇にだけある。
初篇は序と口絵（十丁）ともで八十七丁。二篇は七十丁絵四図。三篇は九十四丁絵十図。四篇は五十五丁絵六図。五篇は四十九丁絵四図。六篇は四十六丁絵四図。七篇は六十八丁絵八図。八篇は六十九丁絵九図。九篇は五十六丁絵九図。十篇は四十四丁絵五図。で大坂を出立するところで終わっている。
十返舎一九は天保二年（一八三一）に歿しているので、これは後年の改刻本といわれ膝栗毛八編を改編して十編としたものである。本書の初篇巻之上の全文は『旅枕五十三次』（昭和二十八年紫書房刊）中に収められているが、かつての「帝国文庫」旧版に収録されている膝栗毛も本書のものだという。挿画も膝栗毛のものとは多少異なり、好色的なのが多い。

善悪道中独案内　雄飛亭作　宝暦6

後年の戯作もの中、道中記の体裁に作述せしもの、たとえば天竺老人の『導通記』山東京伝の『悟道迷所独《ひとり》案内』および弘化年間より続出せし一筆庵の『善悪道中記』等の類は、みな本書を模擬せしものなりという。この種の作はこれより以前にはあらざりしものとある。

当世導通記　天竺老人　天明2

人間一生独案内　善悪道中記　一筆庵可候　弘化1

善悪迷所図会　一筆庵主人　弘化3

「善悪道中記」の第二編。

善悪迷所一覧　一筆庵　国芳画　嘉永1

同じく第三篇。

貧福悟道捷径　一筆庵遺稿　嘉永2

右同第四編。

善悪色慾二道　楽亭西馬　嘉永3

右同第五編

善悪両頭浮世奇看　楽亭西馬　嘉永3

右同第六編

善悪迷蹟誌　一筆庵英寿　文久3

善悪道中記　中本一冊　一筆庵戯作　天保15

墨摺中本二十七丁、発端の善悪教訓風の文句の次に、街道図絵が続き、善海道悪海道の標識から先は、上段に善道、下段に悪道と分れて、途中に道草、買杭、出杉、いき杉などの風景、名所に教訓戯文の詞書が載っているのである。

海道記　一　伝鴨長明　貞応2

紀行記ものでは最古の書という。作者はあるいは源光行ともいわれ不詳。

東関紀行　仁治3

十六夜日記　一　阿仏尼　建治3

竹斉物語　二　伝烏丸光広　寛永年間

最古の「旅日記」物語本で京から江戸への滑稽道中を記し、また男色恋愛物語の戯作の祖ともいう。

徳永種久紀行　元和3

「名所記」ものの濫觴ともいわれている。

道中記名所づくし　万治2

現在道中記で最古の書は明暦版のものという。その中にこの書名が出ている。

東海道名所記　六　浅井了意　寛文2

万治元年（一六五八）の作で、刊本は寛文二年である。

増補江戸道中記　延宝3

正徳四年京板の『江戸道中記』は下り式、享保十年のは上り式になったのがある。

東海道分間之絵図　五帳　元禄3

遠江道印作、師宣画で、文はなく地図式のもの。縮尺里程道中図である。『骨董集』挿画にこの部分図が載っている。

東海道巡覧記　虚橋堂適志編　延享2

京板で下り式、七十余丁の道中案内記である。正徳三年には貝原篤信の『諸国巡覧記』七冊というのもある。

東海道中細見記　安政５
東講から出された商業用旅行案内書、各街道にいたる尨大なもので、これより後に一新講その他の講中用の「定宿帳」は、里程や名所名物などを略した別形式の道中記を出現させた。

都名所図会（京板）安永９

江戸名所記　七　浅井了意　寛文２
これは有名な書で複製本も出ている。享保十三年には安勝子の『江戸内めぐり』とて、江戸市内の屋敷、町名、名所など記した独案内書が出たが、その後この種のものも行なわれるようになった。

江戸名所図会　長谷川雪旦画　天保４

東海道名所図会　二〇冊　寛政９
「一枚刷」の道中記は携帯の使を目的として寛政（一七九〇）以降さまざまなものが出るようになった。「名所図会」は天明（一七八〇）から嘉永（一八五〇）年代まで盛んになり、馬琴の書には文化の中葉より衰え天保には『江戸名所図会』の一書が出たばかりで絶えたといっている。

万民千里善走伝（京板）明和９
歩行法や旅の心得を記す。

旅行用心集　八隅芦庵　文化７
道中の諸心得、吉凶等三十三項を記している。江戸の須原屋板である。はたご屋泊りのときの注意などは「忍法書」に出てくる心得書と似たものもあり、昔の道中を思わせる資料となる。

一休諸国物語　色摺半紙本三冊　吾妻雄兎子
一名「五十三次駅路の鈴口」ともいう。狂歌をもじった問答体の読和、ある男が仙術を授って東海道各宿駅で、女を御じながら京に上るという夢物語、秘画入りである。

一休禅師諸国色問答　三冊　吾妻雄兎子
絵は国麿という。前書の異本か。所見の一書は同じ題名の色摺本一冊で、始めに狂歌を掲げそれに読みをつけ、下に秘画が入っていた。

好色修行諸国陰門語　一冊　山東京伝
陰門語（ものがたり）と訓む。江戸、京大坂、それに各地の遊女案内式のものである。

国尽恋路芝　墨摺中本三冊　慕々山人　安政3

昼寝のあめ　中本三冊
各駅宿場の飯盛女の値段付などを記す。

春色入船帳　色摺横小本一冊
絵に詞書があるだけで読みはなく、五十三次の宿場女の秘画と値段付を書いている一書。同名の書で読みのあるもの、あるいはこの種の形式は他にも多い。

五十三次恋の初旅　中本一冊　芳国画

艶幾路《えきろ》の鈴　色摺半紙本一冊　女好庵
「東土産当開道」と角書あり。

色修行袖の玉鉾　墨摺中本三冊　淫水亭開好　安政4
縁北郎と気之助の道中情事を記し、巻末に各宿場の秘画を載せたものである。

東海道五十三次　色摺中本一冊　淫水亭戯作
序文一丁、色摺口絵十四丁、上欄に日本橋から袋井までの道中図があり、下に秘画、本文は十五丁から始まり、上の道中図は見附からである。内容は下男吉助を連れて日本橋から京までの道中、宿場女郎とのやりとりを記し、狂歌を掲げ、名物を載せているが短文で平凡なものである。

五十三次花の都路　色摺半紙本二冊　江戸恋痴庵

画は不器用又平（国貞）である。

色競花の都路　半紙本一冊　淫水亭玉の門作

所見のものは墨摺半紙本一冊で、上下二段に各宿場ごとの秘画があり、巻末に文だけの短い読みがついていた。この題名や形態には、いくつかの異本が出ているようである。

東海道五十三陰　色摺中本一冊

これには色摺と墨摺の二種があるといい、表紙題名の下には「駅路の鈴」とある。近年の複製本で扉には「膝《ひざ》寿里《すり》日記」とあるが、序文内容等全く五十三陰と同じのがあった。

旅枕五十三次　水沢山人玉廼門

目録には半紙本三冊とあり、所見の一書は中本色摺一冊本、表紙には「旅衣」とあり、中の標題には「旅枕五十三次」と記されていて、巻末には「玉だすき」として二丁半の読みがついていた。これは全三十二丁、二十八丁の表までに、だいたい頁一駅ずつの秘画が載っている画の上部のカコミの中に文句がある。画は恋川笑山で、大井川の渡し、道中の便所など珍しい図がある。

カコミ内の読みは普通の艶本と違って、各宿駅の飯盛女の値段付、名所名物に因んだ戯解の由来説明、その他に地女とのやりくりなどを記した道中記形式の戯書である。中に「浮世闇中膝磨毛」の名が出てくるので文政天保頃の刊と思われる。

この書の全文は戦後昭和二十八年に紫書房から出た『旅まくら五十三次』（伏字あり）があるし、またその他原本どおりの写真一組が流布されている。

しかし本書には別に大文字で読みだけの書もあり、「五十三次春画」と題した別本もあり、異本も行なわれていたらしい。

浮世閨中膝磨毛　墨摺中本八篇十六冊　吾妻男作　文政年間

一名『男五十三次女道中記』ともいう。秘画入である。所見のものは四編が上中下三冊になっているので全編は十七冊かもしれない。題名の浮世閨中は、前記東海道中膝栗毛初篇には浮世道中となっているので、それをもじったものであろう（解説編〈32〉も参照）。

三編序には東都子（えどっこ）の吾妻男一丁のぶる、文政戊子春日成稿とあり（文政十一年）、熊手の印がある。四編序には文政庚とらの春（天保元年）東男一丁しるすと見え、五編序では「おなじみの女好庵あるじ誌す」となっている。この作者吾妻男一丁は十返舎一九だといわれるが、この作は一人ではなく、一丁を名乗る者が三人いるとして、いわゆる三人一丁説もある。

本書の内容は膝栗毛の筋とほとんど変わりなく、それを読和化したものである。

色釣毛　二冊　一妙開程よし画作

この書名は聞いたことはあるが、目録などには見当らない。九次郎兵衛と舌八が富士の人穴や旅籠屋で色にからまる滑稽を演じる話、筋は膝栗毛と同一でそれを読和風にしたもの。

好色旅日記　五冊　片岡旨恕作　貞享4

吉田半兵衛画、巻一は十三丁、巻二は十二丁、巻三は十四丁、巻四は十四丁、巻五は十六丁で挿画は各巻に三図ずつある。

浮世草子、種彦目録には、〝好色なる男、京より江戸まで下る物語なり、六郷の橋の事、水口吉久が事などあり〟といっている。

（九）川　柳

川柳は選者柄井川柳の創始といわれ、川柳点（川柳選というに同じ）の略称なのである。発句と同じ五七五文字の詩であるが、俳句のように季題の制約もなければ切れ字というのもない。そして「前句付」から発展して後には前句なしで、全く独立した五七五の短詩形となり、それだけで一つの句意をなすものとなった。

初代柄井川柳は享保三年（一七一八）の生れで、通称八右衛門、号を川柳と称した。祖父は浅草竜泉寺門前に住み、町名主だったが、川柳もその跡を襲いで町名主となった。宝暦七年（一七五七）に前句付の点者となり名声を高め、後に前句付を改めて古川柳を創始、寛政二年（一七九〇）に七十二歳で没した。

宝暦の頃には「前句付」が流行し、句題として「かくしこそす〳〵」といったような前句題を出して、それにつける十七字の付句を作った。「早乙女も水がにごらざおかしかろ」といったもので、このような応募付句を選者が選んで、そのうちの秀句を句集として刊行したのが「万句合」である。明和三年（一七六六）に出た『川柳評万句合』は著名で、採録された句を「勝句」といい、十日間に集まった応募句一万二四九〇句のうち、入選した三四三句が句集に発表されたのである。この発表句にはそれぞれ題句の前句をつけて掲げられ（各句の頭に前句別の符号で標示）たのであるが、安永以後には前句題があっても、発表句には句頭の符号が省略されるようになり、さらに天明期になると前句題そのものも省略された。また後には前句題の出題もなくなり、完全に前句のない単独句となったといわれている。前句なしで発表した『柳多留』初篇は明和二年（一七六五）に始まっているので、前句のない川柳句というものは、すでにこの頃から考えられていたものと思われる。

古川柳のことでは山路閑古著『古川柳』（昭和四十年岩波新書）に、詳細がわかりやすく正確に述べられているので推薦したい。

とにかく江戸時代の庶民文芸としての川柳と小咄、それに浮世絵は全く庶民の間に発生して庶民の手により成育したもので、そこに大きな意義がある。最近ある人の川柳書評の中で、

川柳は前句付に由来している。課題を広告し、投句所を定め、応募した付句の中から秀句を選抜して印刷に付して高価な賞品を与える。つまり企業化された懸賞文芸なのだ。柄井川柳は前句付から一句立てで意味のわかる川柳形式を独立させた創始者だが、しかし彼はプロモーターとしてディレクターとして参加しているのであって文学者としてではない。

投句者にとっても大切なのは、懸賞に当選することであって、作品に名をとどめることではない。川柳は諷刺性はきわめて微弱だという。「うがち」を目的にして、おのれの着眼の鋭さは誇るが、社会の矛盾や不合理に真正面からぶつかることは避ける。自分たちの生活をゆり動かすことのない、安全無害な遊びなのである。

川柳の描写も人物も、現実の投影ではなく、大衆社会の通念の抽象化にすぎない。川柳を「伝統的な俳諧の詩にむしろ抵抗感をもち、散文的な物を見ようという姿勢があって、すんなり詩といいきれないものがある」というのは全く同感だ。従来の川柳研究が、ともすると難語の解釈や風俗研究に傾いていた点をあげて、川柳が人々が思うほどには、当時の社会、風俗の直接の反映ではなく、大衆社会の通念という網の目をくぐって、戯画化された仮構の世界を背景としている作品群である以上、これはきわめて妥当な態度といえる。

難解な一句、一句を解き得たからというて、さしたる意義も生じないような文学が川柳なのだ。特殊な題材や表現を持たないことが、川柳においては何のひけ目にもならない、われひと共に知っていて、しかもつい一寸思いつかなかったことを、ちょいと教えられた面白さ。

といったようなことを述べているのがあった。文学ということでも、江戸風俗という点でも、われわれはもっと勉強したい気がする。民主主義時代で言論の自由や人権が認められている現代においてさえ、理由のわからない暴力者にいためつけられ、瀕死の状態になった者を見ながら、周囲の誰もが自分には関係ないとして傍観している世態である。

さて『川柳評万句合』は十日ごとに投句を〆切って、そのうちの秀句を印刷にして発表したもので、この期間に万句を集めるとの意味から名付けられたのであるが、前にも記したように一万二千余句の応募があって、三百四十三句の秀句を採録した。その組織は各地域に「組連」と称する取次所があり、投句者は各自そこへ出掛けて句を届け、作者名と住所を記し、一句につき十二文ない十六文の入花料《にゅうか》という料金を支払うことになっていた。この入花料で入選者への賞品が贈られるわけで、最高には五百文程度の賞品または賞金が与えられ、最低には入花料が還元されたという。句集には寄句千句以上の組連の名が順次掲げられ、巻頭句も最高寄句高の組連の寄句の中から選ばれているのである。しかし巻頭句必ずしも最秀句というわけではなく、さまざまな事情があった。印刷になった句集には、いちいち作者の名は記さず、組連の名だけである。だから投句参加者は庶民とともに大名、旗本、学者もあれば富商もあり、それらの人々が共に作者でもあり、読者でもあったのである。

このようにして川柳は大いに発達し流行をきたしたもので、上流社会の好事家だけが上品な趣味事として競い合ったわけでなく、あるいは特殊な席に招かれた者が、座興的な御機嫌を取り結ぶための作句でもなかった。もっぱら庶民の手によって起こり、庶民の手によって他に気がねなく育てられたのである。こうしたことで名を売りだそうとする人以上に大衆的な意図があった。また単に賞金目当てのものだったとも決していいきれない。

武家権力の支配下に士農工商の身分的な制度は、町人はどこまでも武士にはなれなかったし、百姓町人は物の数ともされず、無礼の一言で死に損となった。江戸っ子の意気はあっても、武術の訓練もなく非武装の身は専横な武士に勝てるはずはなく、理由の如何は問題にされなかった。

こんな時代に立派な文学が生れるわけはない。ひたすら現実的に、そして個人的に許される限度において享楽が追求され、一面においては諧謔や洒落と称して、言葉の裏にもう一つ別な辛辣な抵抗の快哉が叫ばれていたのである。たとえわずかばかりであっても、精一杯悲壮な叫びであった。川柳には、そうした庶民の蔭の声も含まれていたのである。

またあるいは卑しく下品な言葉で、ぶしつけないい方をする。それも醜い性根をまことしやかに上品に振舞う面憎くさにくらべれば、むしろ晴れ晴れとした安らかさとなるであろう。

発句には季題と切れ字を要素として五七五の詩のリズムがあるが、リズムにはこのような耳に響き、心に感じられる音楽的なリズムのほかに、判断に訴え、知性を振動させる声なき声のリズムというものもある。これを「内在律」というが、古川柳が詩として発句と対抗し得るのは、こうした内在律の面においてである。と『古川柳』の著者はいっている。そして、

川柳には下品な句ほど、それをカバーするかの如く高度の知性を動かせている。これを「逃げ」というのであるが、一応低俗の句と思わせておいて、作者はさらに一段高いところをねらい、句意の転換によって、その低俗さを解消しようとする。

ともあって、古川柳には上品、下品さまざまな持ち味が庶民的な自由の欲求のように含まれているのである。

破礼句に、

あれさもう牛の角文字ゆがみ文字

というのがある。『徒々草』にある〝ふたつ文字、牛の角文字、直ぐな文字、ゆがみ文字とぞ君はおぼゆる〟との古歌をもじって、この川柳は閨房における切々の情を訴える句としている。その着想の奇抜なだけでなく、かかる場合の情景をぬけぬけと、しかも悠然と句にしている有様など驚嘆のほかはない。

「万句合」では、だいたい句の配列順が「高番」「中番」「末番」とされている。『柳多留』の序に「前句にかかわらず、古事、時代事、趣向よろしければ高番の手柄あり」とあるように、これは堅くるしい内容の句であり高番に属する。また中番は一般的な庶民生活に関するような、単なる俗事、情景の句であり、末番句というのは、およそ恋句、情事、売色といったような裏話し、秘事を扱った句のことで、この末番句の最後に「大尾」と頭注のあるのは、とくに下品なみだら句というわけで「破礼句」とも称せられているのである。

俗に「ばらす」といえば、素破抜く意に用いられている。スッパ（素破）ラッパ（乱破）は野盗、忍びの者どもで、

相手の裏をかき、意表外の挙に出て敵を悩ました。そのことから相手の秘事を暴露してなやます、致命傷を与える、などの俗語となり、あるいはその素破以上にむごいとの意となろうか。それをここでは破礼の文字に当てて、礼を欠く、礼を失する破廉恥といった意味にもなる言葉としたのである。

ハレンチといえば、戦後現代の若い人々の間では、もはやその漢字は見たことも聞いたこともなくなり、どこかの外国語だろうぐらいに思えた。そして、誰かがいいだしたハレンチとはカッコいいという状態のことだとの言を信じるようにさえなった。もっとも今は昔のような恥知らずのことは通用しなくなり、別に恥でも何んでもない、それが若さというもの、カッコいいじゃないかと思うようになった。

それはともかく、川柳も寛政以後には世態の末期的頽廃傾向につれて、「うがち」の妙よりも、言葉の遊戯が多くなり、破礼も甚しくなっている。

この末番句集の『誹風末摘花《はいふうすえつむはな》』初篇が出たのは安永五年（一七七六）であったが、寛政以後の川柳は古川柳でも「狂句」と称せられたりした。そして江戸時代にもかかる狂句に関連して取締まりを受けた事例があったらしいけれども、明治以後の「出版法」では『末摘花』の句は、たまたま引例に出てさえ発禁となり、末摘花の句は公刊書にはほとんど語ることができなかった。

ところが、戦後「出版法」が廃止され（昭和二十四年五月）、憲法にも言論の自由とか、表現の自由が認められるに至ったことなどから、東都古川柳研究会というのから『誹風末摘花』の全文を収録した書を刊行した（内容には秘語などの字句を多少転倒したりしてあったが）。しかしやはり問題となってついに起訴されたが、裁判に三年を費した後、昭和二十五年東京地裁において無罪の判決が下され、『末摘花』は古典文学書として『柳多留』同様に差し支えないものとなったわけである。

これら末番句が秘語や風俗的な解説以外には文学的に価値のないものだとする意見もあるが、古川柳の研究にはまださまざまな面から、多くの資料的なものを含んでいるので、そう断定することはできないと考えられる。性風俗に関しては、とくにこれらの句以外には文献の残されていないものもあり、江戸時代の庶民生活のうちにおいて、かかる句が残された社会的、世態的な面においても大いに考えさせられる点がある。

川柳末番句集

末番句集として著名なものに前記の『誹風末摘花』がある。安永五年に初篇が出てから享和元年までに四篇、重複句を除いて二千三百十八句である。『万句合』から末番句集として再選されたものであった。だから『柳多留』の句と重複しているものもあるが、下懸りの破礼句だというので、従来末摘花の語句はほとんど公刊が許されず、部分的な引例などでも、しばしば発禁になった。

これが古典文学書と認められたのは、実に戦後の昭和二十五年であったことは、前にも述べたとおりである。その間、大正七年には大曲駒村、富士崎放江両氏の苦心によって『末摘花通解』が出たし、大正十一年には沢田五猫庵の『末摘花難句註解』も出た。しかしこれまた中途でさまざまな問題が起こっているが、それにしてもとにかく刊行頒布されたのである。その他天保板の『柳の葉末』も破礼句集で、五百三十二句収載の書である。あるいは文指南類書や小冊に末番句を載せた書もいくつか出ている。

『甲子夜話』には〝門口に医者と親子が待っている〟の句を載せて難解の句としているのだが、『柳の葉末』にはこれに似た句で〝医者親子共に女帝は御寵愛〟との句があり、これを探春の句だと解説したのは近代になってからで、沢田五猫庵あたりであったと思う。あるいは陰名の土器とお茶碗との差異については南方熊楠氏の説があるが、上方にはもっぱら後者の名陰が通称となっている。男陰名では、川柳『末摘花』には麻良の名はなく、ほとんどが篇乃古と用いられているけれども、『柳の葉末』では仏の文字を用いて訓みは両方に使い分けしている。これなどもどういう理由によるものか、疑問のままになっている。また、

かわらけはさっぱりとした片輪なり

との句では『紫式部日記』に――ものきよく、かはらかに、人のむすめとおぼゆるさましたり――というのがあり、この「かはらか」とは、さっぱりとしたさまの形容詞だと『古語辞典』にも見え、前記の川柳もこれにかけて詠んだ句であるとすれば、ただの町人などがいえる句ではなく、作者にはいろいろな階級者がいたことが察せられる。

　気ばかりさなどと御隠居酌をさし
　伜《せがれ》が起きると女房をゆり起し

などは文字どおり受け取ればきわめて平凡な句であり、こうした情景は日常しばしば見聞きするところであるから、句としてなんの価値も感じられないが、言葉のもう一つの意味から考えればおかし味が生ずる。一種の逃げの句である。このように、故事とか諺、謡曲の文句とりだったり、もじりだったり、古語をまねて巧みに詠んでいる句だと感心させられるとか、滑稽に思われたりするのである。

そういうことが川柳においては非常に多い。

また風俗的な事象においても、他の書物には見たことのない事柄がしばしば現われてくるので、意外なことを知る場合がある。事実ないようなことも、川柳には滑稽化するためにいわれているのだとの意見を唱える人々もあるのだが、もしそうだとしても着想において今も昔も人情に変わりはなかったとすれば、それだけでも決して無意義ではない場合があろう。

文学が決して有閑貴族の遊戯だけであってはならない。朗らかなユーモアや、明るく楽しい理想を掲げる必要があったとしても、時代的世相的な背景の中での庶民生活の文学が不必要だとはいえない。われわれはむしろそこに尊重すべきものを認めたいのである。

「川柳書誌」文献は山路閑古氏の『古川柳』に掲げられている。そのほか特殊な研究書のこともあるがここには省略した。田中伸著『庶民文化』（昭和四十二年富士書院刊）中には、川柳を掲げて庶民文化の諸相を説かれているが、わかりやすくよく述べられている。

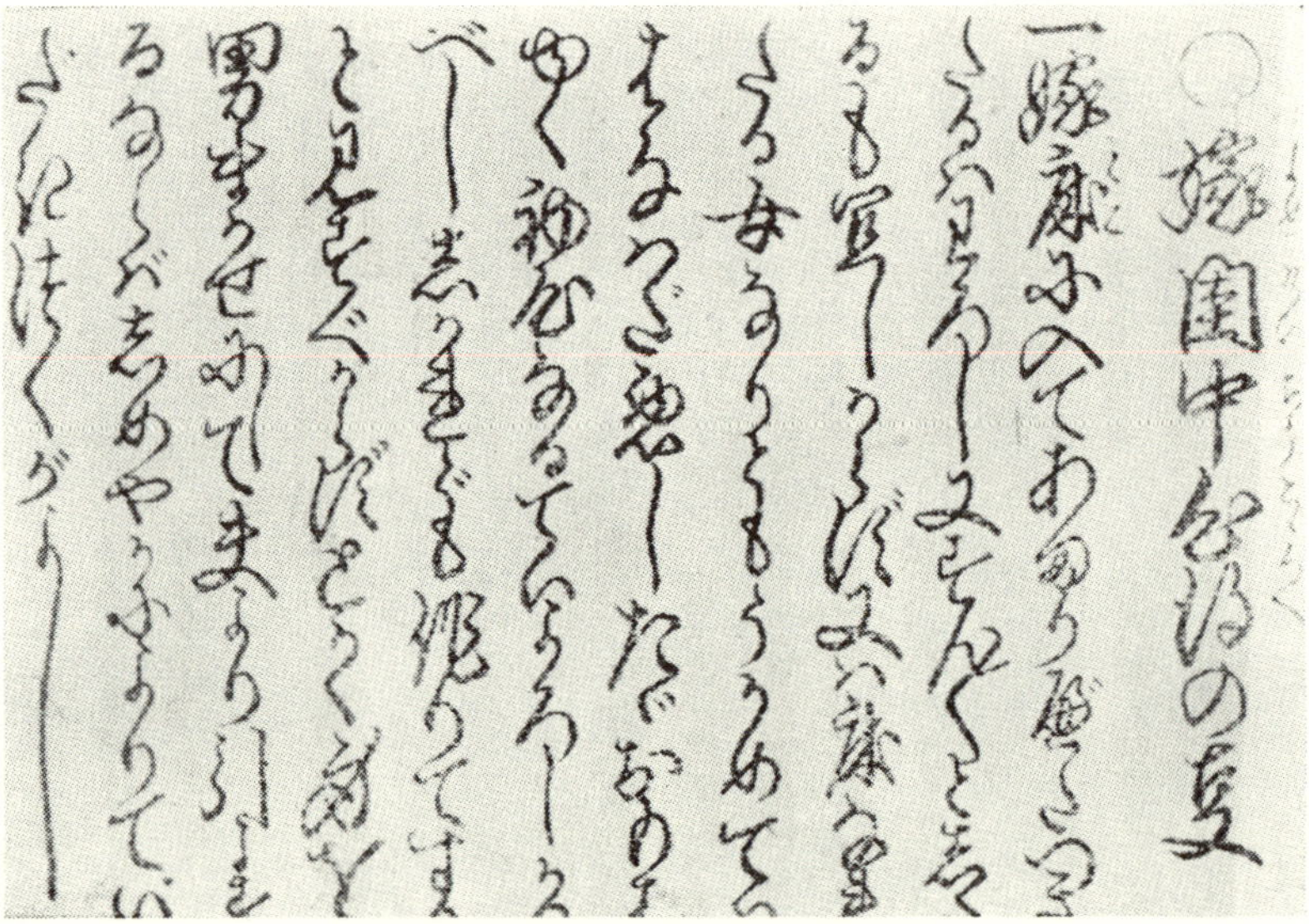

図 22　新嫁入りの心得（秘事袋より）

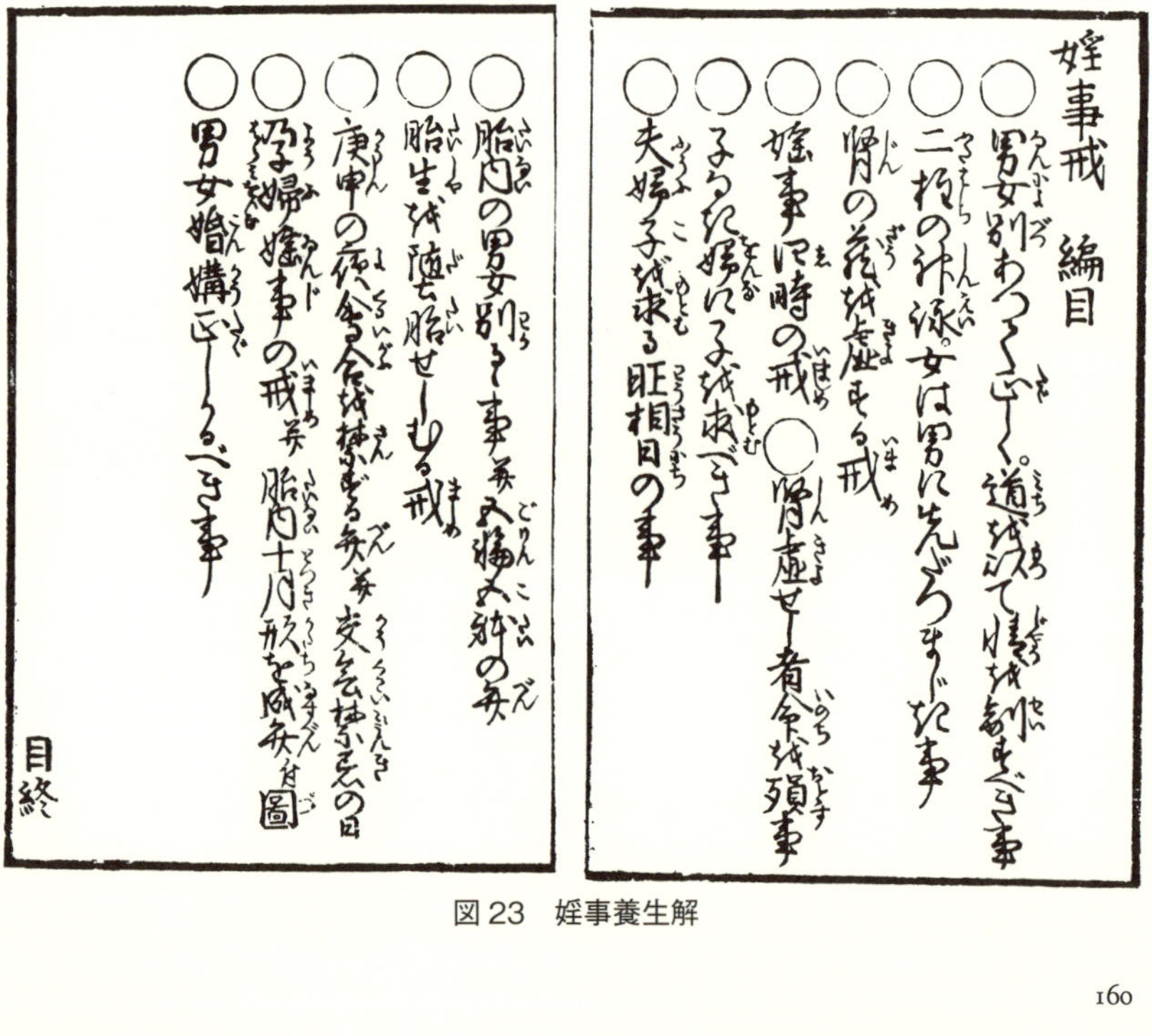

婬事戒　編目

○男女《なんによ》別わつて正しく道《みち》を以《もつ》て情《じやう》を節《せつ》すべき事

○二柱《ふたはしら》の神縁《しんえん》。女は男に先《さき》だつまじき事

○腎《じん》の蔵《ざう》を虚《きよ》せる戒《いましめ》

○婬事に時の戒《いましめ》

○子なき婦《をんな》に子を求《もとむ》べき事

○腎虚《じんきよ》せし者命《いのち》を殞《おとす》事

○夫婦《ふうふ》子《こ》を求《もとむ》る旺相日《わうさうにち》の事

○胎内《たいない》の男女別《わか》る事并五倫《ごりん》五臓《ござう》の弁《べん》

○胎生《たいしやう》を随《ずい》胎《たい》せしむる戒《いましめ》

○庚申《かうしん》の夜《よ》会《くわい》合を禁《きん》ずる弁并交合《かうがふ》を禁《きん》ずる日

○孕婦《ようみ》婬事《いんじ》の戒《いましめ》并胎内《たいない》十月《とつき》形《かたち》を成《なす》弁付図《づ》

○男女婚媾《こんかう》正しかるべき事

目終

図 23　婬事養生解

（十）往来物

往来と消息

古語の和名で「文」（ふみ）といったのは文書、書きもの記録、書物などの総名であった。その語義はフリミの略言で、振り返って見る、あるいはなり振りを見るとして、風物、容姿、状況などを見知るとの意味だという。それから転じて他郷の様子を知り、またこちらの事情を知らせる書簡のことにいわれるようになり、風俗語としての文には、もっぱら恋文のことにいわれたりした。

手紙のことでは魚住惣五郎著『手紙の歴史』（昭和十八年）によく述べられているが、

古くわが国の文書はみな漢文体で、漢字ばかりを連らねたものであった。通信文に限らず一般の文書にも候文が用いられていたくらいで、これは学者とか僧侶、その他貴族の有議者でなければ読み書きできない有様であったのである。そこで読み書きを習わせるために、通信往復文の形で起こったのが「消息」であったという。「消息」とは相手の安否を問い、また当方の用向きを伝えて、心配ごとを消し、気をやすめるとの意味なのである。そして要するに通信の目的を意味する書簡用語であったが、その漢文体で書いたものはこれを「尺牘」と呼び、「消息」の方は、後には俗語を交えた女子用文を指していうのが例となった。

また「往来」というのも往復との意味なのであるが、『橘庵漫筆』には、

礼記《らいき》に、礼は往来を尚《たっと》ぶと云うより出でたる名なる故、庭訓《ていきん》往来、風月往来などは、状毎に反報ありて礼をそなえたり。

といっているように、通信文例を示した書物があった。しかし室町中期頃から、消息書にも返事の文のない単なる通

信文だけの形のものが現われ、これでは往来書ともいえなくなったわけであるが、さらに手紙の文体でない普通の文句のものとか、通信書簡関係の用語集、あるいは諸職名とか用具語彙など、手紙を書く場合に参考となる各種名称を集めた書物を「往来物」と称した。また「文指南」とて仮名書きの女子用文案集があり、それには「艶書集」といった書も出現している。

往来物の分類

往来物の最古の書としては、平安末期に藤原明衡の書いた消息文集『明衡往来《めいこう》』三巻がそれだという。これはまた『明衡消息』とも『雲州消息』とも称せられ、内容は擬漢文体で二百余章の消息を掲げたものであった。ついで鎌倉時代には『貴嶺《きれい》問答』というのがあり、書名に往来の文字はないが、内容は十二カ月の贈答文や宮廷の制度、上下の風俗など、知識を目的として書かれたものであった。嘉禄元年（一二二五）十月の奥書があり、漢字ばかりを並べた消息文集なのである。その他にも『十二月往来』と称して、同様な書が鎌倉初期にも出ている。

消息こと往来物のことでは、

消息文変遷	横井時冬	明治27
往来物分類目録	岡村金太郎	大正11
往来物類聚目録	岸本稲巌	昭和2
本邦職業文献	豊田　保	昭和8

などがあり、多くの往来書目が収録されているが、最後の書は、当時職業研究の参考資料として古今の職業往来書目を多数収録しているものである。東京帝大内社会調査協会編、豊田保氏の調査記録であった。

さて江戸時代には「往来物」と称した一群の類書が多数出た。これらは通信文例には限らなかったが、往来書の形態から変化したものであり、消息、往来書の重宝記化ともいえるものであった。手紙用語集、名物名産、地名国名、名所旧跡、職業職種、各種用具等々を列記して常識教養の書としたものを総括して「往来物」と呼んだのである。

当時は俗に「読み書きそろばん」といって、これが教育の基本科目であった。そこで庶民の教育の場だった寺子屋では、読み書きの教科書としてこの「往来物」の諸書が用いられるようになり、大いに流行したものと思われる。

『進物便覧』（文化八年）に婚礼、新婚者への贈り物のうちに『女庭訓』『女大学』『女今川』『女四書』のほか、

『婦人養艸』。凡そ女中方故事故実有識のはしまで、くわしく書あらわし教え第一の重宝の書也。

『通用文則』。小本にて男子の重宝となる書なり。

『女通用文則』。同小本にて女児の重宝となる書なり。

などの記載があり。これらは、それも教養の書だが、寺子屋での往来物の利用は、読みを覚えて教訓や常識の資とし、またそれらを手本に手習にも使ったのである。

しかしこれら一群の書を「往来物」を総称するようになったのは、江戸時代初期からであろうという。とにかく何々往来と題したものだけでも五百種ほどあるといわれ、内容的には歴史、地理、法令、宗教、道徳そのほか大分広範囲にわたる常識教育書であったといったわけで千字文や実語教、女大学の類もこれに含まれた。河原万吉氏の分類によると、往来物は次の十二分類になるといわれている。

①〔字類もの〕国尽、名勝づくし、道具づくし、官職づくし、山号寺号づくし、禽獣草木づくしなどの類。『童訓名数往来』もこの種のものだった。

②〔消息もの〕平安時代の『明衡往来』が最も古く、その他『花月往来』『風月往来』などの類である。

③〔教訓もの〕童児教、実語教の類がこれで、その他『婚礼往来』『道中往来』も数えられ、作法、諸礼、教訓等のものである。

弘化元年一筆庵英泉の『人間一生 善悪道中記』があるが、この種の類書はいくつかほかにもあって、道中街道の絵図にさまざま教訓的名称や説明を用いて記しているもので、教訓の言葉だけを集めているものではない。文学書図

にはこれを「滑稽本」中に分類している。

「実語教」の名は文安元年の『下単集』の中にも見え、随分古くから存在したものといわれる漢文体で漢字ばかり並べられたものだった。後には「女実語教」や「色道実語教」「湯語教」などいったものも出ている。
④〔歴史もの〕承応三年の『直江状』や延宝五年の『薩摩状』、慶安五年の『富士野往来』の類がこのうちに入る。
⑤〔地理もの〕寛文九年の『江戸往来』その他『駿府往来』などがある。
⑥〔法令もの〕これは御成敗式目などを載せている往来書である。
⑦〔名物もの〕天保の書目に見えている『洛陽名物往来』が古い方で、各地の名物名産を掲げた往来ものである。
⑧〔年中行事もの〕『四季往来』『年中時候往来』『年中衣裳往来』などいったものがある。
⑨〔職業もの〕これには職種名、職業用語等が掲げられ、宝暦八年の『田舎往来』その他『農業往来』『百姓往来』などがあり、また『本屋往来』『娼家往来』など変わった種類のものもあり、いわゆる商売往来と称せられている諸書である。
寛政五年十返舎一九の『倡売往来』というのは、一九洒落本の初作といわれている遊里書の一で往来物とは別である。
⑩〔宗教もの〕『宗教往来』というのもあり、完教関係の往来ものである。
⑪〔理学もの〕『身体往来』というのがあり、そうした類の往来書がある。
⑫〔女子用もの〕元録八年の『女童子教』、天和以前の『女庭訓往来』、元禄頃の『女今川』、文化三年の『女商売往来』など種々ある。
といっている。

いわゆる「文指南」書も、この往来物の一種だが、一般には別な一群の書として扱われている。女子の手紙文案集で、書名には『文のはやし』『文しなん』『かりのたより』などあり、江戸末期頃に出廻っていたもの百種余りもある。形式はほとんど似たもので、中本数十丁、下段には大文字で仮名書きの文、上段棚罫の部分には重宝記風な常識的雑事が載っているのであるが、この部分に情事秘戯のこと、秘具秘薬のことなど記しているのが多いので「文指南書」は艶本に準ずるものとされるようになった。

このように種類が多く、部数も相当に流布されていたのは、庶民の家庭でもこれを何部も置いて、性教育用に娘などの嫁入に際しては、母親がひそかにこれを長持の底に入れてやったというからであろう。

文指南書については、さらに別項に述べるが、その他実語教や女大学、女今川などの形式に擬して、内容は性的秘事を綴ったものも種々出現している。

文指南物

文指南書というのは前にも述べたように、手紙の文例、つまり書状の文範集で「往来物」の一種である。しかし普通の「消息」などと違った色道重宝記風の形式を加えた種類の書が出現し、それら一群の類書を総括的に「文指南書」とか「文指南もの」と呼んだのである。云い換えれば節用集が重宝記ものや便覧などの形式に変化し、往来物や消息ものが現われたのに対して、それらの形式に擬して性的なことを採り入れた書なのであり、あるいは性典から起こった養生書を、さらに通俗化した「色道指南」ものと、「艶書」関係の記事を合わせたようなものが、この「文指南」であったのである。

民俗的にいえば、まだ手紙など行なわれなかった以前には、「石文《いしぶみ》」といって小石に松の枝を結び付けて送り、〝恋しく待つ〟との意味を伝える。方法とされていたといい、あるいは「錦木」の風俗なども行なわれていたという。また「大和詞《やまとことば》」と称して、なぞ詞、かけ詞が用いられていたことも伝えられている。

「歌垣」風俗なども、「かがい」といってそれは掛け合いを意味した名で、現代の集団見合のように、その頃の男女が多数集まって来て、その場で互いに歌を読み会った。そしてわが歌の意味を理解し、それに対して巧みな返歌を送った者が、歌が上手だというので互いに結ばれたのであった。つまり歌によって意中を表現し、相手を求める掛け合いとしたのであり、随分と廻りくどい話で、その歌も妙にひねった言葉使いのものであったから、今から思うと難解の歌となるけれども、返歌の方も同様になかなかこったものであった。だからたとえ美男善男であっても、歌が上手に詠めなければ恋もできなかった。

そのように「恋歌」や「艶歌」が流行した時代があったが、その後やがて「艶書」が始まった。わが国で艶書といえばそれはいわゆる「恋文」のことであり、あるいは「色文」とも称せられた。

そこで、こうした恋文の書き方などを示したものが「文指南」の書であった。

元禄年間に出た『好色智恵海』三冊の書には、各種の色道伝授ものとともに、文に関することが多く載っている。たとえば

○ふみ書きようの秘伝。
○文懐中して落さぬ仕様の口伝。
○文読み所なきときの秘伝。
○隠し文書きようの大秘事。
○文の取りやり人前にても目立ぬ伝授。

などのもので、すべて艶書に関する記事が載っている。文の書き様秘伝では、

随分おもい迫りたるよしを、くどく書く。いかにも「参らせそろ」の多きがよし。

などと、女の文には参らせ候をなるべく多く使った方がよいといっている。これでは文句が途切れ途切れに短かくなるわけだが、その方が却って切々の情を訴えているように感じられるのかもしれない。

かつて江戸前期のものと思われる墨摺横本の一書を見たことがあるが、書名は欠題でわからない。全文女から男へ送る文の形式で書かれていて、逢った折りの思い出を語り、また逢う日を待ちわびて、あれやこれやとそのときの楽しみを述べ、情をそえているもので、一方からいい送る文句だけで、情景がうかがわれるという書き方の書であった。

そしてこの中にも〝参らせ候〟の文句が、多過ぎるくらいに現われていた。

つぎに恋文を落とし他人に拾われても、恋文とわからぬ書き方というのでは、

文句は必ずしも整った上手なものでなくともよいから、いろいろと書き並べて、行をしばしばかえ、各行の頭字だけを右から左へ順次拾い読みすれば、たとえば〝明日いつもの通り忍ぶ〟と読める書き方。

などとある。いわゆる「隠し文」のことなのである。あるいは墨を一度つけたらそのまま書き続け、つぎに墨付を新しくしたその濃い一字ずつを拾い読みすれば、別の意味の文句となる方法もあった。

これらの書は文に関するものではあるが、「文指南」書というよりもむしろ「色指南」書中における「艶書」の「秘伝物」というべきものである。形式からいっても、いわゆる文指南物は前にも記したとおり、文例集が載り三分の一の上段に細字の房事関係記事が記されている。

中には多少形式の変わっているものもあり、段なしの読み下しに書かれていて、短い読み和とか、川柳破礼句が並び挿画を配し、巻末にわずかに文例集を掲げているのもある。書型は、ほとんどが墨摺中本一冊もので縦本である。書名は、

文しなん	全亭好成編
文のはやし	大陰山人編
文のたより	陽気山人編
文の栞	陽起山人編
文のゆきかひ	
雁の便り恋の千話文《せわぶみ》	安政3
艶書道しるべ	京板
艶道通鑑	

などで、これはおよそ二百冊の類書から異なった書名のものを選びだしたものである。最も多いのは「文しなん」の書名であった。そして同じ書名でも、内容や配列が違う異本が多く、二百冊中異本や類書はおよそ七十余種を数えられた（これらの目次、内容の文句の一とおりを筆写して置いたが、その原稿は戦災で全部焼失してしまった）。

実語教

往来物訓育類のうちに「童子教」「実語教」がある。寺小屋教育の教科書として用いられていたもので、漢文体に書かれて句調のよい文句だったから、これを暗誦したり、文字を覚えるために用いられた。

童子教、実語教の諸書については昭和二十四年刊、石川謙著『児童観の発達』中に多くの文献書誌が掲げられている。「実語教」は有名な書で広く読まれていた。文安元年（一四四四）の『下学集』の中にすでに実語教の名が見えるというから、だいぶ古くから存在したといわれているのである。原文は漢文体で漢字ばかりだが、仮名交りに書き改めてみると

山高きが故に貴からず、樹あるを以て貴しとす。
人肥えたるが故に貴からず、智あるを以て貴しと為す。
富は是れ一生の財、身滅すれば即ち共に滅す。
智は是れ万代の財、命終れば即ち随って行す。—云々—

といったような文句である。『女実語教』（天保七年）といったのもあるが、その一節を掲げると

品勝れたるが故に貴からず、心正しきを以てよしとす。
容うるはしきが故に貴からず、才あるを以てよしとす。
富は是れ生けるうちの宝、身まかる時は別れ退く。
智恵は是れ万代の宝、命終るときは魂にしたがう。

心をつつしまざれば義なし、義なきは畜類に等し。—云々—

などがある。こうした教訓の類書は、いろいろ行なわれていた。変わったものでは仏教で入浴の功徳を説いたものに「温室教」があり、嘉永四年の『洗湯手引草』の中には「湯語教」というのがあり、

薪高きが故に多分（たんと）焚かず、古木有るを以て薪貴からず。

といったような戯文なのである。この湯語教のうちにはまた、

底浅き褌盥は不浄と云って、近頃までありて今はなし。

御触の趣堅く相守るべく、男女入込停止すべし。

などあるところから見れば、これは寛政以後に作られた文のようである。

実語教に擬した好色戯文には「色道実語教」があり、元禄以後の好色本と思われる中本型墨摺（欠題）の一書に載っていたが、これと全く同文のものが宝暦頃の『女大楽宝開』にも見え、「色道じつなきょう」と訓ましている。〝かりたかしといへどもたっとからず、きやらすをもってたっとし〟という。その書出しで、実語教の句をまねて色道のことに書き替えているのである。

また浮世喜楽堂板の『実娯教絵抄』では、「実娯教」とて前記色道実語教を漢文体で掲げ、それに訓みを付し、さらに解説風の文句を添えている。

女　訓

貝原益軒の『女大学』は享保十四年（一七二九）頃の刊と云われ、「女実語教」「女庭訓」「婦人養草」などといった女子教養書は、それ以外の人情本あたりにも同様な書名を称するものがよくある。

好色本の類でこれに擬した『教草《おしえぐさ》女大学』『女大学絵抄』などいうのもあり、「女大らく」とて『女大学』の文句に擬した戯文も行なわれている。宝暦頃に出た雪鼎画の『女大楽宝開』は色道のことを載せた重宝記風の書だが、こ

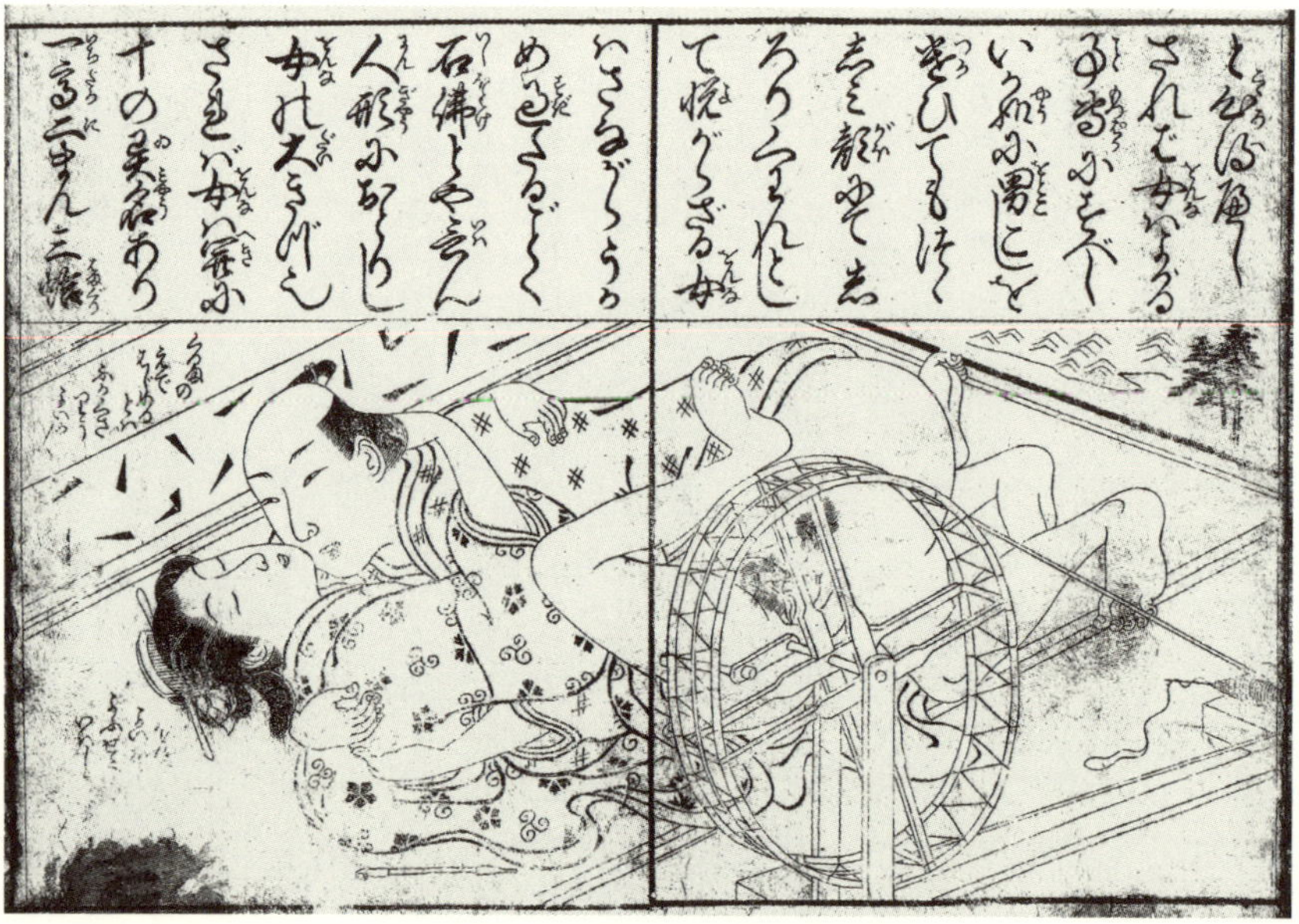

図24　女大楽宝開（画像提供：国際日本文化研究センター）

れも貝原益軒の『女大学宝箱』に擬した名で、書名の大楽はこの二字を一字に作字して大学の文字に似せている。そして宝開をタカラバコと訓ましているのである。またこの中には「女大らく」とて女訓に擬した色道の戯文が載っている。

これとは別に艶本奇書として扱われているのに『女《じょ》訓《くん》』または『女閨訓《じょけいくん》』と呼ばれているのがある。もともとこれには題名がなく、女子閨中の心得を書いた巻物であったという。それを近代の人が発表の際に名付けたのが、この『女閨訓』の名で伝えられるに至った。ある大名の姫君が婚嫁されることとなり、姫の幼少の頃から付き添っていた乳母が、姫のために女として夫に仕える場合の夫婦生活に必要な心得の数々を、ひそかに書き綴って与えたものといわれている。

内容は「常の心得」「閨の御慎み」「朝夕の心得」の三部に分かれたあまり長いものではないが、その当時の武家における性生活風俗がうかがわれる一文として、普通の艶本などとはいささか趣を異にしている。この全文も斉藤昌三著『東亜軟書考』だかに掲げられていたようである。

（十一）節用本

節用集

わが国の古い文化の歴史は仏教や儒教によって開発された。そのため当時の書物記録やその他の文字には、必然的に漢字が使用されていたのであって、通信文にさえ漢字の候文が用いられていたことは風知のとおりである。そこで古い頃の辞書といえば、これら漢字の音訓や字義を検出する「字引」であった。

そこでこの字引を「節用」または「節用本」といっていたのであるが、節用とは常に座右に置いて、折りふれ必要の場合に用いる「日用字引」との意味であった。

わが国の古い字書としては、すでに寛平の昔僧昌住が撰したという『新撰字鏡』があり、その他『和玉篇』『下学集』や源順著の『和名抄』、山岡俊明の『類聚名物考』など有名で、江戸時代に入ってからでは『和漢三才図会』などの大部の書もある。源順の『和名類聚抄』は平安初期の称呼を集め、漢字の事項を掲げてその和名を記し、諸説を引いて説明を加えている辞書である。醍醐天皇の第四皇女の命を奉じて源順が撰進したものという。源順の自序には本書は二十巻四十部二六八類とあるが、現存本には十巻本（二十四部一二八類）と二十巻本（三十二部二四九類）の二本があるといわれ、狩谷棭斎の『箋註《せんちゅう》和名類聚抄』はこの十巻本によったものだという。部の区分は天地水蔵時等三十二部、さらに各部を分類して二百四十九類としているのであり、たとえば、

鬼。和名於爾《おに》、或説云《いう》、隠字音於爾訛《おにになまる》也。鬼物隠而不欲顕形《かくれてかたちあらわすをほっせず》、故俗呼曰隠也。人死魂神也。

指。和名由比《ゆび》、俗名於与比《および》。

などと大および、人さしおよび、中のおよび、名なしのおよび、小およびの名をあげているのである。これは和名の

辞書だが、『和玉篇』や『下学集』も「節用本」が出ると、それからは節用集の称が日用字書の通称のようになってしまった。そして「字引」といえば、音や訓または画数で漢字を求め、その字義を知る書物として、この形式の「字書」は昭和時代まで行なわれてきているのである。

『節用集』(節用本ともいう)言葉の音訓をいろは別に分け、さらにその中で乾坤《けんこん》、官位、人偏、草木、禽獣といった部門下に語彙を集めてあって、その漢字が検出できるようになっていたものであった。この形式は後には漸次改善されて、明治時代の日用字引のような便利な書に変化し、類書も夥しい数に及んだが、およそ辞書には「漢和辞典」のような、もっぱら漢字の音訓、字義を求めるものや、音訓の読みや言葉からその漢字、意義を求めるものがあり、近代に至っては古語、雅言、通言、俗語、諺語、隠語、方言、流行語、術語等の別によって、それぞれ専門の辞書も現われているし、一般の用語でない事物事象の名称の辞書、さては百科全書や百科事典といった総会辞書も行なわれるようになった。

そこで辞書に対する異名類称を見ると、

字引、字書、字典、字彙、辞書、辞典、辞彙、語典、語彙、事典。

などがあり、「字引」は漢字の字書で、「辞書」は主として言葉の意味やその漢字、文字を検出する辞書であるのに対して、さらに一般用語以外の事物名称のことを調べ求めるのが「事典」と呼ばれるようになった。また「語彙」には呼称の異なった同意語、異名類語のものとか、ある項目に関係のある事項を集めて説明しているものであるが、『草字彙』などは古今の有名な書家が書いた漢字の崩し字を集めたもので、字引というよりも形や筆法を調べる書道の本なのである。

さて節用集の著者は誰であるかには、諸説があるが詳かでない。上田万年博士の『古本節用集の研究』によると、文明六年(一四七四)以前、多分文安元年(一四四四)以後に編せられたものであろうとのことである。そして古本節用集として有名な写本ものでは「文明本」があり、刻本では天正十九年(一五九一)に和泉国堺から出板された

「天正本」と、慶長二年（一五九七）板といわれる「易林本《えきりんぼん》」、さらにこれと前後して現われたらしい「饅頭屋節用本」とがある。

かくて節用の名は室町中期以後、明治の初期頃まで行なわれ、慶長以前の節用集はこれを「古本節用集」と呼んで区別し、天正本はまたは「堺本節用集」、それに「易林節用集」「饅頭屋節用集」などが知られているわけである。易林節用集は、従来のものの誤謬個所を易林という人が改訂して、京都七条寺町の平井勝左衛門休与が開板したものであるが、饅頭屋節用集の方は、奈良の饅頭屋宗二《そうじ》の版で、昔からのままの節用集であり、いわば原本節用集ともいうべきものであった。

饅頭屋宗二のことは『比古婆衣《ひこばい》』によると、

饅頭屋宗二、南都の人、林和靖《わせい》之後世という。節用集もこの人の作と見えたり。世に饅頭屋本の節用集と称えるこれなり。さてその林逸がことは、奈良の饅頭屋塩瀬氏の家伝を聞くに、家祖は林浄因とてもろこしの宋世の林和靖の後なるが、暦応四年建仁寺の僧栄西がもろこしに渡りて帰る時に、伴い帰りて奈良に住みて、饅頭を製《つく》りて業とせり。氏を和学の訓に従いて波也志《はやし》と称え、後に屋号を塩瀬とも号び、字を宗二とも云えり。林逸は其が孫にしてまた字を宗二と云い、号を方正斉と称えり。逸は名なり。

とある。林和靖、林浄因のことは『瓦礫雑考』にも見えているが、結局林家の祖は林浄因で、建仁寺の第二世龍山徳見が元に赴いて帰朝するとき伴ってき、帰化した人である。奈良で饅頭を製して家業としたので饅頭屋と呼ばれ、その七代目がこの宗二であり、明暦七年の生れで和漢の学にすぐれた学者であったという。だから節用集はこの人の作というのは誤りで、おそらくは建仁寺の僧が作って早くから林家に伝えたものだろうとされている。

ところで「節用集」は以上に述べたような字引だったのであるが、江戸時代になってから、おいおいに常識的な記事をも加えて備忘録風のものとなり、座右の書として「便覧」形式に移行し、「重宝記」ものの発達を促したのである。あるいはまた「往来物」のうちに字類ものとして字引ではないが「語彙」を集めて、寺子屋の庶民教科書に用いられ、読みや手習本となるものを出現させている。

そして、さらにこれらは字書風に秘語を掲げて戯解を付したものとか、重宝記にも秘戯を載せているものなどが行なわれたのである。北斉画の『三歳智恵《さんさい》』にも、天地、人倫、草木、禽獣、魚虫等に分けて、滑稽な戯名を列ね戯解しているのがあるし、「嘘字尽《うそじづくし》」には好色秘事の名を作字で表わし戯訓戯解している。「重宝記《ちょうほうき》」ものでは『女大楽宝開』といったものもある。『いろは別好色本目録』の一書には、『節用集』横本一冊というのがあり、そうした名の艶本もあったか。

嘘字尽

嘘字尽というのは字書系統の戯書というべきものであり、あるいは「往来物」字類の一書とも見なさるべきだが、文化三年式亭三馬作『皆化節用 小野ばかむら嘘字尽』は滑稽本として評判の書であったので、安政三年の再版書もあり、その他一枚ものでも出されたのがある。
『小野篁歌字尽』が出て思いがけない好評だったのに目をつけ、寛政九年（一七九七）には曲亭馬琴の『無筆節用似字尽《にせ》』というのが出た。似た字といったのは略筆の文字を組み合わせて、さまざまな物の形や人物の姿を描いているものであった。略画にも一筆画きと称して筆を離さず一筆で物の形を描くのがあるが、これは文字の滑稽画であった。ところがこの馬琴の似字尽も大変な人気で、非常によく売れたという。
この馬琴と共に、式亭三馬には『小野ばかむら嘘字尽』の一書がある。三馬も文字や言葉のことでは特殊な興味を持っていたと伝えられているのだが、嘘字と称したのは、いろいろに文字を組み合わせて任意な作字を作り、それに滑稽な読みや説明をつけたものであったからである。たとえば、
走る扁に鞘（あぶなし）、舟は（おいて）、静（のうきょうげん）。——さや走るおっとあぶなし、舟おいて、しづかにはしる能狂言

四冠に文銭の作字（おきせん）、角銭（ほんげ）、百扁に銭が（ばいすけ）。――四文銭なみがあるからおきせんよ、しかくはほんけ、百がばいすけ。

といったわけである。書名にも小野ばかむら（作字）嘘字尽とあるのは、明らかに前記の諸書に擬したものであることが知られるのだが、さらに艶本では『小野股倉《またぐら》嘘字尽』『小野徒玉茎《むだまら》嘘字尽』などの書がある。

それから嘘字尽には、無筆節用とか無重宝記などいっている点から、これらが節用集や重宝記から転じた書であることがうかがえる。

重宝記

重宝記は「便覧」として日常生活における備忘録なのである。また常に座右に置いて常識的な知識の書としたものであった。この種の書が「節用集」から起こったことは前にも述べたところであるが、「字書」がもともと折りにふれ必要に応じて用いる書との意味から節用と称せられたことからすれば、その節用集がやがて文字以外の日常常識の書を発生させたのは当然である。だがこれは「重宝記」とか「便覧」と呼ばれた。

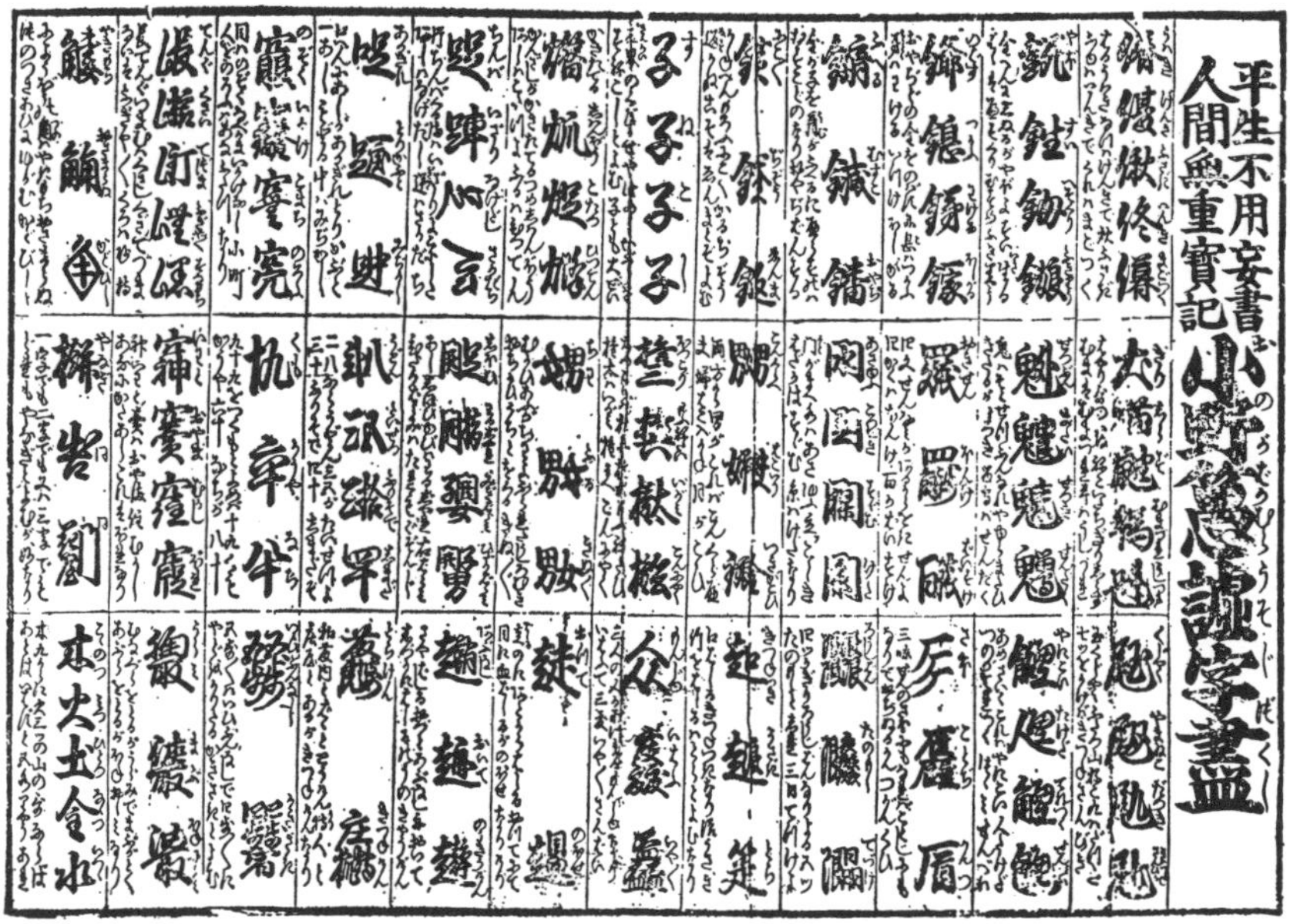

図25　嘘字尽（文化8年『小野ばかむら嘘字尽』）

そして十二カ月の別称、十干十二支の称、行事儀式や作法のこと、掛軸の巻き方、進物の選び方とか贈り方、旅行の諸心得といったことなどが記されたのである。

元禄五年（一六九二）には、師房《もろふさ》の絵入で『女重宝記』五冊というのが出たが、「女重宝記」との書名のものはその他にもいくつかある。翌六年にはまた『男重宝記』『年中重宝記』の刊があり、同じく七年には『金持重宝記』『武家重宝記』などの書が出て、元禄五年から同八年頃には「重宝記」ものが種々現われている。

元禄期の「好色三部書」にも『好色重宝記』の一書がある。その他の『好色床談義』『好色旅枕』なども、いわば色道重宝記といった類である。元禄六年の『諸分調《もろわけ》宝記』（京大阪茶屋雀）というもあり、『艶道日夜《しどう》女宝記』は艶本と称せられているが、ここには多くの房技のことが記されているのである。また月岡雪鼎画の『女大楽宝開』も内容の体裁は重宝記式なもので、各種の色道に関するものが秘画入りで掲げられているし、『枕文庫』『宝文庫』なども色道心得重宝記といった類書である。

「便覧」ものは明治時代に多くの類書が流行し、後年には『是れは便利だ』といった書も現われているが、便覧の名は江戸時代にも行なわれていた。文化八年刊の大阪版で『進物便覧』というのは小形横本九十六丁の書であり、内容は慶弔祝祭の儀礼や、贈り物の品目が明細に記されているほか、一般の見舞品、土産品贈答のことなどあり、あるいは新世帯の必需品など当時の生活家庭用品の数々が載っていて、非常に参考となる貴重な文献でもある。性的事項は少ないが、こうした形態のものであることを例示した。

《書　誌》

小野ばかむら嘘字尽　式亭三馬　文化3

角書に皆化節用とあり、内容は、

篆書似字尽、かまど詞大概、難字和解、おいらんだ文字（横がき）、何が不足でかんしゃくの枕言葉（流行せんぼ百五十七種）、嘘字尽（百九十字）等を載せている。

明治十六年には『皆化節用 儒者の肝つぶし』と改題再版のものは、墨摺中本一冊で、題簽にはやはり「皆化節用 小野蒬嘘字づくし」となっている。末尾には、

游戯堂式亭三馬著、維時文化三稔丙寅春壬正月、明治十六年十月改題、神田末広町青雲堂英屋小堀房出板。

となっている。

その他『浪花みやげ』中にも「平生不用無重宝記 重宝記 小野ばかむら嘘字尽」として載り、文化八年には一枚刷の「平生不用妄書人間無重宝記 小野ばかむら嘘字尽」というのも出ている。

嘘字とはさまざまな作り字に洒落や滑稽な読みをつけたり、特殊な言葉に似合の面白い作り字を掲げているのである。たとえば、

人篇に春夏秋冬暮の字をつけて（はるうわき、なつはげんきで、秋ふさぎ、冬はいんきで、暮はまごつく）。

篇は十つくりは九、六十、八十（九十九をつくもとよめば、十九くも、こうや六十、なちが八十）。

篇とつくり二八、三五、三拾、四十（二八ならうどん、三五はたいせつよ、三十ふりそで、四十しまだ）。

女を裏返しにした篇に男（ちわ）、男篇女字の裏返し（ふる）、男篇に女のつくり字（きぬ〴〵）、（むかいあうがちわよ、ふられたうしろむき、おちかいうちを送るきぬ〴〵）。

などというものである。

小野手枕徒字尽　　墨摺半紙本一冊　　春章画

小野股庫嘘字尽　　色摺中本一冊　　国貞画

股倉嘘字尽のことは昭和三年酒井潔著『らぶ・ひるたあ』の中に紹介掲出されている。嘘字尽の擬書で好色戯文ものである。

小野徒玉茎嘘字尽　　色摺中本　淫水亭　文政頃の板

乾坤二冊ものらしいが、乾巻の表紙は裏表とも亀甲型にキラクの摸様紙、書名に振仮名があり文字は行書体で、玉茎は玉偏に旁は茎の作字になっている。

全十九丁（序文表紙うらから一丁表まで、一丁うらから十一丁うらまで色摺絵、後は墨摺コマ絵入）、内容項目は、

逢身八景（十二丁表上段）

孕まぬ法（十四丁上段）これより以下上下段の区別なし。

色道重宝記（十二丁表下段より）

暗やみにて文をよむ法。女芸者に惚られる法。文なくして人を呼出す法。地震をゆらせる法。女におぼれぬ法。思う娘を手に入れる法。邪見な人を仏性にする法。金なくして女郎を買う法。つかっていつまでも金のへらぬ法。人相小鑑。

板元は浮世喜楽堂である（奥附、序文、嘘字訓みの例などのやや詳細は『日本艶本大集成』に掲げられている）。

この書の嘘字は三十二字、「色道重宝記」などとあるのも、本書が重宝記系統の一種であることを物語るものといえよう。

（十二）秘語と謎々

言葉の風俗

およそ言葉として通用しているものに「秘語」などということは有りえないという人もあるが、文学における性的事象の表現にある種の言葉を用いれば、それが甚しく露骨で粗野に感じられて、読む者に嫌悪の情を催させたり、取締上禁止されることがある。そこでこれらを秘事とした一般の通念から、言葉にも秘語と称せられるようになったのである。

男女の恋愛にしろ房事などは、特殊な売女か異常者でないかぎり、純真者の場合にあっては一対一の真剣な交渉であり、その目的が遂げられるまでは他人の妨害を許さない。だから隠れて行なうのも当然である。この種の問題を語るにしても理解のない者に対しては、語る者の真意が誤解されるおそれがあるから、むしろ語らずに隠しておいた方がよいとして秘事となった。

また露骨粗野の言葉で表現したために、相手に羞恥嫌悪の情を起こさせるということは、言葉から来る刺激による興奮といったこともあるが、およそ恋愛や性的交渉には当事者はそれに一面の快楽を欲求するものであり、快楽には概して快美感とか美的空想さえ持とうとする。それが現実的な露骨さによって幻滅を感じさせ、粗野な言葉によって劣等感を与えることになれば、嫌悪の情が起こるわけである。あるは秘事を暴露されて起こる警戒心が羞恥となることもある。

だいたい男女の情事関係は一般に頗るデリケートなものであるから、これらの情景の描写とか表現の言葉には、それぞれの場合に応じて秘語が用いられるのが常である。

遊び言葉

文学研究にはその表現描写のこと、内容に意図されるもののこと、材題に対する観点などがあるが、各種用語のことも重要である。

『古語辞典』の宿の条には、①一時宿るところ、旅先で泊る所、旅宿。②家、すみか、家屋。③あるじ、主人、多く妻が夫をさしていう語。④「あげや」に同じ、またその主人。その他、家の戸。屋敷の中庭等の解釈もある。

そのように同じ言葉でも、場合によって意味を異にすることは誰も知っているとおりである。だが秘語としての解釈には知られていないことも少なくないので、川柳などに現われた句意には難句とされるものが多いわけである（川柳の章参照）。

文芸書にはこうした秘語もしばしば見られて、思いがけない風俗面がうかがわれることがある。そして古語、雅言、洒落語、通言（解説編〈33〉）、戯言、俗語、忌詞、女房詞、隠語（解説編〈34〉）、流行語、諺語、方言、その他異名類などさまざまな種類があるが、それらのうちの性的語彙も少なくない。

そこでこれらの語彙を集録して解説した特殊な「語彙」ものや「辞書」がある。昭和八年刊の特殊雑誌『麻尼亜《まにあ》』第六冊には宮本定一氏稿の「月華《げっか》異名考」との一文があり、異名三十余種が掲げられている。昭和二十六年には中野栄三著『陰名語彙』の一書があり、古今わが国に行なわれた男女陰名一千余語が収録されているが、交会の呼称はほとんどがこの陰名を動詞化して用いられている。また娼婦異名のことでは宮武外骨著の『売春婦異名集』に五百種ほどの呼称が載っているけれども、これら売女異名には陰名から転化した名が多いのである。

なぜそうなるのか、なぜそんな多くの異名が発生するのか、風俗的には考えさせられるところがある。

近代の私娼窟において仲間の間ではその私娼家を「かいや」と呼んでいたが、昭和五年版草間八十雄著の『女給と売笑婦』中には「ごうかいや」の名が見えるけれども、その説明はない。

戦後版中村三郎著『売春取締考』ではこれを「飼屋」と書いている。賤娼を飼っている家と解しての当て字だと思うが、この称は江戸時代からあった名で、遊里隠語「せんぼ」に「ごうかいや」または「かいや」といい、蛤の分解隠語で合貝屋、また略して貝屋のことだとある。つまり、女陰名の蛤または貝を意味している売春宿の名なのである。だから必ずしも人身売買的に女を住み込ませて娼家を営むものに限らない。東京の魔窟においても、住込み妓は「出方《でかた》」と称しているが、「主人出方」と称して女主人自ら売春を稼いでいるものもあるし、あるいは「通い出方」といって特別契約で通って来て稼いでいる者もあり、それでも娼家は「かいや」なのである（解説編〈35〉参照）。

『江戸秘語事典』中には交会異名九十余語を掲げているが、そのうちの古語として、

寝所に与みして（『日本書記』）、あたはし、くなぐ、たはく、とつぎ、とつぎのみち、めぐす、まぐはい、つまく、つまどい、よばう、まきて（『古今著聞集』）、ほほむ、ほほまる、つるう、みあはし、あいごと、交道、交通、人道。

などがある。婚（とつぎ、たはく）なども交会の名であるし、美合（みあい）は近代では見合いと称して、男女が婚約の前に互いに面接して相手を選定することにいわれているのであるが、古くは情意投合して和合するとの意味で交会の名であった。美合はうまく合うとの語意だとは『阿奈遠加志』にも述べられている。

よばい（夜這）といえば、近世の俗語として男女が相手の寝所へひそかに忍び入ることで、その成否は別としても、慾望を目的とした行為の名となっている。俗謡などには〝女の夜這〟といっているのもあって、地方的なそうした風習もあったらしいので、男に限ったことではない。しかしこれも古語では招婚風俗をいったもので、正式な夫婦生活が戸長なり家族の者から承認されるまで、ある期間男は女の家に通う慣習であった。よばいは〝呼び合い〟の約言だという。それが後に変化して男が情交を求めて女の寝所へ忍ぶことにいわれるようになったもので、元禄版の『好色旅枕』には〝密這〟の文学が当てられたり、またある書には〝夜奪い〟とあてたりされている。

性秘語

「数とり」言葉として〝ちゅう〳〵蛸かいな〟と唱えながら、二つずつ数をかぞえて五度で十数える風習が行なわれていた。この言葉はどんな意味なのかと老嫗に聞いてみたら、昔からそういって数えるように教えられて来た。というだけで意味の説明はしてくれない。自分もわからないのかもしれない。しかしチュウ〳〵とは口を吸う音で親嘴の擬音を示したものという。そこでこれは行房時の切々たる情を現わしたもので、さては相手は〝蛸開いナ〟との義であろう。俚諺などには案外こうしたところで性的な秘語を用いて教えているのがある。

また〝こんにゃくの砂払い〟との俗諺もあり、咄本『鹿の巻筆』中には、仲間奴が小姓に挑みかかり、驚いた小姓が逃げ廻るのを追って、ついに庭先で思い遂げたが、あとで〝少しは身だしなみにこんにゃくでも喰え〟といったとの稚児物語がある。『俚諺辞典』には〝こんにゃくは睾丸の砂払〟とあり、説明にはこんにゃくを製造するとき、材料を樽に入れ人がその中に入って足で踏んで作るから、股の上の方についた砂も、いっしょに払い落とされてしまうことをいっているのだとある。それから転じて、睾丸には砂がたまるというから、男は月に一度ぐらいはこんにゃくを食うとよいといわれるようになった。そして女性には縁のないことと思われたりしているのだが。

古語に「砂払い」とは砂を払い落とすように無雑作に、物を無駄に捨てること、無益なことにいう言葉である。「こんにゃくの砂払い」は、いわゆる「こんにゃく形」と称する吾妻形代用品での独悦をいう秘語なのである。つまり女には月に一度の障りがあって交会禁忌となるから、そんな折りなどは男は吾妻形代用品で無駄仕事でもしたがよいとの意なのである。

秘語を知らないと、こうした諺も解くことはむずかしいし、秘事風俗もわからないことになる。

忌詞とせんぼ

花柳語では「縁起詞《えんぎことば》」として〝去る〟というのを忌み、猿をエテといい、硯箱は摺る音に通ずるので「当り箱」といい、当り鉢（すり鉢）、当り棒（擂古木《すりこぎ》）、有りの実（梨）などみなそれである。茶という言葉は「お茶を引く」ことを連想させて水商売の家とか花柳界では禁句となっている。そこで飲む茶のことを「お出花」「上り花」「おぶう」など呼ぶのである。しかしこれも花園歌子著の『芸妓通』によれば、

芸妓置屋などのお座敷がかかって妓が出るのを喜ぶところでは「お出花」と称するのであり、料亭とか待合などで客があがるのを喜ぶ家では「上り花」という。

とある、花とは番茶も出花ということがあるが、祝儀や揚代などにもいう言葉で、芸妓の稼ぎ代その他の収支記入帳を「花山帳」と称しているのもそれである。

「お茶引き」とは妓に客がつかず売れ残ること、または客商売の家で客がなく暇なことをいうのであるが、その語原については古い随筆書などに諸説が行なわれている。

むかしの遊女は客に茶をたてて供した。そこで妓楼では売れ残って暇な妓には抹茶を挽かせたが、妓はそれを嫌って「お茶ひき」は忌み詞となったとの説。

また一説には昔廓内の茶舗が宣伝に山車屋台を繰り出したとき、客がなくて暇な妓を狩出して屋台を曳せたので、売れ残って暇なことを「お茶を引く」といったのだとも称している。『日本遊里史』には、

江戸の評定所の御会日には太夫遊女三人を給仕に差出す定めになっていたが、その当番の太夫は前日から遊客をとらず潔斉し、当日用いる茶を挽いた。

とある、この慣習は吉原開基の当初からで、大老酒井雅楽頭当時まで続き、後に廃止になったが、遊女が客に出ず茶を挽いたので「お茶ひき」の言葉が出たという。その他岩佐東一郎氏の随筆には中国の例などいくつかの語原説を掲

げているのがある（解説編〈36〉参照）。

だが江戸時代の遊里隠語の「せんぼ」には、セイ（酒）ヒク（飲む）とあり、この隠語は飲と引と通音のところからヒクと用いて隠語にしたものだった。

そこでお茶を引くというのも、茶を飲むの意で、客がなく暇なので茶ばかり飲んでいるというわけで、抹茶を挽くことには直接関係はない言葉であろうとも考えられる。それを知らない学者などがヒクと云うからとて抹茶のわざに結びつけて説を唱えた附会説ではなかろうかと思われる。

また秘語の茶は女陰名でもあり、交会の義にも用いられている例は、延宝九年板の『朱雀遠目鏡』、貞享四年の『信夫摺《しのぶすり》』など元禄頃の評判記類に見え、後年においても女郎が床をつけることを「お茶づけ」といった。それに対して客がなく暇で、大部屋へ引き下がって寝るのを「お茶を引く」といったのかもしれない（解説編〈37〉参照）。

謎々その他

教訓的なことを笑いに托して描いたのが「滑稽本」であったというが、それは一般の庶民に読ませるためで、庶民文芸であることに間違いない。川柳や小咄も庶民の中に発生し庶民の中に育ったものであるだけに、滑稽な笑いが主となっている。小咄、落語にはオチがあって、表面に語られて来た話以外に、もう一つ別の意味が隠されていることを示して、感心させているのである。川柳句には「うがち」によって、うっかり気付かないでいた点を突いて感心させたり、得意になっているのであるが、それにも洒落や軽口が用いられている。

だが世態が享楽的になると、性的な川柳句が多くなり、そうした面での「うがち」以上に「破礼」が多くなった。しかし露骨な言葉などを表面に出して、下品を装いながらも最後の言葉で全体の意味を普通の事柄に替える「逃げ」を使った句もあり、そして一段と高いところから鑑賞させようとしているのである。諷刺諧謔は身分の低い町人庶民が不満や矛盾に対して、わずかに許された表現方法であったが、それは「なぞなぞ」や「俗謡」その他の「はやり言葉」などにまでも行なわれた。

「なぞなぞ」が庶民の間に普及したのは元禄前後からだといわれ、宝暦の頃からはいわゆる「二重なぞ」と称して、何々とかけて、何と解く、心は何々といったように、問い、解き、意と三段式をたどるに至った。これらがいよいよ庶民化して大衆の間に流行したのはやはり明和・安永の頃からで、世態風俗が頗る享楽的となった時代であったので、それらの文句にも性的なものが多かった。文化・文政期には『謎づくし』とか『なぞ合せ』といった書物が多数出現し、天保の頃となると瓦版風の粗末な墨摺の小冊で、破礼文句のものがたくさんに出ている。

謎々も初めは京坂に起こり、後には江戸に伝わって発達した。文化十一年の末頃、浅草に小屋掛して「なぞなぞ問答」を興行したのが、有名な春雪坊であった。まだ若いのに頭を坊主にして高座に顕われ、集まった客から何なりと題を出してもらい、もし解けなかったらたくさんの賞品を出すというものであった。入場料は十六文ずつであったが、これが大変な評判となって、それから江戸にはいっそうなぞなぞが流行し始めたといわれている。

また文化十二年正月には、はなし家の三笑亭可楽が寄席でなぞなぞをやり、これまた大評判だったが、さらに天保九年には都々逸坊扇歌《どどいつぼうせんか》が都々逸を唄うかたわら、このなぞなぞをやり、出された難題もその場でなぞ解きの唄にしてうたったという。『守貞謾稿』には彼が大阪での興行の折りのことを記して、

そのとき客が、天王寺の塔とかけては、との題を出したところ、扇歌は直ぐに三味線をとって、都々逸で〽天王寺の塔とかけては、ハアハア虎屋の饅頭と解くわいな、解くわいな、十ゥで五十ぢゃないかいな。

とやったという。当時大阪名物虎屋の饅頭は、一つが五文、十では五十文であったのを、天王寺の五重塔にかけた答えであった。

またあるとき、彼は客から十艘の船に灯が一つ、との難題を出されたが、そのときにも扇歌は即座に、

〽十そうの船に灯が一つとかけて、何んと解きましょうか、アア江戸ッ子の喧嘩ととくわいな、ときましたそのこころ、九艘くらい（糞くらえ）ぢゃないかいな。

と唄にして答えたという。

『新板なぞ合』との一書は、中本形十二丁に九十二種のなぞなぞが収められているのだが、そのうちの一例を掲げると、

○狸の金玉。白木屋お駒の振袖、八丈八丈。
○金の工面。植木屋の地震、きがもめる。
○瀬戸物屋の地震。十七八の娘、割れたのもあり割れぬのもある。
○ちょぼ語り。花畑、こえが第一
○座頭のゆめ。化物の咄、見たことがない

などで上段が題、中段が解、下段がこころとなっていて、それに墨摺の挿画がある。

嘉永四年版の一枚もので『新謎わらひぶくろ』に載っているのは、

○くらがりで、そっと一つとったというて、よろこぶものナアニ。ほたる。
○きのせくとき、つい門口でやってしまうものナアニ。年玉
○まいばん火をけして、人がねしづまると、とりかゝるものナアニ。ねずみ

などで、あぶな絵式のなぞなぞが二十種ある。

安永頃に流行った「ものは付」「判じもの」なども謎々と類形の言語遊戯であるが、その他「地口」「語呂」「尻取り文句」「早口」等の『言語遊戯の系譜』(昭和三十九年版綿谷雪著)の書もあり、「流行唄」は藤沢衛彦氏の諸書があり、俗謡流行唄の性的な替え唄集では、昭和三年に文芸市場社から頒布されたと思われる『シャンソン・アムール』というものでA6判三三六頁のものがあり、多数の替唄文句が収録されている。

とにかく、このような面にも性的な書物が多いのである。

（十三）風俗出版の取締まり

江戸時代の出版取締まり

江戸時代の筆禍もののことは、宮武外骨著の『筆禍史』がある。この書は中古時代から明治初年までにおける、わが国の筆禍事件とその人物、書目、禁令などを記述したもので、本書の初版は明治四十四年五月、大阪の雅俗文庫から『筆禍史』として刊行された和綴本一二〇頁のものだった。その後追補改訂された本が『改訂増補 筆禍史』で、大正十五年九月刊菊判二〇八頁、朝倉屋書店発行の洋綴ものである。『新群書類従』第七書目篇のうちにも、各年代別に出版元、作者等の動静が述べられていて、処分された事件のことも出てくる。

近代の書では明治大正の筆禍事件について芳賀栄造著の『明治大正筆禍史』『明治大正昭和筆禍史』があるが、事件を中心として全般にわたっての記録的資料ものではない。斉藤昌三氏の『近代文芸筆禍史』は雑誌等にもしばしば発表され、さらに『近代筆禍文献大年表』の著書がある。

馬屋原成男著の『日本文芸発禁史』や拙稿「発禁書誌文献」（『書物展望』所載）などのことは別項で詳しく述べることにする。樋口秀雄著『江戸の犯科帳』の中にも、江戸時代の「風俗出版物統制」のことで十五頁ほど書目を列記している記載がある。

わが国で出版取締まりが始めて法文化されて発令となったのは享保七年（一七二二）十二月であった。それ以前にも好色本や草紙類の取締まりは多少行なわれたが、その個々についての取締まりであって、全般的な基準によるものではなかった。そこで享保七年には町触が出て、

新板書物之儀に付町觸《まちぶれ》

唯今迄有來候板行物の内、好色本之類は風俗之爲にも不宜儀に候間、段々相改絶版可申候事。

何書物によらず此後新板之物、作者並板元實名奥書致され可申事。

とあって、これからは書物問屋、繪草紙問屋を設立させ、統制を図ったのであった。

一、自今新板書物之儀、儒書、佛書、醫書、歌書都而書物類藝筋一通り之事は格別、猥成儀異説等を取交作り出し候儀堅く可爲無用事。

一、只今迄有來候板行物の好色本の類は風俗之爲にも不宜儀に候間早々相改絶板可仕候事。

一、人々家筋先祖之事などを彼是相違之儀とも新作の書物に書顯し世上に致流布候儀有之候段自今御停止に候、若右之類有之子孫より訴出に於ては急度吟味可有之筈に候事。

一、何書物によらず此以後新板之物、作者並に板元の實名奥書に爲致可申候事。

一、權現様之御儀は勿論惣而御當家の御事板行書只今より無用に可仕候、無據仔細も有之は奉行所へ訴出指圖受可申事。

右之趣を以て自今新作の書物出來候共遂吟味可致商賣若右定に背有之候は奉行所へ可訴出候、經數年相知候共板元問屋共に急度可申付候仲ケ間致吟味違犯無之様可相心得候。

というのであった。同じ月にまた「読売禁止令」も出た。いわゆる「瓦版」の呼び売りで、これは時事ニュース式の報道ものだったから、前記取締令に触れる場合が多かったためであろう。

江戸の武家時代には総じて儒学が最高の学問とされ、施政上にもその思想や道徳が根本となっていたことだから、好色本など庶民の風俗にいかがわしいものが気になったに違いないが、それよりも政策的に浪費を慮り、倹約を奨励することだったのであり、絵草紙や書物の表紙など彩色の華美なものを無用のこととして、しばしば制限が加えられているのである。それともう一つ重要なのは、幕府の権威ということで、徳川一家のことに触れて書くことは一切禁じられていたし、その他政治向きの批判や意見を述べることも許されなかったのである。

だが明和・安永以後になると、いわゆる町人文化の第二次爛熟頽廃期を迎えて、享楽的風俗がいよいよ盛んとなり、秘画艶本の出現が甚しかった。そして寛政二年（一七九〇）には寛政の改革によって、再び出版の取締まりもきびしくなり、洒落本が禁止され、絵本読本絵草紙類の取締令が出た。

地本問屋行事共へ申渡書。

書物の儀毎々より厳敷《きびしく》申渡候処、いつとなく猥《みだ》りに相成候、何によらず行事改候て、繪本繪草紙類までも風俗の爲に不相成、猥ケ間敷等は勿論無用に候、一枚繪類は繪のみに候はば大概は不苦、尤も言葉等書有之候はば能々是を改め如何なる品は板行爲致申間敷、右に付き行事改めを不用者も候はば早々訴可出候、又改方不行届或は改に洩れ候儀候はば、行事共越度可爲候。

右之通相心得可申候。尤も享保年中申渡置候趣も猶又書付にて可相渡候間此度申渡候儀等相含め可申候。

寛政二戌年十月二十七日

絵だけの一枚絵は差支えないが、詞書のあるものは吟味して許すことにした。これは秘画でなくとも読みに好色なものがあるというわけであった。

朋誠堂喜三二作『文武二道万石通』が絶版処分になったのは天明八年（一七八八）で、喜三二はこの年から戯作を書かぬことになった。寛政元年（一七八九）には青本で処分を受けたのが多く、江戸の地本屋蔦屋重三郎が身上半減欠所に処せられたのは寛政三年であった（寛政九年四十八歳で没す）。

文化元年（一八〇四）五月には絵草紙、武者絵の実名、紋所を描くことを禁じ、浮世絵師の勝川春亭、同春英、喜多川歌麿、同月麿、歌川豊国等がいずれも入牢手鎖の刑に処せられた。寛政から文化文政年間に著名な浮世絵師と作者はほとんど死んでいる。そして為永春水がこの名を名乗り出たのは文政十一年（一八二八）、天保二年（一八三一）には十返舎一九が六十八歳で没した。かくて天保改革で天保十三年（一八四二）六月には、自今新板書物の儀、儒書佛書神書醫書物類すべて書類その筋一通りの事は格別、異教妄説を取交え作り出し、時の風俗、人の批判等を認め候類、好色畫本等堅く可爲無用事。

などと享保の禁令を繰り返し、さらに俳優、妓女などの一枚絵錦絵の板行並に売買を禁じ、合巻絵草紙の絵組に俳優の似顔、狂言の趣向を用い、あるいは表紙上包に一切彩色を施すことを禁じた。ついで七月には人情本の売買貸借をも禁じ、書肆蔵板の板木を没収したのである。

十一月には幕府は再び書肆組合世話掛名主に令して、書物板行の草稿は名主の認印を受け、出版の際検定を受けることとした。この年為永春水の人情本、国貞の秘画本など絶版の命を受けて焼かれたもの五書に及んだという。『田舎源氏』の作者柳亭種彦は、六月処分を受けたが、それを苦にしてか七月没した。春水は天保十四年に五十四歳で死んだ（為永春水のことは永井荷風の「為永春水」がある）。

近代の発禁本と艶笑本

以上を総括して近代の艶笑本の概要を述べ、補足事項を加えると、わが国の出版取締が正文化されたのは享保七年（一七二二）であった。それまでは個々の取締まりであったが、この年初めて統一基準を指示されたのである。

貞享元年（一六八四）には読売りものが禁止され、元禄六年には『四場居百人一首』が絶版処分に逢い、同七年には『鹿の巻筆』が焼版処分、作者鹿野武左衛門は流島の刑に処せられた。享保五年八月には『色伝授』が絶版となり、同六年七月には、

凡ての書物、假名草紙等新に出版する時は奉行所に届出で、時の雑説或は流行の出版を禁ずる旨布令した（浮世絵年表）。

延宝頃からの「浮世草子」の出現と、元禄時代にかけての世相変化によって、さまざまな「好色本」が出版された結果である。しかし享保七年の取締令によって示された点は、

①猥成儀異説等を取交作出し候儀、②好色本之類は風俗のためにもよろしからざる儀、③人々家筋先祖のことなどを彼是相違の儀とも新作の書物、④権現様之御儀は勿論、惣而御當家の御事板行者。

などであって、好色本がようやく禁止されだしたが、それよりももっと重大なことは、徳川家のことに関する公表と、政治向きに関するとかくの批判であった。

天明七年（一七八七）頃には浮世絵名作の秘画類も種々出廻っていたし、黄表紙の絶版処分なども行なわれていたのであるが、植崎九八郎なる者が松平定信に建言書を送って、

近来惣體風俗悪しく相成り、戯繪を店先へ開き商い、或は張籠（はりかたのこと）陽物を並べ賣り候家相見え候、これらの類きびしく御停止遊ばされ度存候。

といったために、却って彼が罰せられている。

明治大正昭和の「発禁書目録」では、昭和八年までの分をまとめた内務省警保局編の『出版警察報』の一冊として出たのがあるが、これは関係方面にだけ配られた㊙ものであったと思う。そしてここには当局が出版法によって正式に処分したものだけで、発禁に準ずるいわゆる秘密出版ものは含まれていない（解説編〈38〉参照）。

民間で調査した発禁書目集としてよく集められているものでは、昭和七年沼津古典社から刊行された書誌文庫の一つで『明治大正発売禁止書目』というのがある。明治初年より大正十五年まで各年別にして図書、雑誌、新聞の区分で、著者、書名、発行者、発禁年月が記され、単行本だけで約八百五十種が載っている。さらに昭和年間の発禁書目は、同社刊『古本年鑑』（一九三五年版）に掲げられている。その他の「発禁書誌文献」は昭和九年十月号の『書物展望』誌上に中野栄三稿が詳しく伝えている。

昭和四十年三月桃源社刊、城市郎著『発禁本』は、その後同種の続編四種ほど出ているが、風俗と安寧と両方の発禁本で、戦後版のものも含め、その中から選んだ発禁本物語といったものである。戦後昭和二十四年五月に「出版法」が廃止され、風俗ものは刑法によって処罰されることになったから「発禁」という名はなくなったわけである。

そして出版の自由が認められ届出や検閲がなくなり、自由に出版ができた関係等から、戦前の発禁ものなども適宜修正して盛んに発行された。「艶笑本」と称せられるものには、こうした類も入っているのである。

戦後に刑法上の猥せつ文書として摘発された書目録は、笠野馬太郎の名で『庶民文化』誌上に報告されたものがあったが、これをさらに整理された稿が昭和四十二年四月増刊号の『国文学　解釈と鑑賞』（続秘められた文学）中にも掲載された。個人的な調査記録なのであるが、苦心の結果と思われる貴重な書目録である。

戦後の性的風潮と娯楽興行ものなどに現われた風俗取締の見解、猥せつ罪に対する各界の意見等については、昭和二十六年三月発行の『警察文化』特集号「性の表現とわいせつ罪の限界」（B６判本文一四八頁）に詳しく述べられたのがある。

「出版法」では出版される図書はその発売前に納本させて検閲する制度とし、風俗壊乱と安寧秩序を害する図書に別けて、内務大臣が不当と認められたものに対しては、その一部を削除させるか、発売禁止を命ずることができるという行政処分規定であった。そして印刷発行とは何か、発売頒布とは何か、との定義を掲げて実によく規定してあって逃げられないようになっている。だが不当であるとの見解はただ当局者の認定に委ねられていたから、たとえ裁判にかけて訴えるまでも、その前にこの出版法に基づく発禁処分は免れることはできなかったので、実質的には発行不能となって発売者の損失を招いたのである。

「発禁」書というのは、この発売禁止のものとの略称であり、それが風俗書である場合にはエロが意味されたわけである。しかし戦後に出版法が廃止され、処分はただ刑法上の猥せつ罪による措置となってからは、発行後の摘発で裁判となるときの証拠物件として書物が押収されるか、提出されるのであるから、実質的には発禁にされたと同じ結果になるけれども、いわゆる「発禁」ではないのである。しかし今でもこの言葉が一般にはわかりやすいために、通用しているわけである。

ところで、この猥せつ罪についての条文はあるが、〝猥せつとは何か〟という定義は刑法のどこにも示されていない。

そして現在までの例では大正時代に大審院の判例で示された、

猥せつとは性欲を刺戟興奮またはこれを満足せしむべきものであって、善良の風俗に反し、人をして羞恥嫌悪の情を生ぜしむるに足るものをいう。

という意味のことが唯一の根拠とされたのである。しかし現実の問題として法の適用上にはなお多くの異見が出てくるわけであるし、時代文化の推移ということもあり、解釈や運用がさまざまである。これらの点について各専門家の意見が述べられているのが、前記の『警察文化』誌特集号や、馬屋原成男著の『日本文芸発禁史』であった。

また昭和の初め頃から、性風俗書文献やその研究書の発行で、出版法による合法的発行方法に従って活躍を宣言した梅原北明一派が、屡々発禁処分を受け、後には印刷中の組版まで押収という弾圧のために、二重製版とか海外に編集部を移すといった戦術などを講じた出版社側の合法的脱法手段などが行なわれたのであったが、これらのことについては昭和六年十二月『談奇党』の「好色文学受難録」特別号に、さまざまな裏ばなしが載っている。

さらに昭和七年八月の雑誌『匂へる園』第二冊「現代軟派文献大年表」には、発禁掲載書誌を始めとして、発禁書目、出版所、出版史等が記録されている（解説編〈39〉参照）。

戦後の出版書

つぎに「艶笑本」のことだが、それは艶本異名の条にも記したとおり、語源は昭和五年十月武侠社刊、丸木砂土著『世界艶笑芸術』において、独逸語のガランテの邦訳語に艶笑その名を用いたあたりから流行語となったと思われるのだが、エロティクに似てもっと現実的、庶民的な好色を意味する言葉である。

ところが戦後のわが国の新興出版屋が艶笑本と称したものは、古今内外の艶本、またあるいは厳密な意味では艶本でない性典研究ものとか、特殊な性風俗の考証文献書まで含めた総称名であった。だから文学読みものには限らなかった。

昭和二十年以後の戦後のわが国では、戦災によって多くの個人の蔵書が失われ、また永い戦時生活で、活字の読みものに遠ざかっていたため、活字に飢えていた人々が、たとえ小冊の雑誌でも出れば競って買った。だがその頃は極度の物資不足でもはや書物などなかなか出版することは出来なかったのである。

そこでヤミ紙を入手した素人が、原稿は古い雑誌記事の焼き直しで間に合わせて、小雑誌を作り大いに儲けた。これがいわゆる「新興出版屋」であったし、それらの雑誌が「かすとり雑誌」と呼ばれたものだったのである（斉藤夜居著に『カストリ雑誌考』の一書がある）。

もとより著述にも出版にも見識のない者がやるカストリ雑誌だから、大したものができるはずがない、性的煽情的なものが多くなり、低俗な挿画が多くなった。検挙されるものも続出したが、次々と題名を替え、出版所を変えて、創刊号だけはどうやら少しは見られる部分もあったが、三号まで続くものは少なかったので、三号でつぶれる（三合で酔いつぶれるとの洒落）とてカストリ雑誌の名が起こったわけである。

そのほか戦後初めて「ゾッキ雑誌」というのが現われた。ゾッキ本屋は出版社の返品雑誌とか売れ残りの処分本を、まとめて安く買いとり、それを露店本屋とか特価本屋へ卸すのが商売であったが、初めからゾッキ雑誌を作って売ることが考えだされたのであった。それには古い紙型を安く買い集めた。いろいろの出版社の紙型を入手し、その中から面白そうな記事だけを選り抜き、刷り直して新しい雑誌を作ったのである。だから読者はどこかで一度読んだことのある小説読み物が一つか二つ、そのまま少しも違わずに、また載っているわけなのであるが、その当時の読者にはそれほどよく雑誌を見ていなかったし、覚えてもいなかったので、表紙と題名と口絵が新しいため全くの新本と思い込まれたのである。こうして製作するので非常に安くできたが、普通の定価をつけて小売店の儲けを多くし、安売したのであった。

次には「真似本」というのもあった。カストリ雑誌の式でこれは単行本を出したのである。戦前発禁になった書などの内容を、現在でもひっかかると思う部分だけ、勝手な字句に書き直して、ただ前後の文句が目立たないように印刷して出版したのである。題名や内容の記事が著名だったとか、当時でも入手できなかったものとか、今はもうどこにもない本の複製ものだと思わせて売ったのである。しかし実はかつて発禁となった書物どおりの複製ではなく、古書文献として重要な部分も決して正確な文献ではなかった。つまり古書文献としての価値もないし、また新刊書としての内容価値もない全くの偽版であり、真似本というわけである。

これらの原稿も、以前に発禁となって当時世上に流布されたのは何部ぐらいだったとか、それが何故著名になったのか、書歴も価値も新興出版屋ではほとんど知らなかった。以前出た本の形も見たことがない。だから発禁書とか特殊の艶本類を所蔵しているものが、そのまま原稿紙に書き写して来た原稿を一篇分何万円も出して買い入れていた。少し事情がわかっていて、古本屋を探し歩いたら、今でも二、三百円で買えることも知らず、写し原稿を高く出して買ったりしていたのである。

そして内容を勝手に書き直して出したのである。種類は昔の艶本もの、外国の艶本訳書、性的研究書、発禁本何んでもよかった。そしてこれを「艶笑本」と呼んでいたのである。

そのほかに「外国艶本」をそのままわが国で欧文印刷にして、輸入原書のように装い出版したのもあり、数十種類が検挙されて潰滅した。一種の「海賊版」であった。

戦後出版の自由が認められたために、良い本も続々と発行された代わりに、こうしたインチキ出版も行なわれた。ことに戦前の秘密出版物は戦後には「地下本」となって、特殊な販売ルートに流されていたが、後には専門の地下本屋が現われて、低俗粗悪な猥本を作り、それがやくざ組織に一手に買い取られ、下部の子分に売らせてその小づかい稼ぎ旁々、組の資金稼ぎにも利用されたのである。

地下本の種類も大分あるが、この種の書目集でまとまった記録はまだ発表されたのがない。

追記　本稿校正中に斉藤夜居著『大正昭和艶本資料の探究』（原書房刊）というのが出た。書誌的な記録が詳しく載っていて、苦心の著述である。

あとがき

以前の本屋は、著者の良い原稿を探し出して、書物に作り発行することを誇りとしていたが、現代においては出版屋が売れそうな主題で企画し、それを著者に依頼して書いてもらうような傾向になってきた。書物が一般商品化してきたのであり、著者はメーカーの技術製作者としての存在となる場合が少なくない。そこで著者は、いちおう名の知れたものであればよいことになり、書物は人目を引いて購買心をそそるものであれば良いとの考え方も出てきた。その内容が必ずしも人々の知識や時代文化に栄養的価値の多い少ないは、さして問題ではなくなった。

出版が企業化されてきた現代、かかる傾向は、あながち無理とはいえないかもしれない。そこで必要な知識を真正面から力説したばかりのものだとか、資料的文献を多数収録しているからといって、読者の多くが購読したがらないものは、結局失敗として片付けられてしまうので、編集者はしばしば著者の原稿に加筆したり、意図されなかった目ざましい挿画を用いることがある。著者だけでは成立しない出版のこととて、時にはこのような編集も理解されないではない。

本稿は文学鑑賞上の常識的基礎知識を簡易に掲げながら、かつての世代における庶民文学と、その中に現われた艶本系統の諸相を列挙して、新しい世代と共に、その意義の考察に資していただこうとの意図なのである。述べたりないこともあり、さらに別稿として記述するために割愛された項目もあるが、いちおうこの種の類書群が存在していたということで、読者各位に関心を促す点があればと思っている。

本稿では基本的常識的な解説を述べたために、艶本の詳細は紙数の関係で却って省略のやむない結果となった。しかし要するに艶本の内容は、風俗や秘語の点以外では、何が人々の魅力の要素となっているかなどの分析となり、そのほかでは艶本書誌のことなどがある。

いずれにせよ、読んで魅力のある娯楽読み物とはいえ、人々の性生活につながりのあるものでなければならないし、それによって人々は何を考えるだろうか、ということになる。だから多くの艶本を見ていると、漸次飽きが来て珍しくなくなり、よほどの名文か筋の変わったものでないと関心がなくなる。

また書誌的なことは、専門の研究となり、艶本蒐集で苦心した人とか、書誌的にそれを知っているということを得意に思う趣味家以外には、大した価値が考えられないかもしれない。

そこでわれわれがいいたいのは、われわれの生活の中において、これら艶本に現われたような性生活が、どんなに行なわれて来たか、人間ことに庶民生活の歴史の一端として知りたいという点なのである。時代文化の進歩の中でも、われわれは遠い祖先からの人間の歴史について知りたい欲望を常に持っている。そこに現在のわれわれの存在や、生きる希望とか目標が見いだせる気がする。艶本への興味の中にも、確かにそうした一面があると考えられるのである。

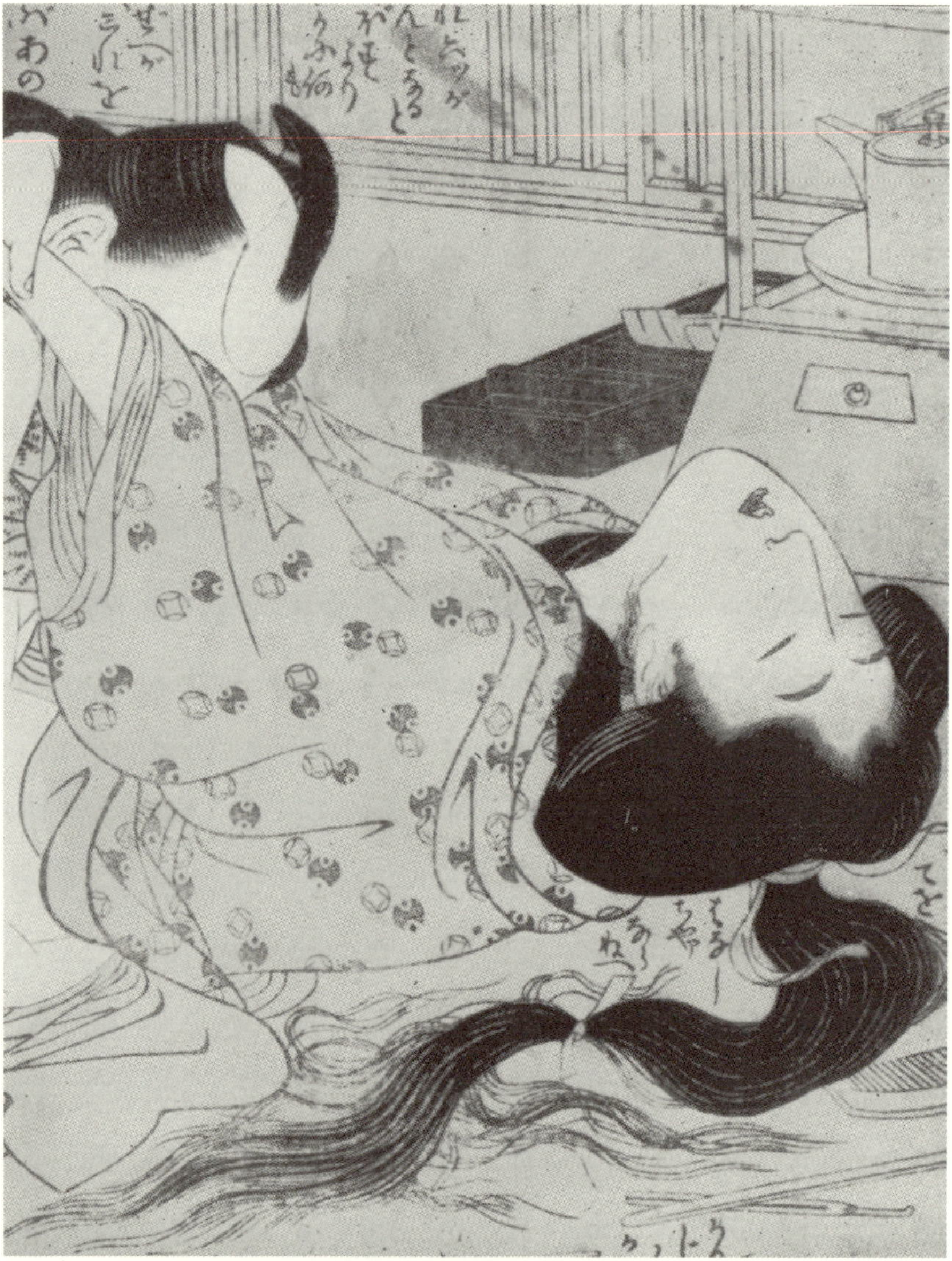

図26　道行恋濃登佐男（喜多川歌麿）

【補】解説編

〈1〉『源氏物語』　紫式部

紫式部作『源氏物語』は一〇〇九年頃成立、王朝文学の最高位を占め、日本文学史上でも傑出した一大長篇小説として著名である。平安朝の貴族文化絢爛時代を背景として、光源氏を主人公とする王朝の恋愛絵巻が展開され、光源氏の輝くばかりの美貌を取り巻いて四百余名の人物が登場するのである。

この中で紫式部の恋愛観や思想が描かれ、精緻な心理描写、叙事と抒情との調和、洗練された文章の中に、青春の推移や失恋から厭世的に宗教を求める様など、さまざまな人生観と人間性の追求等が含まれている。

物語は宮廷に仕える女たちの間で、もっとも帝の寵愛を受けている美しい桐壺は、そのため却って他の女たちから嫉妬され心労のあまりついに病死する。しかし桐壺には玉のような男の子があった。これが本篇の主人公光源氏である。光源氏は十二歳で元服し、四つ年上の女葵の上と結婚するが、葵の上は冷たい女だったので、母の乳房に郷愁を感じる。やがて源氏は中将の官についたが、あるとき若い人妻の空蝉との交情が出来、忘れられない人となったけれども、空蝉は源氏の情熱的な行動に溺れまいとして、一回きりしか許さなかった。そこで源氏は夜半空蝉の閨に忍び入ると、空蝉はうまく身をかわしてしまったので、脱ぎすべらしていった内着をせめてものなぐさめに持ち帰り、源氏はその残り香を愛撫するのだった。

こうして源氏はようやく女たちとの交渉の手管を覚え、六条の后のところへも通った。また義兄の愛人夕顔とも歓を通じ合うようになったが、この不倫の恋の最中に妖怪におびえた夕顔が悶絶し、悲恋の果て源氏は病気になる。といった具合で、つぎつぎとかわった相手との恋愛が展開されてゆく五十四帖の物語。

〈2〉『遊子方言』　田舎老人多田爺

明和七年（一七七〇）に出た短篇で、江戸洒落本の形式、内容を確立させた画期的な作品とされている。

柳橋で通り者が若者を誘って、正燈寺の紅葉見物を口実に吉原へ行くことにして、猪牙船で大川をさかのぼり、山谷堀に上って日本堤を通り、吉原仲の町の茶屋に着いた。通り者は若い者の手前通人ぶりを見せようとするが、茶屋では初めての客だし半可通と見抜いて相手にしない。茶屋から送られて妓楼へ上るが、通り者は新造女郎から通ぶったところが嫌味と、すっかりふられるが、青年の方は却ってそのうぶさのために部屋持新造から厚遇される。通り者はさらに若者をいそがせて夜明け方に帰って行く。その他同じ楼内では野暮客の遊びや本当の通人の遊びの様も出て来るが、全篇が遊興の指南的案内書といったものである。

通り者の着衣、登場人物の性格描写などには、それぞれに類型的なものがあるが、それは江戸時代の身分制度上やむを得ない点だった。しかしこうした風俗描写や会話によって人物を描き分け、また洒落本当初の漢学者流の智的おかしみに代えて、この書はもっと庶民文学的なものとした点で、すぐれたところが見られるのである。

蔵前の札差商人が豪奢を極めたのは享保五年（一七二〇）頃だった。享保六年には幕府から節倹令が出で、この頃にはようやく町人の経済力が増し、武家の権力に影響するところがあった。だがとくに豪奢を極めた札差商人など、江戸の上層町人は吉原その他の遊里に遊び、遊里は単なる歓楽を求める遊びの場所という以外に、趣味の社交場となったのであり、そこにおける上層町人の連中は「通人」と呼ばれ、彼らの風俗、行動はまた江戸市民の理想的な生活のようにも見られるようになったのである。

そこで野暮な遊びとか、遊里の作法、一夜の遊興の順序などを小説の中に示そうとしたのが洒落本だった。しかし以前の「評判記」が、やがては妓の容姿の品定めに留まらず、床のよしあしにまで及ぶに至ったのと同様、洒落本においても遊里の作法、通人の遊びのことから後には「わけもの」として、遊女の手管その他の秘事までも描くものが現われるに至った。

〈3〉『浮世風呂』　式亭三馬

滑稽本四篇九冊、文化六年正月初篇二冊刊から四篇三冊の文化十年正月刊まで続いて評判だった作品である。その頃江戸の銭湯は恰も町内の人々の倶楽部のようになっていて、常連の浴客が互いにさまざまの見聞や噂話を語り合った、町内庶民の社交場でもあった。

三馬は文化九年正月にはまた別に『浮世床』というのも出したが、浮世風呂では銭湯を舞台にして、そこにやって来る人々の有様とか、会話を通して当時の世相風俗を描こうとしたものであり、浮世床においては、髪結床の主人が相手となって、集まって来る客との会話のうちに世相風俗を描いた。だが、これには女髪結は別業だったので、女の方のことは含まれなかったが、とにかく、こうした場所を舞台にした滑稽本だったとの点で、一種独特の構想の書だったのである。

前篇は男湯、二篇は女湯、三篇は女湯の追加、四篇は男湯の再編。

初篇男湯の朝から昼までのうち——午後には手習の帰りの子供が大勢にぎやかに入って来る。生酔いが番頭をこまらせたり、芝居や豊国の浮世絵のうわさ話をする者もある。二階で常連の人々が集まって騒がしい中に将棋をさしている。風呂の中では盲人が浄瑠璃をかたり、酒に酔ってるのが盲人の小桶をかくしてからかったことから、勇みの男とのけんかとなる。そのあと義太夫語りが二人、太夫のうわさをする。など。

女湯の朝から昼まででは、まず芸者らしい女と茶屋の娘とが、さまざまな客のうわさ話から芝居の話になる。子供連れの二人の女房が、嫁に行った娘の話、お産のこと、息子の奉公先の話、髪型の今と昔などを語り合う。また嫁の悪口を語り合う女、上方女と江戸の女が両都の言葉のよし悪しをしゃべり合う。いろいろな情景が七つ時までつづく。

季節と時間と多くの人物をとらえて庶民生活の生態を描き、会話中に階層、地域方言、せんぼ（遊里隠語）なども出て来て、三馬がこうした流行語など言葉の方面に大分興味を持っていた証拠が、この書中にも窺えるのである。

またそのほかにも洒落、地口、誇張、おどけ等滑稽の要素を大いに取り入れて、笑いの庶民文学としているのである。

〈4〉『好色一代男』　井原西鶴

この書は浮世草子の祖といわれ、天和二年（一六八二）上方板八冊で出た（江戸板は貞享四年菱川師宣画で出た）。西鶴四十一歳のときの処女作という。

物語の概要は、主人公の世之介というのが一生をかけて好色の道にふけり、なんの悔るところもなかった愛欲の世界を、きわめて現実的な庶民生活の中に描いた小説で、彼は上方で父と遊女との間に生れた子だったが、豪商の息子として何不自由なく育ったのである。父母の淫蕩の血を受け継いだのか早くも七歳のとき、夏の夜、便所に起き立ったおり、そばに灯を持ってついて来た腰元の袖を引き、わけもよく知らないのに「恋は闇に限る」と、ませた口をきき灯を吹き消させて、その腰元との初恋を知り、その後六十歳で女護島に渡るまでの五十余年間、相手にした女は腰元あり、遊女あり、湯女、留女、その他の娼婦、後家あり、人妻あり、その数を知らず、というわけだが、十九歳のとき、あまりの色好みのために親から勘当となり、それからは転々と職をかえながらも愛欲を追って諸国を放浪した。

ところが世之介三十四歳の年、父親が死んで彼が家業を継ぐことになったのだが、かくて富裕な大坂町人となった彼は、今は一代の色男として遊里に君臨し、多くの一流遊女を相手に日夜粋をつくして愛欲色道生活を送ったのである。そして六十歳のとき〝まことに広き世界の遊女町、残らずためしたり〟とて、〝あさましき身の行末、これからは何になりともなるべし〟といって、かねて親しくして来た心の友七人を語らって、好色丸という船を仕立て、友といっしょに元和二年神無月の末頃、伊豆の国から女護島というを目指して船出したのだったが、そのままついに行方知れずになってしまった。という物語なのである。

前の『源氏物語』が王朝の貴族社会を舞台に繰りひろげられた人間愛欲の物語で、幻想的な恋物語とも見られるのに対して、『好色一代男』は庶民社会における写実的な浮世を描き、物のあわれはなく、冷厳なまでに事実を直視し、人々の苦悩への反抗、批判を訴えるかの如き態度とも見られる。その意味では同じ人間愛欲を描いた小説『源氏物語』に対比しておもしろい。

内容には細かい風俗の描写、さまざまな当時の事象、各種の名称や用語で現今研究的資料となるものも多く含まれているのだが、物語の筋としては、

耳組の莫座一枚、松竹雀亀を染め込のもめん夜着、されども枕は二つ出して、さあ、お寝やれと申す。こころえたと、南かしらにひっかぶり、今や〳〵と待つほどに、君さまの足音して、床近くに立ちながら、帯とき捨、きるものもかしこへ打ちすて、はだかでくす〳〵と這入さまに、是もいらぬ物と、きや布ときて、そのまましがみつきて、いなところを捜してひた物身もだへするこそ、まだ宵ながら笑し。われ江戸にてはじめの高尾に、三十五までふられ、その後も首尾せず、今おもえば惜しいことかな。この女が太夫にて是程自由にならば、尤おもしろかるべし。

といった一節もあるし、また世之介四十六歳の年の正月、京都島原の初音という太夫を初めて呼び、さて二人きりとなった時の一節には、

ともしびうつり、枕近く立より、それ〴〵申し〳〵。めづらしき蜘が〳〵と申されければ、世之介聞おどろき、いやなことと起きあがる所を、しかとしめつけ、女郎蜘が取りつきますと云いさま、帯とかせ、我もときて、是がわるいかと肌まで引よせ、うしろをさすりおろして、今まではどの女がここらを、いらい候もしらずと、下帯のそこまで手の行くとき、きゆるがごとし、今はたまり兼て、断りなしに腹の上にのりかゝれば、下より胸をおさえて、是はそつじなさるるという。勘忍ならぬ、ゆるし給えという。又時節もあるべし。まづ今晩はとい

う。世之介せんかたなく、かようの事にて江戸にてもおろされ、無念今にあり、独はおりられず、貴様に抱おろされてならばおりようという。とやかくいううちに、かんじんの物くなつきて、用に立ち難し、是非なくおるるを、初音下より、両の耳捕え、ひとの腹の上に今までありながら、只はおろさぬと、こころよく首尾をさせける。まれなる床ぶりなり。

素人女との愛欲はともかく、かかる遊里での遊びや遊女の手管などは、やがて「洒落本」においてもっぱら取り扱われるようになったし、西鶴の作品は後の世の文学にさまざまな点で大きな影響を与えているのである。

〈5〉浮世絵

浮世絵というのは江戸時代になってから起こったもので、それ以前の唐画でも大和絵でもみな肉筆画で、貴族豪族その他富豪などが趣味的な観賞用に所蔵し、有名な画家の名声や伝統的画風が尊重されたのであった。あるいは装飾用に画かせたりした絵で、すべてが室内での想像的構図の絵であったり、形式を重んじた絵であった。

浮世絵はこれに対して、庶民芸術として庶民の間に発生し、庶民の手によって育ち発達した。そして今様画との意味で、現実的な世態風俗を描き、「版画」によって同じ構図の絵が多数人に頒たれ、一枚の肉筆名画を占有することによって得意とするような従来の観賞対象物ではなくなった。だから浮世絵は肉筆画よりも版画になったものの方が高価で、価値が認められていた。またそのために浮世絵というのは版画のことだという人もいるが、語原的には浮世時代の風物画ということになる。

以前の肉筆画の名作は、その画家の名声を高めただけであったが、浮世絵の発達や名作の出現には、もちろん浮世絵師の優れた技能によるものだけれども、それと共に版画の彫師の技能、刷師の技術の優劣さによらねばならないのである。このことも浮世絵版画の重要な特質であった。

『柳亭記』には、

うき世というに二つあり、一つは憂き世の中、これは誰にも知る如く歌にも詠みて古き詞なり。一つの浮世は今様という意に通へり、浮世絵は今様絵なり。云々。

とあり、今様絵とは現代画といった意味で、この時代の現実的な風物を描いたもののことなのである。それから「憂き世」は従来の仏教的な厭世観をもった人生観、社会観なのであるが、それが永い戦国時代を経て漸く徳川の代に、活気を得て来た庶民思想では、どうせままならぬ憂世なら、いっそ面白おかしく暮したがよいと、現実的刹那的享楽的になったのが「浮世」である。ある浮世絵研究大家が、浮世絵とは遊女絵のことだといっていた。しかし必ずしも、遊女絵とばかりはいえないのである。浮世絵に現われた女性は、概して肉付のよい健康的な「女絵」である。また人物画や風俗画ばかりをいうわけではなく、北斉などはむしろ風景画家として世界的な名声があり、日本三代浮世絵師の一人となっている。とにかく浮世絵の名はこの時代の現代画との意味なのである。

浮世絵は寛文十一年（一六七一）菱川師宣によって創始されたといい、浮世絵師の称が文献に現われた最初は天和二年（一六八二）頃からだといわれているが、浮世の文字が見えたのは寛文元年（一六六一）に浅井了意作の『浮世物語』との書があるし、それより以前の寛永十八年（一六四一）刊の『そぞろ物語』中には、湯女が戯れ浮世語りをするといっているのがある。あるいは慶安承応の頃（一六五〇）日本橋の浮世小路には侠客の夢の市兵衛が住まい、近くには湯女風呂があったと伝えられ、浮世小路との地名もあった。そして天和二年西鶴作の『好色一代男』は「浮世草紙」の鼻祖といわれているが、文学上の「浮世草子」が出現し始めたのは、寛文以後延宝の頃からであった。

『日本博物学年表』によると、慶長十四年（一六〇九）に摺木というものが始まり、いずれの書物も京都で刷り、それから追々書物板行が盛んになったという。一般の書物の文字や挿絵を板に彫りつけて印刷する技術が、この頃から元禄の末頃までに急速な進歩を遂げ、享保年間には色摺の浮世絵が出現するに至っている。

その一面「浮世草子」も天和頃には出現し、思想傾向では現実的、享楽的となった。そして男は遊里、女は芝居が江戸庶民唯一の享楽の場所とされたのは、江戸後期の庶民文化の爛熟頽廃期に限ったことではなく、すでにこの浮世時代からのことであった。その異常な流行ぶりは斉藤隆三著の『元禄世相志』(明治三十八年博文館発行)にも述べられている。元禄九年(一六九六)には浮世絵の役者絵が流行しているし、浮世絵が創始されたという寛文十一年(一六七一)以前に吉原には散茶女郎というものも現われて、吉原の廓は町人の舞台となりつつあったくらいで、浮世絵に遊女絵が多かったのも、こうした理由からと思われる。

享保の初め頃まで、浮世絵も墨刷だった。あるいはそれに丹、黄の簡単な手彩色が行なわれていたが、享保四年(一七一九)和泉屋権四郎というのが、「紅絵」とて色摺のものを売り出した。延享二年(一七四五)には「紅摺絵」とて紅、藍、黄など三四度刷の浮世絵が現われ、明和二年(一七六五)には春信によって「錦絵」が現われ、これは多色摺の浮世絵のことであった。

紅摺絵時代の浮世絵版画は、多く「細絵」のものであったが、明和の頃には主として「間判」ものが行なわれ、小奉書二つ切の大きさだった。大奉書二つ切のものは「大錦」といい、寛政の頃の名作画にこれが多い。

浮世絵の盛行期といえば明和安永以後、寛政期が全盛であった。そしてこの頃には浮世絵大家が最も多く出現して、数多くの名作を残した。いま『浮世絵年表』によって、仮にこの時代の浮世絵師の存在と年令とを書き出してみる。

明和七年(一七七〇)

○雪鼎六十一歳

○春章四十五歳

○鈴木春信この年没す(五十三歳)

安永九年(一七八〇)

○雪鼎七十一歳

○豊信七十歳

○春章五十五歳

○清満四十七歳
○清長二十九歳
○歌麿二十八歳
○栄之二十四歳

天明八年（一七八八）

○春章六十三歳
○重政五十一歳
○春町四十五歳
○江漢四十二歳
○清長三十七歳
○歌麿三十六歳
○栄之三十二歳
○北斉二十九歳
○政演二十八歳
○その他天明年間には潮竜斉、長喜、春潮、春好などもいた。

寛政十二年（一八〇〇）

○豊春六十四歳
○重政六十三歳
○江漢五十四歳
○清長四十九歳

○歌麿四十八歳
○栄之四十四歳
○北斉四十一歳
○政演四十歳
○豊国三十二歳

などとなっている。春章は寛政四年に歿し（六十七歳）、歌麿は文化三年（五十三歳）に、写楽は文化四年に、春潮は文化十一年に、清長は文化十二年（六十六歳）に、政演は文化十三年（五十六歳）に、豊国は文政八年（五十一歳）に、栄之は文政十二年（七十四歳）にそれぞれ歿している。

〔浮世絵書誌〕前にも記したように、浮世絵と普通に呼ばれているものは、いずれも版画で出ている。そしてそれらの「浮世絵師」名録は、いくつかの書物になって記録されているが「版画師」や「版画摺師」名録は案外に少なく伝記も不明であるのは、浮世絵版画がこれら三者の総合技能によって名作も生れるものだけに、甚だ残念に思われたが、昭和四十一年十月・京都版画院品川清臣氏によって、長谷鐐平編の『本版技芸者名録』（非売品）が出版され、江戸期から現代までの絵師、彫師、摺師名録が出来たのは意義ある貴重な書ということができる。

〈6〉女歌舞伎

慶長八年（一六〇三）に出現した出雲阿国の「女歌舞伎」は、徳川初期における一大センセーショナルなものであった。これが後に歌舞伎劇の流行となったのである。江戸の中期以後には庶民の享楽機関を代表した〝男は遊里女は芝居〟のそのいずれにも大きな影響をもたらした。

永い戦国時代を経た後の江戸創生期当時、とくに上方では庶民の間に風流踊や念仏踊の異常風俗が起こり、民衆はわけもなく街頭を踊り歩いて、しだいにその群れが大きくふくれ上がっていったという奇妙な現象があったが、出雲阿国の女歌舞伎もまた大胆で風変りな扮装をした若い女どもが、唄に合わせた手踊りとか、男装をしてあられもない所作で情事場面を演出したりして、非常な人気を浴びたことは、いかにも戦後派らしい情景だったに違いない。

女歌舞伎の出現には、もう一つの理由が称えられている。それは久しい間戦乱の巷に生活して来た人々、あるいは武士が女に接する機会がなく、いつしか男色の風が盛んになっていたことで、これに対して女性が本能的に男性の愛情を再びわが手に取りもどそうとする欲求の現われだったというのである。

歌舞伎というのも古語のカブクから出た当て字で、「女かぶき」と仮名で書くのが至当だという者もあり、カブクとは他人に目立って見られるような異様な風体または言動をする意味で、阿国の歌舞伎者も女だてらにあられもない大胆な扮装や動作をして、男達の眼を引き、そのうちに女の魅力を感じさせようとしたものと解される。

この女歌舞伎の影響で、その後市中に発生した「踊子」が、やがて売女化したのも当然で、女歌舞伎者の目的としたところを具現したものであったともいえよう。遊女歌舞伎もこれにならって、江戸城周辺にその頃しだいに数を増して来た遊女どもが舞台を設けて能狂言や踊りを見せて客を引いたが、これなどはもともと娼婦だったのだから問題は別である。

それにしても江戸創生の頃とて、諸国から出てきた者がこのために財を失い、風紀上よろしくないとて、幕府の役人がこれらの女百余人を箱根以西へ追放したとの説があり、このことから元吉原遊廓設置の元和四年以前、すでに慶長年間から吉原の地が存在したという異説があるが、この追放事件は諸説を総合すると、どうやら寛永六年（一六二九）のことらしく、元吉原遊廓が出来て後の取締まりだったようである。

この年の十月遊女歌舞伎の禁止令が出ている。

その後「人形芝居」が起こり、歌舞伎劇が行なわれ、歌舞伎の男女共演や若衆の女形禁止令が出たりして、若衆野郎の衆道のことも行なわれ始めた。

〈7〉『催情記』

衆道書の一書で明暦三年印行とある。誰か僧侶の手によって書かれたものであろうという。若衆の心得、念者と若衆の情事、仕掛け方等を具体的に細かく記している。『江戸好色文学史』には、その目次と本文の一部が載っている。○人の惚るる次第、付、目元見付の事。○初めて状をうけ返事の次第、付、同心の返事、無同心の返事。○間のつかいの事。○咄かずの事、付、重ねて御話有べきと思召方へ状の事。○御寝様の次第、付、夜いたむる次第の事。○帰る朝御いとま乞いの事。○一度はなし其後いやと思う次第。○知音する次第、付、間あしくなる事。○物をくるる事。○念者をつる事。○こころもちかへようの事。○かたじけなき御文体の事。○風呂入の事。○食物の事。○さかづきの事。○病中雨中見舞状の事。○つかひ音信の事。○芸の事。○若衆御病中の事。○よろづ御たしなみの事。○第一心中の事。○あさ起きての事。○口中の事。○いしやうの事。○かたぎぬはかまの事。○うわ帯の事。○した帯の事。扇の事。○鼻紙の事。○手拭の事。○匂い袋の事。○楊子の事。○巾着の事。○寝様たしなみの事。○つめきり様の事。○ふりたしなみの事。○にほひの事。○目もとの事。○よみかきの事。○毛の事。付、はな毛の事。○耳の事。○かみ結い様の事。

以上のようで、本文には〝口を御吸わせなさるべく候〟などとあるが、そのほかにも下湯のことなど、この道にも男女の場合と変らぬ情戯が行なわれている。

〈8〉岡場所

岡場所は「かくれ里」「かくし町」ともいい、吉原以外の市中に起った遊里なのである。江戸の吉原遊廓が官許になった元和三年（一六一七）、五ケ条の覚書によって幕府は今後吉原以外のところで遊女の所業はしてはならぬと命じた。だがその後市中には諸所に私娼、密娼の遊里が発生したから、これを一般では「おかばしょ」と称した。つまり吉原に対して「外場所（ほかばしょ）」の意であり、局外地との意味なのである。上方では「外町」といったと『守貞謾稿』にはある。

江戸の岡場所のうちで最も盛んで代表的なのは深川遊里であった。ここの沿革は「水茶屋女」に始まり、「伏玉」の私娼が「子供屋」という娼家に客を迎えたし、茶屋へ呼ばれて行くのを「呼出し」と称した。そのほかに「踊子」が「町芸者」としてお座敷を勤めたが、「女郎芸者」とて実は密娼だったのもある。

宝暦の頃（一七六三頃）芳町新道の菊弥は踊子として評判であったが、芳町は蔭間茶屋の在ったところで、そんなことから稼業上蔭間との間に反目が起こり、菊弥は遂にこの地を追われて深川に移った。そして深川八幡前で踊りの師匠をし、明和の頃にはここでも繁昌を極めたが、これが深川芸者の開祖であったと伝えられる。大川に始めて永代橋が架設されたのは、元禄九年（一六九六）で、それ以前には渡し船があって川向こうに渡った。その頃深川の地はまだ淋しい所で、八幡社の辺までは一面の畑や野原で見通されたという。そこで土地繁栄のためとて、明暦元年（一六五五）九月、八幡社前に茶屋が許可されたが、女を置いて客を引いたという。だから深川遊里は水茶屋女から始まったわけであった。遊客は八幡宮の参詣を口実に出掛けたし、永代橋の便利も加わり、ますます繁昌に向かったのである。

大川の「遊舟」は天和以前からあったが、「川開き行事」が始まったのは享保十八年（一七三三）、吉原通いの「ちょき舟」の「船宿」は浅草橋と山谷堀とにあり、宝暦の末ここだけでも五十軒の船宿があったという。文化の頃には六百余軒の船宿があったと『守貞謾稿』はいっているが、このような状況から深川遊里は主として町人の遊里として繁昌したのである。ことに仲町、大小新地、表裏やぐら、裾継、新古石場、向土橋、土橋を「深川七場所」といって一流の遊所であった。

『奴師労之』には、町芸者は永い間「踊子」と呼ばれ、芸者と称せられるようになったのは明和安永の頃からであったと記されている。吉原に「女芸者」が出現したのが宝暦の十一年頃であるから、市中に「町芸者」の名が始まったのはその後のことであろう。文化十年（一八一三）に「箱丁」とて芸者に男衆が付き添って三味線持ちをする風俗が始まり、それまでは母親が付き添ってお座敷を勤め、往復には振袖を着て娘風を装っていたのだから、踊子そのままの姿で、一般には芸者と呼んだかもしれないが岡場所では正式の称ではなかった。深川に芸者の「見番」が出来たのは嘉永元年（一八四八）であるから、おそらく町芸者が公式の称となったのはそう以前からではないはずで踊子の名が全く廃れてからのことである。そして同じ嘉永元年深川の大黒屋などに「突伏茶屋（つっぷしぢゃや）」の「転び芸者」が出現したくらいで、実質的には本来の芸者との区別ははなはだつきにくかった。これも「町芸者」は「廓芸者」と違って、それほど庶民的で自由だったことにもなる。

吉原に起こった「女芸者」は、廓の遊女の中にあって、芸だけで客の座敷を勤め、売色はしないのを本質として遊女から分離したものであったが、町芸者にはそれほどの明分はなかった。

そこで芸者と称して売色が行なわれると取締まりを受けて捕えられたりしたから、他の芸者は意地や張りが強いのを看板にして「辰巳芸者」だの「深川芸者」だのと称し、あるいは「羽織芸者」が流行したのである。

とにかく、岡場所遊里は概して庶民的な要求から発生し、江戸の文芸書にも数多くこれらの遊里が題材にされているし、遊里は実に江戸の庶民文化の発祥地だといわれるのにも、この岡場所遊里を除外してはならない。

〈9〉『春情花朧夜』

内容の概略は、

（1）お花とて禄高三百石の武士水性田助十郎の妻、半七は助十郎の同役で粋野半七と呼び二十三四の小意気な男、助十郎とは特にべっこんの間柄で、日頃足繁く助十郎宅に出入しているが、実はお花の美貌に心引かれてのこと、今日しも酔に紛らせお花にいい寄ろうとしたが、そこへ待女のお伊木がやって来てしまったので、それきりとなり、続いて助十郎もこの部屋に入って来て、もっと飲もうというを振り切って半七はわが家へもどった。

その後へお花の親元からの書状で、国元の姉の出産を知らせて来たので、祝い旁々手伝いのためお花は二三日泊りがけで実家へ往くことになった。ところが助十郎は、ひそかに侍女のお伊木に眼をつけていたから、お花の留守を幸い、わが部屋に引き入れてその本意をとげたのだった。

いっぽう半七はお花のことが忘れられず恋心がつのるばかり、思い余って半七は一日助十郎を訪ねて煩悩の一切を打ち明けた。助十郎は胸に一物あって、そのことならお花にもよくいい聞かせて、お前に一晩貸そうと約束、その代り頼みがあると半七に十五両の借金を申し込んだ。

約束の日に半七は薄暗いお花の寝所へ忍んで行った。ようやくの思いを喜びながらの上首尾助十郎は自分が承知で逢せたこととはいえ、この喜びの場を耳にしては、いっそ重ねて置いて四つにしてくれんと寝間へ近寄った。そのとき「マア待って」ととめる後の声は意外にもお花だった。お花の計略でお伊木に頼んで身代りになってもらったことがわかったが、助十郎はさき頃から訳のあるお伊木が、思いがげなくも半七に寝とられたことで妙な気になる。

（2）さてその後半七は、親しい同輩の女房お花を寝取った不倫に恥じてついに国元を出奔、江戸に行き元召使いだった藤兵衛の住居を訪ねて住まうこととなった。そして梶原家の馬廻り役を勤めたが、やがて藤兵衛の一人娘お登世と親しくなる。

そこへ思いがけない旅装のお花が訪ねて来て、出奔して来たとの話に喜んだ半七はお花との楽しい語らいを展開するが、先頃の首尾は身代りのお伊木と聞かされて驚く。かくてお花を側へ置いたが、お登世の手前もあり思うに委せぬため、屋敷内のお長屋へ移りお花を奥勤に出して夫婦で勤めに精を出した。

一方助十郎の方では、半七、お花のことなどが知れて武士にあるまじきことと長の暇を出され、お伊木と一緒に大磯の伯母の所へ身を寄せた。ここで情事の夢の話などあり、その後助十郎は一人で伊勢桑名の呉服屋藤枝屋に住み込み、助蔵と名を改めた。

藤枝屋の若後家おひなと助蔵の情事があり、おひなが善光寺詣りの後を追って助蔵も出掛けたが、途中で逢えず仲仙道から江戸へ向った。

（3）芝の高輪の路上で助十郎とお伊木がめぐり合い、茶屋へ立寄ってのちょんの間、お伊木はその後水茶屋女の勤めに出で、今は呉服屋喜六の妾となって近所に囲われていたのである。

さて半七は家老職の好山記内に愛な娘の世話役としてお花を望まれ通わせることにし、自分も間もなく三百石の禄を与えられた。が記内がお花をとの頼みに応じて、お花は半七お登世を夫婦にしてもらい、自分はお柳と名を改め記内のお部屋様となった。また助蔵はその後お伊木の妾宅に入り込み、以前にも増した楽しみの最中、旦那の喜六が旅先から帰り、この場の様子に怒るかと思ったら、今度郷里から女房を連れて帰ったからと、お伊木に暇をやり、新居が定まるまでここに一緒に住まわせてくれといった。助蔵お伊木の二人が、喜六夫婦の語らいに当てられて、ひそかに隣室をうかがうと、喜六の女房というのが実は藤枝屋のおひなだった。

半七はその後昔の友情から助蔵に金を出してやり、新しく呉服屋の見世を開かせたが、そんなことから助蔵と記内とも知り合うようになり、御用商人となった。そして一日記内の催しで宴席に招かれたあと、記内とお柳、半七お登世、助蔵お伊木、喜六おひなは、それぞれの部屋に別れて、いつやむとも知れぬ夜の祭りを営んだが、その後も一同はそれぞれに富み栄えたという。

〈10〉蔭間茶屋

「蔭間茶屋」は衆道の遊び場所であり、あるいは優美な若衆姿の蔭間を相手に遊ぶ女性もあったというが、江戸の「蔭間」は宝暦前後が全盛期となった。

「若衆」というのは本来は元服前の男子のことで、まだ前髪のある「若衆髷」に結っている十六七歳以前の少年なのである。この前髪がとれると「野郎」と呼んだ。そこで承応元年（一六五二）の若衆狂いの禁令では、男色若衆が前髪を剃られて野郎姿にされてしまったが、この頭を隠すために紫帽子（色子帽子ともいう）を用いる風俗が起こり、却って色気を増したのは皮肉であった。

蔭間茶屋の客は僧侶が主で、それに武士の客もあったが、江戸中期以後には御殿女中や後家などの女客もここに遊ぶようになった。「かげま」の年令は十二三歳から十七八歳までで、二十歳を越えた年増のかげまは女客の相手となったり、芸者として、座敷を勤めた。芝居の若衆が舞台以外のお座敷を勤めた方が稼ぎとなったので、これらがほとんど蔭間茶屋などに出るようになり、ために芝居の若衆や女形が不足を来すに至ったといわれたこともあった。いずれも高島田に振袖姿の女装をしたりあるいは若衆姿で客席を勤めたのであったが、この種の男娼は女の場合の遊女と変わりなかった。

しかしこれにも「色子」「舞台子」「蔭子」「飛子」（旅子ともいう）等の別称がある。芝居に出る者を舞台子または色子といい、舞台に出ないのを蔭子といった。

蔭間も蔭子と同様で、それらしい容姿はしているが芝居には関係のない男娼なのである。「かげま」との言葉は、ひそかに間を稼ぐ者との義であろう。

真山青果著の『西鶴語彙考証』のうちに、元禄七年の触書に――狂言芝居の野郎、浪人野郎、または役者に出ざる前髪有之者、並に女の踊子かげま女、方々へ遣之候者堅く御法度之儀に候――とあり、かげまというのには「かげま女」の名もあったことを指摘している。女踊子と称して蔭で売色稼ぎをしている者のことなのである。

その他役者狂いをする女の遊び茶屋には「出合茶屋」や「裏茶屋」とて芝居茶屋の一種で裏町にあった小茶屋などがある。

このように芝居と遊里との関連も少なくない。そして廓にしろ岡場所遊里にしろ、遊びの場所を舞台に描かれた江戸の文芸書は数えきれない程あるが、そのほか「遊里書」としての分類では、非常に広範囲にわたって各種の書物が出ている。しかも性的な風俗や資料的な意味での諸書も頗る多い。

〈11〉『衆道秘伝』　写本

『醜道秘伝』としているのもあり、『弘法大師一巻之書』ともいう。稚児秘伝物の一種で写本にて伝えられている（斉藤昌三の『江戸好色文学史』には全文が載った）。作者は満尾貞友とある、年代は奥書に慶長三年三月とあるが疑わしい。

△稚子様御手取様の事

稚子の人指をとるは今晩、中指を取は明晩、弁指をとるは重ねて叶え可申というこころなり（以下六項）。

指を握って合図とすることは外国にも行なわれていたようで『ビルダーレキシコン』にも同じ風俗の記が載っている。また大正の頃シベリヤ出征の兵士がかの地の街娼に出合って握手するとき、人差指で男の掌を掻くは誘いの合図だったという。

△稚児様見様の事

武辺立てる稚子ならば、此方より稚児の武辺をほめ、や、もすれば武辺咄をなし自然と掛合うべし。—降ると見ば積らぬ先に打払え風ある松に雪折はなし（等六項）。

△尻突様の事

きゃたつ返しという突き様あり、これは稚子の二つの足を我肩上に引揚、前より突くなり（等七項、揚雲雀、逆落し、夏ほり、から込など）。

〈12〉『菊の園』（江戸男色細見）　水虎山人　明和1

水虎山人（平賀源内）の江戸衆道細見で、細見もののうち男色細見は『三の朝』と共に珍しいものとされている。〔江戸男色細見序〕餅好酒中の趣をしらず、上戸はまた羊羹の甘きを憎む、寒暑昼夜かはる〳〵時をなし、春の花秋の紅葉何れを拾いいづれをかとらん。男色女色の異るも亦しからんか。吉原に細見あれば堺町木挽町には四季折々の番付有て、世の人あまねくありがたがれども、恨むらくは此の盛んなることをしらざる愚痴無智の凡夫もあらんかと、贔屓の腕をさすりつつ、みづから有頂点に登り、夢中に気を採りて、ところ斑の誓言をそこはかとなく書付れば、馴染の名に至てその顔ちら〱として目のあたりに出たるは、ア、ラ不思議や生霊にあらずんば、是親玉のかたまりならん。ヤイ餅好の衆生ども、みだりに是を笑うことなかれ、ナント一番誤てその粕を食うに至らば、漸にして酒中の趣をしらん。

きのえ申葉月の頃水虎散人悪寒発熱中に書す。

〈13〉『三の朝』　平賀源内　明和5

これは江戸、京、大坂三都の男色細見である。各々の値段付があり、人数は堺町、葺屋町四十三人、葭町六十七人、木挽町七人、湯島天神前四十二人、芝神明前二十六人、麹町天神前十九人、市ケ谷八幡前七人、英町十人、八丁堀代地十一人、等惣計二百三十二人とある。京都宮川町は八十五人、大坂道頓堀は四十九人、その他諸国の衆道屋所在地名が記されている。

この凡例によると、女芸者と子供の一座悉禁ず、宮地は所により不禁。細見には子供屋と茶屋とが分けて記されている。女形の野郎がお座敷を稼ぐときは芸者として出たので、女の芸者は必ず女芸者と呼ぶのが例となっていたなどのことがわかる。

衆道風俗の諸相については『性風俗』（昭和三十四年雄山閣刊）第三巻の西山松之助先生の稿が詳しい。

〈14〉『男色文献書誌』（古典文庫）　昭和31　B6判二一七頁

岩田準一稿本『後の岩津々志』を江戸川乱歩氏の委嘱によって吉田幸一氏が標記題名に改題、古典文庫の近世文芸資料（4）として非売品三五〇部限定で刊行したもの。内容は男色文献一〇九三種の書誌記録で、その各文献の出典についても詳しく記されていて、たとえば『好色旅枕』が貞享版と元禄八年版とがあり、内容の差異などのことが調査されている。またそのほかに明暦より元禄までの野郎評判記を掲載、総索引付のものである。

本稿の一部は芋小屋山房刊の雑誌『稀書』にも連載されたが未完のまま終わっているし、岩田氏が昭和初期に諸雑誌に発表されている男色関係の記事のことは『日本艶本大集成』中に列挙されている。

〈15〉『そぞろ物語』　三浦浄心

戯作ものの祖といわれ。またこの中に遊女歌舞伎のことを記されているので、花街遊里書の一ともされている。寛永十八年（一六四一）三月の開版、この書は慶長末年の『慶長見聞集』中から、遊女歌舞伎の関係などを抄録したものだという。

歌舞伎をどりの事

見しは今、江戸にはやり物しな有〳〵といえども、よし原町のかぶき女にしくはなし。さればむかし、ぎわうぎ女にも御前などといいて、舞曲世上に名をえし美女有しが、女のかたち其ままにて白き水干をきて舞ければ、白拍子と名付け、ゆうにやさしく候いしとなり。もろこしには虞氏楊貴妃王昭君などみな白拍子と聞えたり。さて慶長の頃ほい、出雲の国に小村三右衛門という人の娘に、くにと云いて容優に、心ざまやさしき遊女候いしが、柳髪風にたをやかに、桃顔つゆをふくめるふぜい、舞曲花めきて百の媚をなせり。音声雲にひびき、言葉玉をつらね、春風あたゝかにして聞人までもおぼえず栴檀の林に入かとあやしまる。この遊女男舞かぶきと名付て、かみを短く切り、折わけに結、さや巻を北野対馬守と名付け、今様をうたい、婦女ほまれ世にきこえ、顔色無双にして袖をひるがえすよそおいを、見る人こころをまどわせり。それを見しよりこのかた、諸国の遊女そのかたちを学び、一座の役者をそろえ、舞台を立置き、笛たいこつづみを打ちならし、鼠戸を立て、これを諸人に見せける。

中にも名を得し遊女には佐渡島正吉、村上左近、岡本織部、北野小太夫、出野来島長門守、杉山主殿、幾島丹後守などと名づけ、これらは一座のかしらにて、かぶきの和尚といえるなり云々。

というのであり、武家大名のような名がつけられている。「おしょう」というのは遊女の頭立った高級の太夫のことであり、茶の湯の達人を昔和尚と称したことから伝えられた称であろうと古書には見えている。

そして慶長年間に盛んだった遊女歌舞伎はそうして見物を集め遊客を引いたので、諸国から江戸に集まって来た人々が遊びに溺れて財を失い、身をあやまる者が多いとのことから、

御奉行衆きこしめし、とかくかれらを江戸におくべからずと、女の数をあらため給うに、をしやうと号する遊女三十余人、その次に名をうる遊女百余人、皆ことごとく箱根相坂を越し西国へながし給う。

と、これも『そぞろ物語』の記である。ここでは年代がはっきりしていないのだが、寛永六年（一六二九）幕府は遊女歌舞伎を禁じたので、箱根以西へ追放したというのもこの時であろう。しかし既に元和四年（一六一八）には吉原遊廓が開業したのであり、吉原以外での遊女稼業は一切許さないことにした以後なので、取締まりを受けても当然だった。ただこのことが『慶長見聞集』に載るとしたら、年代的におかしなことになる。

〈16〉『志道軒五癖論』　夢外述

志道軒の遺稿などによって作られた戯書という。作者は漁柳改め夢外とある。年代は安永五年（一七六七）頃と見られる。短文だが五巻に分けられ、第一巻は「開之惣論」、第二巻は「上開之論」、第三巻は「中開之論」と「下開之論」、第四巻は「売開之論」、第五巻は「邪開之論」である。五癖の癖は開（へき）の意である、この上中下は上流中流下層別、売開は娼婦、邪開は密通の意である。

内容も頗る滑稽な戯文で書かれている。写本でのみ伝えられて来たが、戦後に活字化されたのがあり、A5判三二

頁の折り放しで頒布された。

志道軒五癖論　巻之一

開の物論

夫つら〳〵思ふに、人間百行の内何をか第一とする、男女の愛楽古今に貫首たり、三教といへ共まったく是にもとづけり、子曰の先生でも、五百戒の御寺さまでも、根ざす処はあゝゑい、あゝゆくのかたまりなり、理学とやら宋儒とやらの親仁達が、無極にして大極なりと男根をやせども、是もってむづかしい事でもなんでも無い、ちかく人間に取て言て見れバ、無極大極とハとりも直さずまらの事なり、なぜなればたとへ六寸胴がへしの大への子でからが、平生気のないときハせん気ふぐりのよふに邪魔にもならず、まして並のへの子は、なへた時はどこにあるやら我身でも忘れる位なり、こゝが万化とわかれぬ大極の場なり、しかれども、よい喰ごろな女でも見るか、又となり座敷かひとつ寐所で、ハア〳〵スウ〳〵ヲヲの声でも聞くとむきむきと発出て、夫こそ矢もたてもたまらぬ勢ひになると、もふ鈴口から婬がぬら〳〵出る、爰が、かの易に所謂天一水を生ずるのいひなり、すなはち大極万化外ならず、まらのなへた時が死んだよふなら、どんな色を見、声を聞てもおへ出るはづハない、ぐにゃと引込で居ても、物に感じて発する気はふくんで居るゆへ、色香を見聞ては気を発す、ちんぷんかんに取ても爰の理に二ツハない、仏道でもそふじゃなければこそ、八歳の龍女が釈迦の会座で成仏して、微妙成法身具相三十二と御前軽薄をやらかしたこと提婆品にあるげな、是にもいこふ子細のある事、右のごとく小さい龍女が水を去て成仏したゆへ、小女水を去ると書て、妙法と名づくと、此水を去った所が伝授ものなり、八歳の龍女といへばとて、八ツの女子にかゝわった事でバない、八ツハ陰の数にて、女の体八ツと八ツを重ぬれバ二八十六で文つけられる最中、かのぱつくりも三四年後にてもう水上の秋なり、新開わる事を水上とハ女郎ばかりの事とおもふと大にちがふ、水とハ髪のことをいふ由、むかしは女の男にはじめて逢ふ時は、その男女のかみをとり上しよし、漢では男にはじめて女の逢ふことを頭上といふげな、これも髪をとり上る事と見へたり、伊勢物語にみな様御存じの通り井筒のむすめが、我が黒髪も肩すぎぬ君ならずして誰かあぐべきとよんだも、こなさんならであらばちわらせる人もない、つばきを付てずいぶんそろそろしてくんなといふまくらこと葉なり、されバ十五で有十六で有、浄るり本にある通り気ハ物なれども、初とこのくらいで、こわいやらはづかしいやら、尤も痛さ髪すじも通さぬところへ四五寸の物をへし込る丶事、よっぽどこらへにくそふな事なれバ、まづ少女がその水上のせつない事を度重って味を覚へると、五臓がうるほって、どふともこうともよい気味たぐひないが即ち成仏のところ、爰をもって小女水上を去て喜悦の成仏にいたると、世尊のおしめしと阿難尊者のまた従弟のところから天竺の四日市へ申て来たとのはなし、然らバよもやうそでもあるまい事、日本はもとより大にやわらぐ名題、神代のことも秘説みなするやるの分なるなり、こん〱とん〱と狐を鞠に蹴るよふな事も、其かたちあしかびのごとくなどいふも男根の事、天の逆鉾にて青海原をかきさがすと、何とも空なせん義も、よく〱おもへばうるほひ盛んのぼ丶は則青うならば、天の逆ほこは則もち物、根までおし込で一時に気をやると子が出来るあんばいを、まづ淡路の国を生み給ふともつたいを付て隠した物、いかに神様なればとて、海山を産み給ふ玉門もあるまじ、爰等ハ愚俗の申べきところにあらず、大秘事の秘事のよし、何にもせよみなぼ丶まらの二ツの出入、とりわけ日本ぞかしこけれ、和歌三鳥の伝のことハ元無草に述し通り、これもまったく外の事にあらバこそ、能考へて御覧あれ、其末ながれながれてせんずりとなり穴とかわる、まったく坊様達のかわきをとめる道具かとおもへば、坊主ぼ丶して俗尻をするが名歌のとふり、教外別伝不立文字と握りまらをしても、阿字十方とおへるやつをた丶きつけて、是斗リハ禅の一活でも不浄観とやらでも、このましい尻つきな後家でも見ると護身がみだれて、ま丶よの尻くらいで大慈大悲の矢もたても何の〱、こんなめんどうなことハさし置て、世間で久しい物とよくいふが、其久しいもの丶中に此道ほど久しい物はまた有るまい、こふ申も久しい物じゃが、二神浮橋のもとにて初めて此道を考へたまひ、男神まづぬつと女神の穴へさし込み給ふに、是ハまあどふも言（にゆわ）れぬよい物で御ざんす、ア丶気がをかしうなりやんす、それ〱とこたへかねしよがりの御こゑ、男かみハ律義せんばんにも、男も未だよがらぬに女の方からびたつくは道に背くと、せっかく面白いさい中を引ぬいてまた入直して、このたびハ男神が阿奈にゑやなど丶、芋でも湯出たか何ぞのよふに、にへたの煮ぬのと聞へぬ事のよふなも、是ハよい気びそなたもよいか、もふいくぞと末世に申も同じこと、是を初とあがめて、それより何千何百の年月、日ハかはれども常住なハ只この道、人ハ衣食住の三ツをもって今日の助とするハ元よりのこと、其三ツさへ古代と今といか程の替るやらん、すでに神代のむかしハ人、穴に住居せしとて無恙哉の古語も初りしとなり、此中で申ハへと勿体ないが、帝の都したまふ御国も、あるハ日向、あるハ難波、大和山城など世世に替り行バ、ましてやそれより下つかたの居所の替ることハいふも夢なり、食事とても、いつも月夜に米の食とハ申せど、その食さへ上戸ハ酒にかへて食をいとふ、亭主気をはって切かけた膳部を、二夕目とも見向ず呑明しのみ暮らす、蕎麦に魂が入と小づけ食を賤しと笑ひ、其外菜めし茶食の物ずき種々様々にてかぞへるともうるさい事、衣類は猶更申に及ばず、時にうつり年にかわって古今のおなじからぬ事、目ざましき有さま皆御存じの通りなり、此三ツさへかくの通なれバ、世上万事のかわり行くこと早舟で岸を見るよふなり、中にどうしてもこふしてもつまる所のかわらぬものハ開の所作に留たり、世上末世へだてなく、わるいか〳〵といふ男もなく、いかぬ〳〵といふ女もなし、百番千ばんやりくって、茶うす横どりひざやぐら、つまる勝負ハ気をやるの一ツより外なれども、其かわらぬ所に智愚賢不肖、神道者、医しゃもお寺もをしなべて、きらいの無ぞふしぎなり、初る時のよふに仕廻ふ時ハさっぱりとするなら、なか〳〵下人に喰せる物でハ無いと書物に見へし通り、げん気にか丶ってやりかけるすがたと、一ばん仕廻たときの御有様、我ながらよっぽどうるさい様になり、中半過る頃までハ、下の女を喰ひ殺しも仕そふな身ぶりにはづみ切ってはたらけど、すでに気が行て仕廻ふと、そこらあたりがむちゃ〳〵と、今まで〆めつけた女もどふやら小うるさく、菜畠の〔に《ナシ》尽寝せし〕よふな香りもして来て、ぐっといやな気に成て、先一両日見合とおもふよふなも、又あくる夜ハ夕べの気ハさらりとのいて、くわだてるハ世間女夫のおさだまり、さて又ちよくらのあぶない事にいくら命を落すやら、千両やろ程にあした首をくれぬかと云ても成程といふ物好きな人もなし、其千両にもかへぬ命を何の手もなく捨るも開のあんばいから、月も雪もひん丸めて女にかへる物ハあらじ、年寄て其気がないとハ是もってまけ惜しみ、四十こしてからハ気の出るところハ猶つよし、床の所作もあらけなくなるゆへ、おんなの喜えつもま一倍、四十有余なつよ蔵に二十四五なさかんのおんなを出合て、やりくりのよふすを外から聞いて御覧あれ、物くるわしくすさまじくたまったもので有らバこそ、若い同士のやりくりより花々しさがかくべつなり、只々としにはぢると世間をおもふばかりで、抹香くさいことといふて居るよふなもの仕たい〳〵ハわかいになにかおとるべき、その気が失せると死ぬばかり、寒天をいきをついて見れバほっほ〳〵と煙りがたつ、夏の炎天にどれほどな大息しても、そとの陽気が一ぱいじゃからすこしも息ハ見へぬが、ずいぶんなつでも冬でも、息のあんばいはをなじこと、息がなくて生て居よふはずがなし、たゞ見へると見へぬのちがひばかり、姪念もそんなもので、おもてへ見へてからが息のあるうちゃむものでハ決して無いこと、音曲も名人の不おとこより、下手なむすめの方が一段と身にしみておもしろさがこたへる、そのむすめをひとつしたいともいじりたいともおもふでもないが、たゞやわらぐにおいて女にうへこすものあらんや、不男ばかりの酒もりと、富士のきら〳〵する日につりに出たとハ、どこやら油断のならぬ、すわといえばにげる覚悟をせねばならぬよふで落付ぬ物、たとへいかずでも、女一人まじると先づ気がはっさ《ママ》りとして、あぶなげが少ないよふなが大徳ならずや、公門に入る時、キクキウニョタリとまらへそりを打った学者も、うつくしいやつを抱きしめて、女ハ身をかゞめまりのよふに足手まるく胴中へからみついて、花の目もとを細め眉は八字をあらハし、あられぬ事をさへづる楽みに、いかでよだれを流さゞらん、鞠躬とハ身をかゞめすがたの丸く成たを言とや、しからば女のキクキウいかで愛せざらん、あまり勿体ない大口、犬のほへると聞ながして罪をゆるし候へや、其外言たてれバ留めどハさらにあらがねの、土に成る迄捨られぬたのしみ、実に愛すべし悦ぶべし、関雎ハ楽で滛せず、おへるに任せてつづけ所の阿漕をバ思案して、只夫々の分程をわきまへて、行末久しきたわむれの其中に、大家高家の上みより、賤が妻木の末々まで五つの品に分ちつゝ、あられぬたわけを集たる、則開書如件。

けれども、みな発禁になった。

〈17〉三大奇書

『逸著聞集』『藐姑射秘言《はこやのひめごと》』『阿奈遠加志』の三書を日本の三大奇書といい、これまでしばしば刊本化が試みられたけれども、みな発禁になった。

戦後の昭和二十四年風俗文献社から、斉藤昌三氏の現代語訳の「三大奇書」が刊行されたが、これでは物語の筋はわかっても、原本の擬古文体で書かれた名文の味はわからないし、資料的な用語や名称などの点も抹殺されているのが少なくないと思われる。その他の私家版的な類も幾種か刊行されたのがあるらしいが、完本の保証は疑わしい。この三書はいずれも、擬古文体で書かれた物語集で頗る優雅な名文が綴られ、俗人の戯書とは思われないものだけに、単なる艶本とはいい難い。

『逸著聞集』は『古今著聞集』『今昔物語』『宇治拾遺物語』などに洩れた異聞や逸話を集めたものなので、この書名となったといい、国立図書館の秘蔵本は三巻もので、一巻には二十二話、二巻には十九話、三巻には十七話、計五十八話の好色物語集である。

『藐姑射秘言』は、藐姑射の山姫から夢の中で授かったという秘文に基づいて書かれた、情事秘戯の物語で、前篇後篇とも各十話を収めている。

『阿奈遠加志』は、全文仮名書きの擬古文体で、流麗な雅文。巻の上には二十九話、巻の下には十三話、計四十二話が載り、好色物語集なのだが、その中にも秘事呼称の考証などの文を加えている。

以上の三書は写本でのみ伝えられて来たので、伝書によって多少文の異なる個所もあるらしく、作者も銘記されていないが、『阿奈遠加志』の木かくれの翁は国学者沢田名垂の作、『藐姑射秘言』は黒沢翁満の筆というのが定説。『逸著聞集』は山岡明阿祢といわれるが疑問があり、作者は不明である。

〈18〉『阿奈遠加志』

作者の沢田名垂は、会津藩の国学者で、名は茂祐、通称は新右ヱ門といい、五家園、木隠れの翁などと号した。京都で国学を修め、のち会津に帰って和学師範を勤めた。『新編会津風土記』の編著のほか多くの註解書を残し、博学の人であったことは、この『阿奈遠加志』の文にもよくうかがわれる。弘化二年（一八四五）七十四歳で没した。

本書は写本でのみ伝えられたのであったが、後年大正年間に名垂の玄孫である沢田五猫庵（猫かひのをのこ）氏が数種の流布本によって校訂を加え、完本として家蔵の稿をわずかに印刷し同志に頒ったというのがあり、今ここに本稿の参考として用いている書は、会津の某氏が印刷したものといわれる黄半紙で本文六十四頁、はしがき一丁、緒言半丁、目次一丁、仮名交り活字本であって、会津木かくれのおきな戯書、玄孫猫かひのをのこ校訂となっている一書である。また戦後にはB６判赤表紙活版刷の一書が出版されているのも見た。

〔内容〕

三三、なべてやむごとなき御かた〴〵のみあひの作法、むかひめにあらざるかぎりは、衣服ぬぎ、ふたのをとき、あかはだかになりて御ふすまのうちに、はひ入るならひにこそあれ。こは清からぬものをまとひながら、たふとき御はだへにふれ奉るを憚るにやあらん。けいしやう院殿、故大殿をうみ奉り給ひて後は、みぞながらこなたへとめしけれども、さてはおふけなしとて、下のみぞひとへばかりを御ゆるしかうぶらせ給ひて、おなじ御ふすまにはおほとのごもり結びしかど、猶二布をばまとひ給はず、御下のごひの紙などもみづからとりをさめ給ひて、つひに人手にわたし給はざりしをこそ、いみじきためしにはいふめれ。さるは打ちとけ給へらむ閨の中といへども、礼をそなへざることあたはざるは、ひじりの御掟にしあれど、大やう男女のあひあふ心ばへは、恥も人目もえしのびあへず、わがかほのならんさまをもわすれて、身をもだえ声をたてなど、すべてうつゝもなげに、とりみだしたらむこそ、このわざのほいにはかなふべきことわりなれ。さるは、さばかりたふとき御人にめされまゐらすとも、足手をたわめずまた、きもせず、をさなごのはふと（這子人形）をねせたらんやうにてうちあらんは、かへりては用意なきふるまひとこそみゆめれ。内のみあへなどによろこびを奏し給ふとて、やむごとなき人々の、舞踊といふことし給ふを見れば、手のまひ足のふむ所をわすれて、ことさらに威儀をとりみだし給ふも、またはた礼の一くさにあらずやとぞ、何がしの博士はいひける。

〈19〉『春情妓談 水揚帳』

〔内容〕

（1）吉原の女郎屋舞鶴屋の二階、新造の菊の井と茶道具屋の小七の出逢い。

（2）浅草の水茶屋の奥座敷で茶屋娘のお初と呉服屋の旦那かぶ松田屋徳兵衛との痴話。そこへ小七がやって来て、徳兵衛との商談、また茶汲女お福と喜之助のやりとり。

（3）待乳山うしろの川岸にある紙間屋治平の別宅、後添いの若い美人の女房お春との睦み、そこへ女中のお君が来て遠目鏡で眺めて、船中の年増女と若い男の情事を見つけ、お春と治平の娘付の女中お銭とで競ってのぞく。

（4）やがて喜之助がここへ訪ねて来てみると、主人の治平と若女房のお春とが最中の様子、下の座敷に寝ころんで待っているところへ、お銭が入って来てうまい話になったが、お銭は行ってしまった。

（5）そのあとで喜之助とお君のやりくり、それから喜之助と治平が外出する、間もなく訪ねて来たのが治平の妹お三、だがお春が見るとそれは先刻船の中の女、驚いたのはそればかりかお供の手代茂兵というのが、忘れもしないお春がまだ十三ぐらいの頃、踊りの稽古に通っていたとき初めて女にされた相手の水吉だった。

（6）その夜治平の家では小僧の寝所へお銭が忍んで来て口説くが、この長吉案外な巧者だったのは、以前から旦那の治平に可愛がられていたというわけ。

このような情事が次々と展開されていくのである。

〈20〉『むすぶの神』　中本色摺一冊

本書の柱に「みちびき」とあり、所見のものは表紙および終りの一丁欠。全十五丁と思われる。内容は縁結びの神の子分共がいたずら心を出して、さまざまな男女に働きかけ行房の秘戯をさせるという滑稽な艶本である。

月下氷人の親神夫婦が九年酒を飲んで心よい営みを済ませ眠ってしまったのを見た子分どもが、ほまち仕事に風変りの縁結びをして遊ばんといい合わせ、縁結びの赤縄、恋風を出す団扇などを持ち出していずこともなく立ち去った（以上三丁表まで）。

（三丁うらと四丁表）。若夫婦らしい両人の取組、男の腰に縄を結び、一人の神が臼をつく体をなし、他の神がフイゴをあおっている絵。それで腰をつかい鼻息があらくなる（詞書がある）。

（四丁うら五丁表）。途上に行きずりの男女が互いに顔を見合わせている図。下図はその取組み。下っ端の結ぶの神どもが、定まりたる夫婦のいろ事では面白くないと、往来へ出て通りがかりの娘、息子などの縁をむすび悪世話を始めた。

（五丁うら六丁表）。内儀と丁稚の図。物賢い女には酒の神を雇い、ようやくその気に誘った。

（六丁うら七丁表）。途上での鳥追女と武士の後ろどり。

（七丁うら八丁表）。茶臼の女の尻に石臼を置き神々がひいている図。その説明と詞書がある。

（八丁うら九丁表）。浮気男に女房がやきもちをやく情景。

（九丁うら十丁表）。表ですきみする仲間の一物に結ぶの神が摺り芋をぬっている図。

（十丁うら十一丁表）。他人の女房を口説く清景。

（十二丁うら十三丁表）。間男を見つけた図。

（十三丁うら十四丁表）。いくら腎薬をのませたって、おいらがそばから、土砂をふりかけているもの、どうして立つものかと神々の話する図。

（十四丁うら以下欠）。和尚が後取りの図。むすぶの神ども、悪さをしつくし、今度は寺の和尚に色ごとをとりもち遊ばんと、堅気の後家をとりもつ。

〈21〉『風流 袖の巻』 清長

鳥居清長の秘画巻「袖の巻」は江戸後期浮世絵秘画の名作として著名である。横長絵十二枚を巻物仕立にしてあるものだが、上下の狭い紙面に躍如とした人物の姿態が、紙面からはみ出して省略されている思い切った表現のもので、特殊な描法が用いられている。

昭和二十八年紫書房刊の『秘版清長』中に収録された「袖の巻」はその原版画から複製されたものだが、その後他書肆からも同様な清長秘画集が一、二種出たし、戦前にも木版複製ものの一種が出ている。

この画巻の題名および序文について吉田暎二氏が雑誌に紹介されたところによると、これには次のような序文があるという。

夫陰陽は混沌たる中より備り、天神七ツの代、伊弉諾冊の両尊天の浮橋の上にてみとのまくばいし、あなにくや、うまし美少女と曰、これ性慾の始也。ことかうして人間および禽獣虫魚に至るまで、交せずという事なし、やんごとなき雲の上人も、節会のしのび寝には百とせの命もきえなんとちぎり、猛き武士も色情に至りては心をとろかし、愛たき髪芙蓉の顔には、老たるも若きもこころときめき、互に想慕は此道の情ならむ。春野の雉子、秋の鹿声も、かたち異れども、つまこう思いはかわらまじ、実や色好ざらむ雄は玉の傷の底なき心地と、兼好のすさみも亦むべなるかな。彼の漢王は李夫人の容貌を壁に画つゝ、自画図に寄添いて心を慰め給うとかや。また古の越王は西施とかわすむつごとも、会稽山の袖袂ひるがへしたる錦画に、淫姿をあらわして気欝の胸もうち解て、開く思や窓の梅色香を袖の巻となし、好人の心をなぐさむるものならし。

①若衆と芸者（色道十二番ノ五　大錦横）

②遊客と新造（色道十二番ノ二　大錦横）

図 27-1　色道十二番（清長画）

③遊女と初会の客（色道十二番ノ十二　大錦横）

④年増芸妓と遊客（色道十二番ノ九　大錦横）

図 27-2　色道十二番（清長画）

そしてこの巻の題名を「梅色香袖の巻」と呼ばれたものだろうとされている。しかし従来一般にはただ清長の「袖の巻」とか、風流袖の巻と呼称されてきた。袖の巻というのはこの絵巻が普通よりも小さくて袖の中に入れても持ち歩ける故の名なのである。この種の大錦類の名作品は天明、寛政期に多く現われている。歌麿の『ねがひの糸口』、春潮の『男女交合の糸』、清長の『色道十二番』、歌麿の『歌まくら』、春章の『会本色好乃人弐』(以上天明)。北斉の『つゐのひながた』(文政)などがある。

〈22〉『真情春雨衣』

〔内容〕

(1) ここは伊豆熱海の温泉場、二十一軒の旅籠屋の中でも有名な富士屋の一室で、鎌倉の鍵屋錠右衛門の次男玉次郎と出入職人の権太郎が供をして泊っていた。その部屋へ障子をガラリと明けて飛び込んで来た十八九のとても素晴らしい美人の娘一人、部屋を間違えたのである。あわてて詫びて出て行ったあと、うわさ話の末に二人は風呂へ入りに座敷を出た。

(2) 鎌倉木場の分限、多良福屋金右衛門が番頭や供の者を相手に飲んでいる座敷へ、姪のお染と腰元のお杉が駈け込んで来た。ソレ姉さんよりわたしが先きになったと、風呂上りの競争でもしたらしい。そこへ続いて駈け込んだのが先刻の娘のお春だった。部屋を間違えた話から、そこにいた男二人の噂話がはずんだ。

(3) 玉次郎と権太郎の部屋へ訪れた年増の小ぎれいな女は、隣室の金右衛門の使いのお杉で一手碁の相手をさしてくれとの依頼だった。二人はさっそく遊びに出掛けたが、その夜のこと、権太郎が便所へ行く廓下で出合ったのがお杉。これから一と風呂浴びに行くところだというので、権太郎も一緒に行くことにした。一つしか持たない手拭を権太郎に貸してしまい。権太郎が湯上がりにお杉の肌を拭いてやり、恥しがるお杉と肌を寄せ合った。

（4）翌日はお春とお杉とが玉次郎の部屋へ遊びに来たが、お杉は一と風呂浴びて来るからと、お春を残して権太郎に目で合図、二人して風呂へ行く、そのあと玉次郎とお春が手を触れ合って恥かしく戯れ合う。

（5）翌日玉次郎は家から父親の急死の知らせを受けて帰ってしまった。それからしばらくして玉次郎の許へ多良福屋から養子の話が持ち込まれた。その夜玉次郎は仏の名号を川へ流そうと久し振りに家を立ち出で花水橋まで来ると今しも身投げしようとする女を助け顔を見ると、それがお春だった。それから二人は乳母の家へ立ち寄り、身投げのわけを聞くと、お春は玉次郎を忘れかねていたが近頃婿養子の縁談が持ち上がり、やがて婿をもらわねばならなくなったとて、相手も知らず娘心の一筋にといったわけ、それを今夜思いがけない所で玉次郎との再会、話はともかく乳母が帰らぬうちにと、たえ切れない二人だった。折りから自分を呼ぶ声に気がついて辺りを見廻すと、それは乳母の家ではなく、わが部屋での夢だった。

（6）多良福屋はお春に婿をとらせねばと話をするがお春は嫌じゃとばかり、それでは話かけになってる婿は姪のお染の方へと話がきまってしまった。玉次郎とお染とは熱海以後思い合っている間柄、だがお春はまさか婿の話が玉次郎とは知らなかったので、今となってはとんだ失敗だった。

こうして話はまだまだ、さまざまに変化して続き、結局最後には玉次郎、お春、お染の三人が情事につながることに発展する物語となるのである。

〈23〉『女護島延喜入船』

内容は神田八丁堀の富裕な商家の若隠居で俳名を五琢というのが、出入りの幇間医者思庵をつれて沖釣りを思い立ち、若盛りの船頭八公に船を漕がせて沖へ出た。それから用意の酒も飲みつくし、酔がまわっていつしか三人とも眠ってしまったところ、俄かの大暴風が来た。そして舟は木の葉のように奔弄され、梶は流され一と晩中、生死のさかいを彷徨して、翌日流れついたのが、どことも知れぬ離れ小島、これがなんと女護島だった。

女ばかりの島とて男珍らしさに、見つかって案内された女の家で三人ともまず女の相手を求められ、翌日は島の掟で宮殿へ差送られて、それからというもの毎日のように昼夜の別なく官位の上下に従って女官たちの相手にならねばならなかった。話はそこで順次さまざまな女官との行房場面が展開されるが、ついには男三人いずれも腎虚の体でようやく解放され、ホットしたところで眼がさめたとの夢物語で結んでいる。男の願望が女護ケ島という逆の世界での有様を描いているのである。話の筋にも無理がなく、多くの場面を扱っている面白い物語。

〈24〉『生（正）写相生源氏』　大本三冊色摺　女好庵作国貞画

序一丁半、絵全部で二三葉、本文読み三十三丁、箱入豪華本。昭和三十九年十月号の『あまとりあ』誌上に紹介ある、その全文は『生活文化』誌に載っている。

国貞画の源氏物のうちでも最も有名な豪華絢爛んな作りで、そのため本書は福井藩主松平春獄公のお手摺本といわれ、国貞に命じてとくに画かせたものだと伝えられている極彩色の逸品である。

〔序〕往昔の源氏は五十四帖、今この源氏は十余帖、三本ならで猿の毛は足らぬ趣向もつれづれを、慰むばかりのあだものがたり。婀娜なあねさん小意気な年増、いづれも劣らぬ情の海の、深き縁をうつし画に、描けばこれも世態へ生写（しょううつし）とやいうべからむ。五条あたりの夕顔の、宿は浅香が住居にとりなし、明石のかたの婚礼は、葵の上の趣を擬し、その継母なる隅田の前は、ひそかに藤壺の更衣を模す、女三の宮の飼猫はねうねうと啼て妻をこい、いぬきが雀にあらねども、籠の鳥なる娼妓浜荻、いまだ口さえ聞かねば、にげたる噂も聞きおよばず、これらは後の話柄として、まず序びらきをなすにこそ。

〈25〉『於津もり盃』　半紙本三冊色摺　豊国・国虎画

この書の序文には本屋のことがあり、本文の内容は二形物語で珍しい艶本である。

〔上巻〕見返しより一丁表に序、以下七丁表まで六図、七丁うら孕み女の図で計八図。読み四丁「さてもはづんだ若後家の忍ぶ恋、まりなら取入高久が出世のはじめ」。

〔中巻〕扉は社に祈る図。一丁うらより七丁表まで六図、七丁うら女三人廊下を行く図で計八図。二形女の珍しい図とその取組図である。読み四丁（つづき）。扇稲荷へ祈願の図、産児取上げ図、姫と腰元三人居る座敷の普通の図、腰元（屋敷女中）の二形男が姫に向かっている図、二階にて文見る女を訪ねて男が上がってくる図、二形女と男との出会、二形女と男との取組みにて二形の現われている珍しい図、廊下にて女三人が覗きの図。

〔下巻〕扉絵、枝折戸に男の立っている図。座敷で尼と語らう男の図。尼との探春図。稲むらの路上にて取組図。井戸端と納屋の図。等七図。六丁うらに毛生へ薬屋の図あり、読み前のつづきで四丁（終り）。

〔序〕つらつら本やのありさまを思ふに、ならべ本屋は見徳売と場所を争い、せどりはお噺売りと共に足を空になして走る。かかる欲心深き浮世なれば、和印を見ては三冊の三と判じ、不器用亦平の画を見ては五ツ目の五の大目とこころづくは、皆欲と色との苦の世界にして、ア、一番しめたいというは富か女か、ソレ人の心はさまざまなるべしと爾云。

京ばしの好亭述

〈26〉『風流 色貝合』　西川祐信画作

この書は刊年や異本の点に疑問があり目録には、
風流色貝合　墨摺横本一冊　祐信画　宝永八年
といわれるが、別に絵入りの二冊本あり、
風流色貝合　絵入本二冊　祐信画作　明和八年

明和八年辛卯正月吉日、京寺町杉原上ル菱屋治兵衛板

とあり、またさらに読みだけで絵のない、

風流色貝合　墨摺横本一冊　祐信画作　京板

などと記されたのがある。読みは同じ十話が収められていて、巻末には「源氏御貝合」終りと記されているので、あるいはこれが元の書名であったかもしれない。

類名の書では別に吉田半兵衛画の『好色色貝合』（貞享四年）がある、艶本『風流色貝合』はその序文中に「宝」の文字および八の文字が見えるとこから、この刊年は宝永八年の京板とされるに至ったものと思われる。そして明和八年版が再摺ものというわけだろうが、それにしても宝永は七年で八年（一七一一）の四月に改元されて正徳元年となった。だからこの正月に板行されたとすれば宝永八年とあっても不思議はないのだが、恰もこの年は辛卯に当たり、明和八年（一七七一）も辛卯の年である。西川祐信は京都の浮世絵師で西川流の祖、『百人女﨟品定』や『好色双乃忍』（正徳四年）等の作品があり、宝暦元年に八十一歳で没したと伝えられ、正徳・延享期に多くの絵本を画いて活躍した。

だから明和八年といえば祐信の死後であり、とにかくこの書の刊年には疑問が多い。しかし内容は優雅な古文体で書かれていて、艶本にありがちな文章のしつこさや悪どさがなく、名文である。また物語の筋も十話とも妙味のある名作である。

〈27〉『医心方』　巻第廿八房内

五徴第七

玉房秘決に云ふ。黄帝曰く、何を以て女の快を知るや。素女曰く、五徴、五欲あり、又十動あり、以て其の変を観て、其の故を知る。

夫れ五徴の候は、一に曰ふ、面赤くば、徐々に之れに合はす。二に曰ふ、乳堅く鼻に汗すれば、則ち徐々に之に内る。三に曰ふ。嗌乾き唾を咽めば、則ち徐々に之れを揺かす。四に曰ふ、陰滑なれば、則ち徐々に之れを深くす。五に曰ふ、尻に液伝ふれば。徐々に之れを引く。

五欲第八

素女曰く、五欲は、以て其の応を知る。一に曰ふ、意、之れを得んと欲せば、息を屏め気を屏む。二に曰ふ、陰、之れを得んと欲せば、則ち鼻口両に張る。三に曰ふ、精煩はんと欲れば、振掉して男を抱く。四に曰ふ、心満たんと欲れば、則ち汗流れ衣裳を湿す。五に曰ふ、其の快、甚しからんと欲れば、身は直に、目は眠る。

十動第九

素女曰く、十動の効は、一に曰ふ、両手もて人を抱くは、身の相に薄き、陰の相に当るを欲するなり。二に曰ふ、其の両眦を伸云すは、其の上方を切磨らんとするなり。三に曰ふ、腹を張るは、其の洩さんと欲るなり。四に曰ふ、尻の動くは、快善きなり。五に曰ふ、両脚を挙げて人に拘むは、其の深きを欲するなり。六に曰ふ、其の両股を交ふるは、内痒く淫々たるなり。七に曰ふ、側に揺るは、深く左右を切するを欲するなり。八に曰ふ、身を挙げて人に迫るは、淫楽の甚だしきなり。九に曰ふ、身縦に布すは、支身快なるなり。十に曰ふ、陰液の滑なるは、精已に洩しなり。其の効を見て、以て女の快を知る。

〈28〉『色道禁秘抄』　西村定雅

この書はわが国の色道秘伝書の一書として有名なもので、漢文調の問答形式になっているが他の中国房経の和訳ものと違って、わが国に従来称せられて来た諸相を項目に掲げて解かれている。半紙本二冊、丁数は六十三丁、六十四項目に分けたものである。はじめ天保五年（一八三四）甲子の正月に、大極堂有長の文として刊行されたが、さらに嘉永二年（一八四九）には兎鹿斉著、大極堂刊として出た。

（1）色客婬念を断つ問答に至る。（2）婬事は七情の外なる事。（3）婬念は腎の臓に限らざる事。（4）婬乱と婬乱ならざる女の弁。相を以て察知するの弁。（5）接して妙境に入るは何の臓より然らしむるやの問答。（6）生涯妙境に入らざる女の弁。（7）妙境遅速ある女の事。（8）妙境に到らずして懐孕するの弁。（9）少女交りあるや否やを御せずして知る法。（10）十歳を過ぎて妙境を知らざるを妙境へ導く論。（11）広狭上下門木茄子陰冷巾着饅頭前垂長挺孔等の弁。（12）無穴不毛を論ず。（13）蛸陰巾着陰の事。（14）小陰戸衆と異る事。（15）奇陰妙術ある女を知る法。（16）女を撰むは眼中に有る事。（17）肌の肥痩背の長短何れが可かを撰ぶ事。（18）娼婦孕まざる者多きの弁。（19）相接の時陰中鳴るの弁。（20）女撰に妓娼妻妾娘婢嬬尼のうち何れを佳とするの問答。（21）陰門の広狭を外見より知るの論。（22）陰中広きに痛しと云う女の弁。（23）仰伏坐立側臥背後の好みある事。（24）叩睾を喜ぶの説。（25）七浅九深の説、九深三浅の論の事。（26）妙接は妓娼中に多き事。（27）経候中妊孕の子癩病を患うという事。（28）悪陰などを鑑定する法。（29）陰中臭気ある説。（30）大陰大茎を好むの説。（31）強淫乱の女の説。（32）庚申の夜の禁忌説。（33）旱天月徳に向って御せば孕むとの説。（34）四十歳にて閉陰するも老女にして淫乱なる者ある事。（35）媿声を発する説。（36）据膳の喰徳、金をとる女等虚実を知る法。（37）津液を用い、また湿いを待つべきや否やの弁。（38）遠路してねれるいう説。（39）上淫下淫は如何の説。（40）初寝に口中津液尽き音声出兼るの説。（41）女悦薬多き事。（42）淫具は用うべからざる事。（43）蘭人愛思挺の事。（44）守宮霜愛情を引との説。（45）和漢男色の事。（46）高野六十那智八十の弁。（47）一夢接二手銃三肛門四陰戸の説。（48）手銃心得の事。（49）多淫の人御に臨んで茎痿するの弁。（50）一黒二赤三白四紫の論。（51）包茎尊しという事。（52）陰陽火になるの論。（53）中絶は病となる論。（54）津液を用いて吉し悪し御数多少ある論。（55）春三夏六秋一無冬の弁。（56）交の虚実に従い用捨すべき事。（57）熱気ある時の交の事。（58）二形の者また変生男子の説。（59）丙午の女は夫に祟るとの変。（60）大極堂先生地震の詩秀一之事。（61）小児の面両親に似るの説。（62）張形と実茎との差別の事。（63）説後の悦びの事。（64）保精秘伝を説き畢る。

以上の内容でその説くところも明解である。一般にいわれている性的事項をよく収めていて珍しい書である。昭和二十九年十一月刊、和綴本一一八頁の『色道禁秘抄』とて高橋鉄氏編註の一書があるが、伏字がある。

〈29〉『婚礼秘事袋』　三冊

この書は婚礼の終始にわたって閨の心得を事細かに記した、いわば色道指南書であり、その間の心境の変化にまで及んで注意を述べている点は、他にあまり類を見ない性教育の書ともいえるものである。艶本の常形である催情を誘発させようとする物語的な筋はないが、終始閨房のことを順次述べている。

所見の一書はこの一部の端本と思われるが、墨摺横小本の一冊で、絵は大略半丁に一図、珍しい図も多少含まれている。他の文献により、この書の目次は次のようであることが知れた。

○結納の次第同歌づくし、○嫁入しつけ方の事、○色道双紙類用意の事、○聟の一物寸法を聞合す事、○陰茎ふくろの事、○拭紙用意の事、○こし入打合せ餅の事、同行いようの事、○婚礼盃仕ようの事、○くちとりの事、○しやくにんくわへ役の事、○へきわたしの事並にてがけの事、○聟引手の事、○床とりようの事、○床盃の事、○嫁閨中寝ようの事、○稼閨中心得の事、○同陰茎取なやみの事、○同初交合心得の事、○聟新枕心得の事、○開添女心得の事、○嫁新開の事、○二日目交合の事、○三日目交合の事、○四日目交合の事、○婚礼翌日風呂立る事、○かいぞへつび代りの事、○嫁さとへ行ての事、○料理こん立の事、○ぶ礼こうの事、○小角の事、○稼の膳高もり食の事、○里方翌日提重を送る事、○知音の方より饅頭を送る事、○部屋見舞の客へ馳走の事、○開添翌日里へ文を送る事、○双方しうと膝のばしの事、○嫁けい中手道具類の事、○聟同じく用意品々の事、○棚飾りようの事、寝間飾りようの事、○婚礼忌言葉の事、○同用い言葉の事、○島台高砂の事、○押台ほうらいの事、○交合忌みる日場所の事、○色道用食の事、○同禁食の事。

となっている。図は二十八図とある。

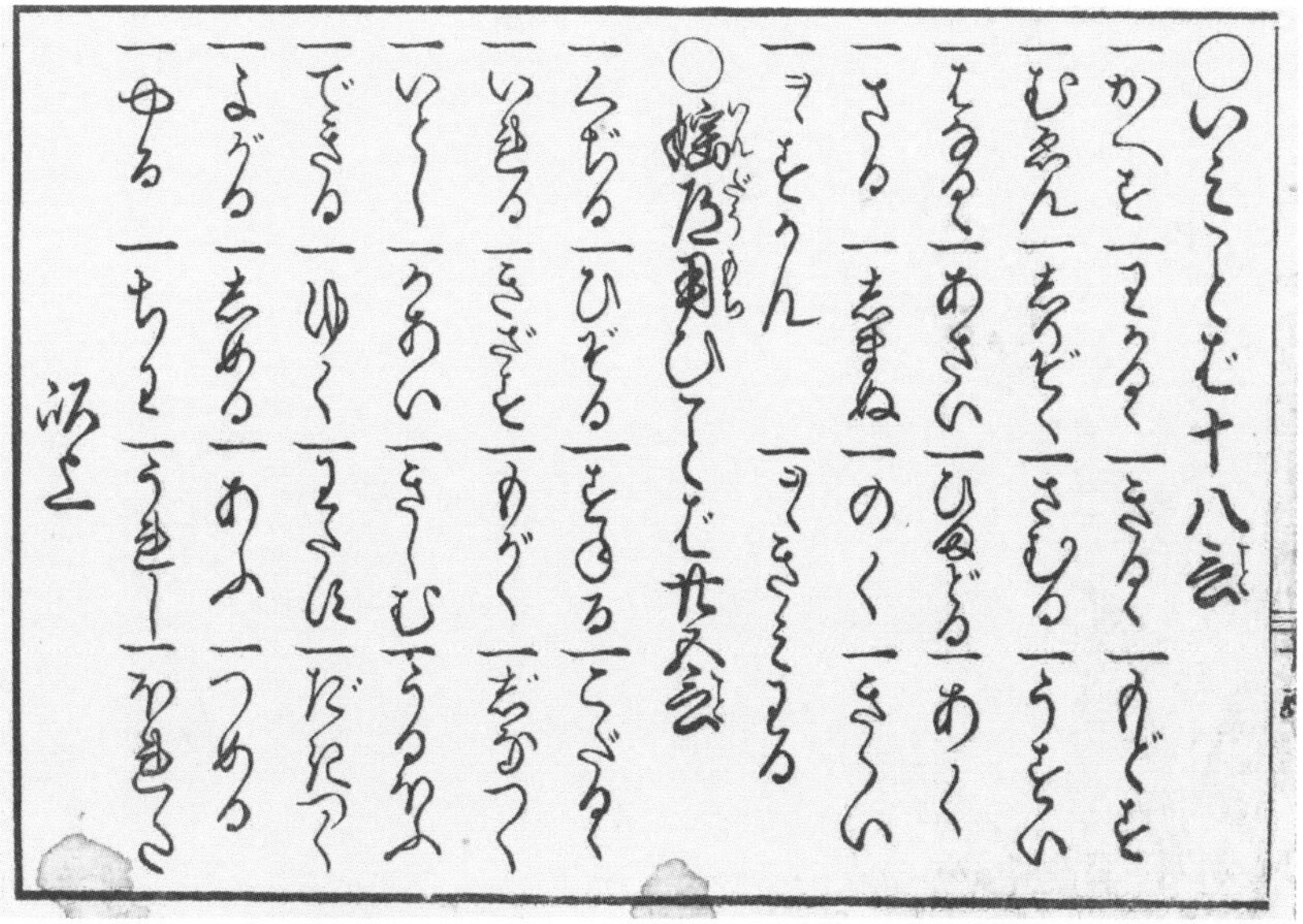

図 28　婚礼秘事袋（画像提供：国際日本文化研究センター）

色道書用意の事には、婚礼秘事袋全部三冊、女大楽宝開大本一冊、艶道日夜女宝記横本一冊などの記載があり、江戸時代には嫁入の際こうした秘戯書を持たせてやったことは、『進物便覧』にも記されている。

〝陰茎ぶくろの事。繻子かりんずの布で寸法に合せた筒型の袋を作り、紐をつけ中に張形を入れて婚礼の日に聟に渡し、あとでは聟のものが風邪を引かぬよう着せ用いる〟とある。

御事紙にはのべ紙、小杉原、小半紙の三通りを用意して、この順序で用いるといっている。

開（介）添女というのは、嫁に付添って行き新枕の夜は次の間に臥して、〝嫁一義つとまりがたく見えたとき、嫁の後よりねまへいりて代りをする〟女だという。かかる風俗も行なわれていたものか。

〈30〉『笑府閨風篇』（笑話のタネ本）

○

（1）陽明先生が楼上で書見しているとき、楼下で陽物のことを議論し合っている声が聞えた。ある者は骨だといい、ある者は筋だといい、またある者はこれは気の昇降するものだといった。そこで先生は大声に呼ばわって主気の説まことによろしといった。

〔注〕学問上、理と気との説があってさまざまの議論があるからだった。とはいえこれも笑話で、わが国ではこの話が、女共が集まって男のものは、いったいあれはなんだと思うかとの噂話となり、そんならと賭けをして試すこととなった。最初の女が握ってみてソレ自分のいったとおりこれはやはり肉だといえば、次の女がまた代って握ってみて何んのこれがただの肉なものか、このとおり確かに筋に違いないという。そこでまた三人目の女が捻ってみて、こんな肉や筋があるものか、やはり私のいったとおりに堅くて骨だといった話になっている。これに対して女のものの話には、丸だ三角だ四角だったとの話もある。

（2）董永《とうえい》という者が親孝行だからとて、上帝から一仙女に命じて降嫁させることになった。そこで多くの他の仙女たちが送別の宴を開いたが、そのとき皆は彼女に頼んで、もし下界に行って他に孝行者があったら自分にもさっそく知らせてください。

（3）初めて嫁に行くという娘が笑いて、嫂にいったい婚礼など誰がいい始めたことかとたずねるので、嫂はそれは周公（古代法制の周礼の制定者）だというと、娘は大いに周公を罵った。だがその後里帰りして娘が再び帰って来たとき、また嫂に尋ねて周公は何処にお出でか（千年以上も昔の聖人だったが）というので、なぜそれを聞くのかというと、女は鞋一足を作って御礼に差し上げたいのです。

（4）婚姻するのに、男の家の方が貧しかったので破談（離婚）になるのを恐れて、ある日男を率いて女を連れ出しに来た。けれども間違ってその妹の方を背負って逃げたので、女の家の者が追って来て、それは違うと呼びもどそうとした。すると妹は背上で、そんなこと聴かなくともよい、違わないワよ、違わないワよ、早く走ってください。

（5）遠くへ嫁入ったものがあり帰寧《さとがえり》して来た。母親が郷土の風習にいろいろ異なったものがあろうとたずねた。すると嫁はただ枕の用い方が違っています。この地では頭の下だのに、彼の地では腰の下に用いますといった。

〔注〕この話はそのままでわが国の小咄にもなっている。その他に似たような話では蛸だといわれたのが三代続いたというのがある。

（6）娘がたまたま父親の陽貨を見て、あれは何かと母親に聞いた。母親は返事に困って、あれは肚腸（脱腸の意か）だと答えた。後に嫁入った娘が帰ったとき、母親は婿の家の貧乏暮しなのを案じて語ると、女は貧乏は此上ない貧しさなのだが、肚腸のよいのに出会ってまことに好い塩梅だといった。

〔注〕この種の話はわが国にもさまざまな形となって行なわれている。

（7）女が初めて嫁入するのを哀しみなげいていた。そして籠屋が駕籠かきの息杖がないと探しているのを聞いて、女は母親に駕籠の棒は門の中に有ります。

〔注〕娘は一旦は行くのをかなしんで杖をかくしたが、やはり嫁に行きたくなって告げてしまった話となるか。

(8) 新嫁が嫁入の途中で余りかなし気に泣くので、轎夫（かごかき）が、小娘子（よめご）さん、それでは駕を返しましょうかというと、女はイイエもう決して哭きませんからといった。

(9) 新婚の夫婦があった。嫁の年がゆかないので姑が案じて、夜中そっと様子をぬすみ聞きすると、嫁が痛い痛いというのが聞えた。そこで翌日姑婆は新婦に、痛い臀をさすろうかと尋ねた。

〔注〕色気の失せた老婆は腰が痛むのかと我が身に思いくらべていったのである。この話が一書には「腹の皮を破る」話になっているのがあり、わが国の民話ではこれが馬鹿婿の話になって、夫婦の交りを知らず腹の皮を突き破ったと思って逃げ出した話になっている。

(10) 新婦が初夜にすでに放進したのに、不好というので、婿はそれなら脱去しようかといえば、新婦はまた不好という。婿がそれではどうすればよいのかというと、わたしはただ拿進拿出してもらいたいといった。

〔注〕わが国ではこれと同じような言葉の都々逸があり、質屋のような夫婦仲に譬えている。小咄では貞節の後家の許に忍んだ男が、この畜生奴めと怒鳴られて驚き逃げだそうとすると、また逃げるとなお畜生だといった話がある。

(11) ある龍陽（やろう）が新婚の夜、さっそく床に入り婦の臀に取りついた。そこで婦が差了《ちがう》というと、夫は我はこれまでこう覚えてきた、どうして違うものか。婦はまた我が小さい時から学んで来たのはそうじゃなかった。

〔注〕これは次の第十三話と共に習性の笑い話である。

(12) ある龍陽が結婚後数日して外宿した。妻が母の家に走り帰って訴え、いっしょになるんじゃなかったというので、母が驚いてその故を聞くと、わたしはまことにこれ好人家の女であるのに、彼は他へ行って烏亀をなさんとした。

〔注〕烏亀《うき》。妻を放って他の男と淫せしむるとき、その夫を「烏亀」という。亀は自ら交る能はず牝を放って蛇と交らしむとの俗信から来た名である。一名これを「忘八《わんぱ》」という。すなわち孝悌忠信礼儀廉恥の八を忘れた行為だというのである。わが国の廓で楼主を忘八というのも、これにちなんだ呼称だった。

(13) ある龍陽が新婚の夜、臀をその妻におしすすめた。妻はこれを探ってみて「アラあなたには何もないのね」というと龍陽が振り返ってまた妻を探り「何んだお前にもないじゃないか」。

〔注〕傑作である。凹凸そのところを異にすれば亦妙。然し習性のあなどり難いことを示している。

(14) 道学先生が房を行なわんとして褻衣《したぎ》を脱していった。自分は色を好んでかくするのではない先祖のために血すじを永らえようためであると。そこでまた一進を終ると、吾は色を好むためにかくするのではない、朝廷のため戸口を増さんが為であると。また一進してから、われは色を好んでするのではない、天地のため化育(天地自然が万物を生じ育てること)を広めるのであると。また一進した。そこである人が四撃目には何んというだろうと聞かれて有識人が、このような道学先生はただ三撃で完了するようにするのであろう。といった。

〔注〕道学先生だから何か自分の行為にも理屈をつけたがる話なのである。わが国の笑話には、これとは反対に貞節堅固な後家を思いのままにしようと賭けをした若い者が、まじないだからとて頼みこみ、百遍撫でることとし十遍に一度の数とりの話がある。

(15) ある儒家の女が新婚して交歓のさい、陰道の方が先になった。そこで女は急に衣服を着し容を整えて床に跪き万福といった。夫がどうしたのかとたずねると、女は僭越ながら先になりましたと答えた。

〔注〕易経には陰陽の道で陰が先たつは不吉だとの説があるからである。夫唱婦随の理。

(16) 客があって食事を共にしていたとき、糸瓜は陽物をしなびさせ韮は壮んにするとの話に及んだ。そのうち主人が酒の代りを求めて妻を呼んだが返事がないので、子どもにたずねると「母さまは畑へ行った、そして糸を抜いて韮に植え代るといっていた」との答えだった。

(17) ある人が酔って房を行なうことを好んだ。これを戒める者があって、大酔して事を行なうと五臓がひっくり返るからよろしくないというと彼の男は「その心配はいらない、私はいつも二度ずつ蒸し返すから」。

〔注〕再転して元になろうというわけである。別の下半分の話に似ている。

(18) ある夫婦が事を始めようとして、児を先に臥さした。興たけなわとなり床が震動し、婦がしきりに死にそうだと叫んだ。その声に目をさました児が「両人とも死にもしないのに却って私をゆり倒した。これこそほんとうの半死半生だろう」といった。

(19) 夫婦が昼事を始めようとしたが、側に児がいるので、隣りの家へ遊びに行って来いと出してやったが、直ぐに帰って来た。そこで母親は「おまえせっかく遊びに行ったのに、もう帰って来たの」というと、児は「隣りでも同じようなことをしているのだもの」といった。

(20) 夫婦がいっしょに寝た。そこで夫がいいよると妻は「駄目よ、明日あなたは廟へ詣るのでしょう。だから精進潔斉しなければいけない」といった。やがて夫が眠ってしまうと、妻は後悔しだした。その時窓の外に雨の降り出した音が聞えたので、妻は急に夫をゆり起こして「あなた幸運ができました」。

(21) 婦の気が強くて、夫の求むるとおりにならなかった。そこで夫は一策を案じ帯でわが茎を後ろに繋ぎ隠して婦にいった。「急用があってお前に相談するひまもなかったが、実は一物を質に置いて銀一両借りた」といえば、妻は探ぐってみてから夫に銀二両を渡し「ではさっそく行って受け出しておいで」という。夫はそれにしては金が多過ぎると不審がると、妻は「質屋にはきっとほかにも質流れになったのがあるかもしれない、そしたら、もっと大きいのを掛け替えにしてもよいから、も一つ買っておいで」。

〔注〕この話はわが国の小咄にも伝えられている。川柳ではこの掛け替えができたらよいことだろうとの考えを、張形のことに托して詠んでいる句がある。

(22) 陽萎を病む者があった。そこで神前に酒を供えて祈祷者が、願くば卵《もの》が鎗のようになりますようにといった。

病人がそれ程にも望めないがというと、陰で聞いていた妻が「せっかく大枚百銭もおさい銭を使ったのだから、きっとそうなるだろう」。

(23)どうしたら子が生まれるように出来るだろうと聞くと、冗談者が「それは陰子二つを共に戸中に納めれば胎まぬことはない」といった。そこで男はいわれたとおりにしようとしたが、左を納めれば右が出で、右を納めれば左が出てしまい、「さてさて種子が要ることじゃわい、いっそ、やめにしよう」。

(24)ある男が妻に靴を造れといいつけたが、小さくて履けなかったから怒って、「お前は小さくてよいものを小さくしないで、靴ばかり小さくする」といえば、妻も負けていないで「大きくてよいものが一向大きくなくて、足ばかり大きい」といった。

〔注〕この話はわが国では鞋の話になっている。

(25)妾をもっている男と妻とが雲雨の時に、妻は「あなたは体こそここにあるが、心はきっと妾の所にあるのでしょう」というと、夫は「それなら体だけあちらへ行って、心はここに在るようにしてはどうかな」といった。

(26)ある男が妾として処女を手に入れたいというと、それなら初夜にだまって卵を見せなさい、もしそれを知らないようなら真の処女に違いないと教えたので、その通りにして握らせ妾に問うと、それは柳斉だと答えたから、ついにその女を逐ってしまった。再び一女を得てためしたが、これもやはり知っていた。そこでこれも逐って最後に、一人の年少者を得て試問したら、「妾は知らない」といったので、男はこれこそと思い、大いに喜び、これは卵だと説明したところ、少女は「ホン二今までにこんな小さい一卵は見たことがない」。

〔注〕わが国では、若い者が集まって「何んぼ何んでも、女のへへをなめたものはあるまい」というと、一人が「何んであんな塩っぱいものをなめる奴があるものか」。

(27)あるところに、姑媳《よめ》ともにやもめ暮しでいるのがあった。姑は常に媳に、やもめになってはしかたがない。歯を食いしばって我慢せねばならぬといっていた。ほどなく姑が外の男と私通したので、媳がいつもいっている言葉に違うと責めると、姑は自分の口を見せて「喰いしばる歯がない」。
(28)ある娘が私通したのを父母が知って責めると、娘はあの男が天刹的な力で妾を自由にしたのであって決して妾の本意からではなかったという。父母が「それなら何故大声で叫ばなかったのか」と聞くと、娘はまた「ハイそれでも想像してください、あのとき妾の舌は男に吸われていましたもの」。
(29)ある婦が出産の苦労に堪えられないとて、夫に「以後は決して身を近づけることは許しません、一生涯子がなくとも二度とあんな営生《いとなみ》は致しませんぞ」といった。それから一女が生れて名付けの相談をしたとき、妻は「招弟《おとみ》」と呼ぶことにしましょう。
(30)ある男が船べりに手を出していたので、すれ違いの船に一指をはさまれて怪我をした。家に帰ってその話を妻にすると、妻は驚いていった「これからもあること、船べりでは決して小便をしないように」。
〔注〕わが国では赤貝に指をはさまれて外科に診てもらうと「指でまだ幸いだった」との話がある。
(31)妻と妾とがいい争いをした。夫は妾の方を愛していたがわざと叱りつけて、お前なんか殺してしまうというので、妾は房《へや》へ逃げ走ったのを、夫は刀をとって追いかけた。妻が心配になって夫の跡をつけそっと房をのぞいてみると、中では雲雨の最中、妻は怒って「そのような殺し方なら、順序よく私を先に殺してくだされ」。
(32)老翁で、もとから古道具を商売にしていた者があった。しばしばその媳をこっそりと盗みのぞくので、娘がその事を老婆に訴えた。そこである夜、嫗《ばあ》さんが娘に代ってその寝所に臥していると、翁が忍んで来て探った。嫗さんはそこで夾緊（きっとはさんで）ごまかしたから、翁は媳とばかり思い違いして、これはまことに結構、とても婆さんの比ではないと大の満悦だった。婆さんが罵って、「この性悪爺め、旧東西《ふるどうぐ》の目ききもできないで、それで古道具屋もないものだ」。
〔注〕旧東西は古ものの義。話はいわゆる芋田楽の話だが、商売を古道具屋とした辺りなかなかの傑作である。
以上、紙数の都合で（33）以下（40）までを略したが、一書には『笑府閨風篇』の笑話はすべて四十七話という者

もある。それによると、ほかに次の七話がある。
①この尻め、といった放屁の話。
②軟卵硬卵の話。
③半分だけといった約束、実は下半の話。
④医先生のいう通りにする法。
⑤放屁のいい訳をしたらまた凝い深い話。
⑥おと嫁とならの話。
⑦塗薬で突っ切る話。

〈31〉『盛岡猥談集』

〔木の子塀の子〕
あるお邸のお姫様が女中を従えてお庭を散歩していると、かねて姫に懸想していた隣家の若者がこれを覗き見て、何とかわが思いを知らせようと、塀の節穴からわが陽物を突き出した。これを見付けた姫が女中に「あれは何じゃ」とたずねた。女中は返事に困ったが、「竹の根元に出ますのが竹の子、木の根に出ますが木の子と申しますれば、あれはたぶん塀の子（へのこ）と申しましょう」。

〔下郎の顔〕
津軽では権助の顔といっている。侍が百姓になって最早大分年月を経た。あるとき妻女に「そなたと連れ添って長いことになるが、まだ一度もそなたのものを見たことがないといえば、妻女は「とんだむさいもの故恥かしければ、夕方足洗いの折りに盥に映ったところをごらんなされ」という。それを物蔭で立ち聞きした下男の権助が、ハテ長年仕えているが、新造さまのものを見たことは一度もない。これは見ものと、夕刻近くひそかに納屋の梁にのぼって待っていた。
やがて足洗いのときが来て、夫君はいわれたとおりに盥の水面を眺めて「サテモそなたのものは権助の顔によく似ている」。

〔牛になる話〕

お嬢様が近頃とんと沈みがちになって、自分の部屋に引きこもることが多い。乳母が案じて様子を尋ねてみると、娘は「俗に〃食べて寝てばかりいると牛になる〃というけれども、これまでわたしは勝手ばかりいい、食べてはろくに働きもせずにいたので、とうとう牛になりかけたのか妙なところに毛が生えてきた」。

〔屁つかみ屋〕

町を屁つかみ屋〱と呼ばわって通る男があった。夫婦者がこれを聞きつけ男を呼び入れた。「なんで屁などつかめるものか」といえば、男そんならもしつかめたら二百文くれ、代りにつかめなかったら倍の四百文出すという。そこで亭主が尻をまくって一つたれた。つかみ屋は亭主の一物をつかみ「屁はつかみそこなったが、屁の子をつかんだから百文くれ」といい百文とられてしまった。傍で見ていた女房がくやしがり、女では屁の子もつかめまいと思い、「では今度はわたしがやる」とて、尻を出してたれた。すると屁つかみ屋「屁はつかめなかったが、へへをつかんだから倍額の四百文くれ」とてまた銭をとられてしまった。

〔性器の位置の話〕

むかし誰のものもみな額についていた。しかしこれでは出歩くにも、途中であいさつするにも具合が悪かったので、神様に願って「わきへ行け」といったら、その後はみな腋下に着くようになった。しかしこれでも、どうも具合が悪かったので神様に願って「また下へ行け」といったら、その後は今のようにみな胯下に着くようになった。そして以前のところには毛だけ残っている。

〔ひと突きに一つ〕

貞操堅固な尼僧がいた。若い衆が話し合って、あの尼さんを口説き落とせるがどうか賭けをしようということになった。一人が手段を考えて尼さんのところへ忍んで行き「実は年老いた母親が奇病にかかり、願がけしたところが、それを治すにはただ一つ、寅歳の女人と私が閨の業を行なうことだとのこと、仏に仕えるあなたのこと一人の老女を助けると思って承知してくだされ、それも百遍こするだけでよい」といえば、尼僧も「それなれば、この事はいっさい他言をしないこと、今回限りという約束で」、そこで若者はわがもので尼僧のほがみをこすり、十遍目に一つ突っ込みをして数とりとするといったが、やがてめんどうだから突くだけにした。

〔粟まきの話〕

百姓が野良仕事に出かけるので、留守番の舅と嫁に稗（方言でへという）残して粟さまいて置くようにいって出た。ところで留守番中舅は嫁とへのこして粟をまいた。それからこの地方では舅と嫁の芋田楽を「粟まき」というようになった。

〔寝たら来い〕

爺さまが婆さまに、孫を寝せつけて寝たら、あとで来いといった。暫らくして爺さまのところへ孫がやって来たので「なにしに来た」というと、孫の幼児は「いま婆さまが寝ついたので抜けて来た」といった。

〈32〉艶本序文集

艶本の序文はなかなか洒落た文句のものが多い。そして情事秘語、性的俗秘語などを用いた戯文が多いから、以前にはこの序文だけでも発禁になった。

昭和二年に文芸資料研究会から茅ケ崎浪人（斉藤昌三）編の『変態序文集』が刊行されることとなったが、印刷中に押収されてしまい、ついに頒布に至らなかったという。これは軟派古典書の序文集だったが、内容の一部は文芸市場社の雑誌『カーマシャストラ』（昭和二年十一月創刊）中に発表されたものである。とにかくこの種の書は、その後も出たものがない。

『浮世閨中膝磨毛』の作者吾妻男一丁は十返舎一九の隠号だが、この書全八篇（十七冊）は同一作者が書いたものではないとて一丁を名乗った作者が三人あるという三人一丁説があるくらいで、この序文は特殊な意義をもつ。よってその二、三を掲げておこう。

第三篇序。予多年色道に遊戯し、更に販婦と交りて楽みを尽せども、いまだ上開の蛸味に逢はず、よって色修行を思い起さんとて、同志の好士故円なる鼻高記塵門探良なんどにかたらうに、かしらを振て遅し〳〵。さきに吾徒が朋友九次郎兵衛、舌八なる両個のなまけもの、縁を結びの神風や、伊勢路へ志してより東海道を登りたるが豆腐の色の素人めかして、二編でふでを岡部の駅まで旅の日記を送りしゆへ、既にして膝磨毛と題せしもの、とみに梓にのぶりたり。然るに彼ふたりづれ、その後いかに成行しや、いまだ行方を知るよしなく、是等が便りを聞たる後、思いたちてさふかへかしと、その物語はこれさいわい、実は淫本述作の種がつき夜に釜という折から、聞しは掘出しものと、やがて飛脚を走らして、二個の安否を聞しかば、則ち報書に云こせし、みちの記をそがまくに、久しぶりなるさくら木の、桜木の枝ぶり若やく花園を探れる実生の作者も、また続□□のお笑ひを、どっと吹出す春風や、そも山出なる東都子《えどっこ》の、

文政戊子春日成稿（熊手の印あり）吾妻男一丁のぶる

第四編序。鳴呼郁々、嗟郁々、郁々乎として文なるかな、楚麗往ものは斯の如きか、昼夜をすてざる往続は、川の流れの溜ゐんすい、末は海とも鳴海がた、絞り手拭越中犢鼻褌、紺のはばきに笠や紐、五十三次東海の、駅路に普き酒楼と妓院は、のがさずしてゆく飲でゆく、猛者の修行はことふりたり、色の修行とおこがましく、艶次郎めか次両個の旅客、毎回しくじる駅々の滑稽奇談をそのままに、記憶なしたる紀行のふみ、昔時在吾の中将は、東へ下る路々にて先から仕かけし色事は、彼伊勢御が筆作なり、今また両個は東より荏洛へのぼる道すがら、狗

も歩行けば棒にあたる、若や陰戸にもあたるかと、やっても外れるおかしみを、猶こりず勿の関までは、まだ往つかで神風や、いせの国なる宮の津に、ドンと碇をおろしけり。

文政庚とらの春

東男一丁しるす。

四編は上中下三冊で、三篇では岡部から荒井の渡船までで終った後をうけ四編は、舞坂より四日市まで、五編は伊勢路より古市に遊び、相の山から大坂へ出るまでを書いている。

第五編序。上略、この趣向はそのむかし世に鳴りわたりし江戸子の、弥次喜多八が滑稽をこゝに摸して、これまた東男の一丁がものせられたる四つの巻、それなりけりでは事足らぬと、看官の催促に、例の書肆も数寄のみち、おっと任せと誂へて、俄につづる五編の巻は、既に当時の一丁ならで其名ばかりは在原や東下りの東風流、はやく求めてみやこ鳥、をかしきふしも巻にあやなしやと、御覧のほどひとへに願う序言を頼まれまして、御なじみの、

女好庵あるじ　誌す。

〈33〉通　言

遊里語には「通言」がさまざまあった。遊里における各種の名称、呼称特殊な用語などがあり、通人ともなれば、こうした言葉も心得ていなければならなかった。また稼業柄これらの中には性的な秘語も少なくない。昭和四年刊、佐藤紅霞著の『日本性的風俗大辞典』というのは、Ａ４判和綴一二六頁で性風俗語約一千語を収録しているが、このほとんどが性語というよりも遊里通言で、その解説も勝屋英造著の『通人語辞典』（大正十一年）と同様なものだった。『麓の色』には「女肆詞」とし、手練手管、せく、ふる、ぞめき等々の説明が載っているが、こういう遊里専用語があるわけで、『岡場遊廓考』にも「辰巳雑事」として岡場所におけるさまざまな語彙を集めて説明しているのがある。遊里の業者仲間でなければ知られない風俗や一般の遊客には語らない秘事などが、これらの「通言」語彙のうち

からのみうかがうことができるのである。

近代においても遊里研究の基本となる各種の呼称、種類その他の秘語などを集めて解説している書としては次のようなのがある。

『通人語辞典』(勝屋英造) 大正11
『遊里語彙』(雑誌関東兵衛) 昭和9
『大阪花柳辞典『(全国花街めぐり) 松川二郎
『上方の廓言葉』(上方通) 倉満南北
『モダン軟派語彙』(芸妓通) 花園歌子
『女衒社会の合言葉』(三業時報) 昭和2
『遊廓隠語』(犯罪科学) 昭和7
『遊里語の栞』(全国遊廓案内) 日本遊覧社
『現代市場語辞典』(現代女市場) 高橋桂二

など、そのほか遊女の妓品等級名、各種異名集の書もある。

〈34〉かくしことば

「隠語」はいわゆる「かくし言葉」であり、古書には「市語」といっているのもあるし、『武野俗談』には「相詞」(かくしことば)といっている。商家には仕入値に対して売値を記して、取引の商談にどう利幅をきめるかとか、あるいはいい値からどこまで値引するか等の覚えのために、特別の符牒が設けられている。この店だけの定めの記号を「内符牒」といい、また同業者間に定められているものを「通り符牒」と称するのであるが、たとえば、

洋服の素地屋が布見本につけている数字は、五桁または六桁の番号で表わされ、その最初の数と終りの数の組合

わせとか、あるいは次の何字目からの数字が卸元価を示すことになっていて小売の場合客へのいい値はこれによって利益を加算するのである。これは数字の符牒というわけだが、言葉の文字になっているのもあり、芸人の「通り符牒」はヨノナカハフタリヅレ。これを一から十に当てヨタなら、十七を示すといった具合なのである。香具師の数を表す符牒は、ヤリ、フリ、カチ、タメ、ヅカ（またはテブ）、ミヅ（またはサナダ）、ナキ、アッタ、ガケ、等一から九までの組合わせとなる。そのほかにも数の符号が用いられている社会はあるが略す。

これらの符牒が数ばかりでなく、会話言葉となった「符牒言葉」が隠語なのである。「市語」とか「相詞」と称せられたのも、取引詞とか合言葉との意味なのであろう。

むかし戦陣では敵味方を識別するために「合言葉」で、山といえば川と答えたら味方に違いないというように、それぞれ合言葉をきめた。また虚無僧が道中で出合ったときに吹き鳴らす尺八の曲にも定めがあって、それで挨拶代りの受け答えをしたり、相手を確かめ合ったという。

多くの隠語はこうしたところから起原したものであろうが、それはなんらかの意味で仲間以外には知られたくない語らいのためのものだった。しかし近代までも用いられて来た香具師隠語や不良仲間の隠語には、すでに一般の人々にも知れている隠語もあり、それを使用していることには、ほかにも理由のあることが考えられるのであるし、演芸人仲間の隠語は寧ろ「通言」に属するものが多い。そして遊里隠語もその必要度が大して認められないところから、これは「人形芝居楽屋隠語」などから伝えられた流行語が多いと思われる。そこで隠語の使用が意味するものには、

①他人に聞かれて憚りあることも仲間同士で自由に語りうること。

②隠語を自由に話すことによって、互いに仲間を認識できること。

③隠語を自由に話せることによって、自分がそれらの社会に属する者であることを他に示すこと。

などがある。

〈35〉異名語彙

「わけ茶屋」とは色茶屋の意で、売女がいて遊ばせる茶屋をいうのである。吉原遊廓が官許となった元和三年（一六一七）から宝暦十年（一七六〇）まで、吉原には「揚屋茶屋」があり、遊客は遊女をこの茶屋に呼んで遊んだのだった（上方では近代までこの伝統を襲いだ制度が行なわれていた）。

揚屋の起原は吉原遊廓が官許となったとき「元和五ケ条」で今後は一切遊女の廓外稼業（町売り）は禁じるということになった。これは他面吉原の公娼以外、市中の私娼は許さない意味にもなるのだが、それまで市中には「踊子」の売女がいて、武家邸などでもこの妓を呼んで座興を助け、泊まらせて遊んだりしたのだったが、それが禁じられることとなったため、武士も廓まで出掛けねばならなくなった。そこで邸代りに揚屋を利用することになった制度である。だからそれらの遊女は別の置屋（やかた）に居住して、稼業は揚屋茶屋で行なったわけである。

だが、もともと娼家の発生は「遊び茶屋」の形式で起こったのであり、これは後の私娼家の場合でも同じだった。その茶屋構えの娼家に直接妓を置いて客を迎え遊ばせたのを「色茶屋」ともいった。とにかく茶屋と娼家とは同じ系統のものだったから同意語となる場合が多い。

そして娼家の種類などから「娼家異名」もさまざまあることになる。よく俗称には「茶屋小屋遊び」ということがいわれるが、この茶屋小屋とは寺社境内などにあった色茶屋のことである。

私娼家が寺社の境内に屡々発生したのは、参詣者のための茶屋の名目だったこともあるが、寺社境内は寺社奉行の管轄で町奉行の直接取締まりが及ばないところだったからでもある。

元禄の頃、上方には「暗屋《くらや》」との私娼家が存在した。「くら者」と称する娼婦がいたところなのだが、これは隠れたる売女つまり密娼の娼家との意味であり、近代の「曖昧屋」というのと同じである。また江戸の岡場所中にも、金見世、銭見世、四六見世、鉄砲見世、長屋見世、子供屋、二つ見世、切見世等の種類からその他の異名もさまざまある。

娼家の総称としても、吉原遊廓設置請願を出した庄司甚内の意見書には「傾城屋」とあり、古くは傾城の名が、もっぱら用いられていた。「遊女屋」の称も明治初期まで公文書中にも現われていた正式の名であった。「女郎屋」と称したのは寛政前後からの俗称だったが、明治六年以後「貸座敷」が正式の名となった。その他「亡八」「青楼」「妓院」「妓楼」「娼家」などの凡称があり、岡場所では「子供屋」といった。

吉原を北里、遊里花街を狭斜の地、岡場所を隠れ里、花散る里といった類の異名も多く、雑誌『あかほんや』に菅竹浦氏の稿として載ったものには、実に八十七種があげられていた。

娼婦の種類、異名、妓品等級名などでは、宮武外骨著の『売春婦異名集』がある、約五百種の異名解説が載っているし、村上静人著『遊女の種類』には四十三種名を解説している。

〈36〉せんぼ

かつて昭和の初め拙著『隠語の解釈』の一節に「せんぼ考」を掲げたことがある。「せんぼ」は特殊の言葉を用いたいわば「遊里隠語」であり、江戸後期の文芸書に、いくつかこの「せんぼ」の会話で描かれているのがある。

文化三年版の三馬作『小野ばかむら嘘字尽』の中にも多数の「せんぼ」が列挙されているし、文化九年版の『浮世床』二編上巻にもせんぼの会話が見え
あやつりの楽屋でつかう隠語（かくしことば）をばようよう覚居た。センボとかセンボウとかいうものだね、サンショともいいやす。

といっている。

宝暦の頃には吉原に「唐ことば」「はさみ詞」が流行した。安永三年には「ものは付」「いろは歌」などが流行して、その刊本もある。また天明二年には「地口」の変化した「語呂」が流行した。『金々先生栄華夢』には茶屋女の隠し言葉が見え、「シ付ニ付」がある。その他「とぐり詞」など、言葉の遊びともいうべき妙ないい方をする流行が、

その頃遊里を中心として庶民の間によく行なわれていたのである。

「せんぼ」は「さんしょ」ともいい、「占傍」と書いているのもあり、文芸書にはせんぼを使った会話などには、その語の傍に傍線などを引いて註釈をつけているので、「線傍」の意味かもしれないが語原は明らかでない、それらの言葉のことは『隠語構成の様式並其語彙』の中に出ているが、『小野ばかむら嘘字尽』には百五十種ほど「せんぼ」が列記されている。

えんこう（手）、おか（顔）、おかのしろ（顔代のことで出演料をいう）、きんちゃ（金の茶釜の略で上客を指す）、金十郎（金持の好人物）、せい（酒のこと、清、清三郎とも、キスともいう）、しぶたら（渋垂でお茶のこと）、そくかけ（足かけ、妾のこと）、たしわこと（下女）、わこと（女房、ばしたともいう）、しんた（金銭）、かまる（行く、来る）、せぶる（寝る）、どせん（男根）、たれ（女陰）、れき（あれ、彼れ）。

といった類である。

近代でも昭和の初め頃、花柳界で大勢の芸者が宴席によばれて、三味太鼓の飲めや唄えの賑かなお座敷だったとき、年増芸者の一人が唄の合いの手に、

サアサ、金茶金十郎、金十郎は甘いよ、スッテン、スッテンテン。

これは遊里隠語では、「この客は金持だ、金持でお人好し、サアサアどんどん遣わせろ」という仲間同士の合図なのである。それとは知らない客の方ではいい気になって、調子に合わせ「ソレ、スッテン、スッテン、スッテンテン」と得意になり、財布の方もスッテンテンにされてしまうのである。

〈37〉遊里語

遊里語といえば、「廓語」「里言葉」「吉原言葉」とて江戸の吉原の遊女言葉として持殊な語法があったが、そのほかにも「せんぼ」や「遊び言葉」ともいうべきいくつかの流行もあった。また遊里の術語とか遊里関係者が使う変

わった呼称が行なわれていて、それを俗に「通言」と称した。いわゆる遊里のわけ知りとされていた通人語なのである。これらを総称して「遊里語」というのである。

「廓語」を俗に「ありんす言葉」ともいう。「ありんす」とは、ありますの意で、これが「里言葉」の基本型であり、代表的な語法であるところから、吉原の異名にも「ありんす国」などいったのがある。昭和四年刊、宮武外骨著の『アリンス国辞彙』というのは、吉原詞の川柳句集とその解説をしている書で、附録に松川弘太郎氏の『廓語考』が収録されている。廓語考には吉原詞の語尾の変化や語法の研究が載っている。

遊里文芸書にも芝居の名詞にも、遊女の言葉にはこれが用いられているが、このような言葉がなぜ行なわれたかについて『北里見聞録』には、

いかなる遠国より来れる女にても、この詞をつかうときは鄙の訛りぬけて、元より居たる女と同じことに聞ゆるなり。さればこの意味を考えて云い習わせし事なりとぞ。

とあり、誰がいつから流行らせ始めたものか詳かでないが、この詞がようやく系統立って行なわれたのは元禄頃からだったといわれる。『北里見聞録』はさらに、

なんす、みんす、しんす、などを始めとして全国に聞かざる詞多し。奇語ともいうべし。なお娼家にはその家々にて行われる言葉あることまた一風なり。

ともいい、その例をあげているが、この語法も家によっては多少異なるところがあった。

『嬉笑遊覧』では、この里言葉は

おもうに、これ、もと島原詞の名残りなるべし。

という。また『甲子夜話』は、

吉原町遊女の言葉は、自ら一種をなして都下尋常の言葉と異り、この言葉はもと駿河の方言なり、御入国の後駿国の遊女この都にうつされしより、この言葉伝わるとぞ。

といっているのだが、これは疑問である。

花魁《おいらん》の語原考証のうちで、これは吉原の桜に禿が誰よりも私の姉女郎のが一番立派に咲いたという「おいらの姉さん」が略されて上妓を「おいらん」と称するようになった。とあるこの説明はよいとしても、そうした言葉が駿河の方言の訛りだとすれば、実際とは違うところがある。駿河の吉原付近の方言では、己れということを「おいら」とはいわず「おれッち」、女なら「わッちら」そしてお前たちは「おめッち」、吉原町の人というときには「吉原町の衆」といい、ほとんど複数形で呼ぶのは注意すべきであろう。

十返舎一九の『東海道中膝栗毛』には、駿河の方言が大分に出てくるが、「行く」ということを「行かず」という会話がはっきり書かれている。

しかし現地での実際は「行かざア」といっている。「行かずや」との反語なのである。歩こうというときには「やんべヤア」、断るときには「やんだ」（嫌だの意）という。

『ちゃっきり節』の文句に〝きゃァるが鳴くから雨づらよ〟（蛙が鳴くので雨になるだろよの意）、という「づら」は「であろう」（だろう）の略で、この場合にははっきり「づ」というけれども、行くという場合のは「ざァ」である。

いささか余談にわたったようだが、だから吉原詞も駿河の方言とは縁が遠いようである。

さて、廓語の語法では、

〔ます〕ありんす（あります）。ありんした（ありました）。ありんせん（ありません）。ありんしょう（ありましょう）。

ありいす（あります）。おす（あります）。しんす（します）。しいす（します）。

〔なさいます〕来なんす（来なさいます）。来なんした（きなさいました）。来なんせん（来なさいません）。来なんしょう（来るでしょう）。来なんせ（来なさい）。来なんし（来なさいまし）。来なます（来なさいます）。

〔ございます〕おざんす（ございます）。おざんした（ございました）。おざんせん（ございません）。おざんしょう（ございましょう）。おざりんす（ございます）。おざりいす（ございます）。

〔です〕そうざんす（そうです）。そうざます（そうです）。

また時代的には、
明和のころまでは、思いんす、お座りんす、など「ます」を「んす」としたのを、安永の末からは「いす」と転じて、思いす、おざりいす、などと用いた。なさりませ、を「なんし」といい、享和頃からは「なまし」と用いた。文化以降は「ざんす」「おす」などが行なわれた。

というのである。

これらの言葉を使った川柳句の例は前記の『アリンス国辞彙』に多く出ているが、小咄の一例では『高わらい』に、天狗が吉原の張見世を見物して歩いたが、とかく高い鼻が邪魔になって覗くのに具合が悪かった。そこで見世格子の間から鼻をつき出して見物しているのを、禿が見つけて「オヤここは小用所ではありんせん」。

というのがある。

「通言」や「せんぼ」の詞は江戸文芸ものを読む上に知って置かねばならぬことだが、またこれらから転じた秘語は艶本などを見る場合に、しばしば痛感され文意理解が出来ないことがある。川柳に〝ここで三両かしこで五両とってたれ〟というのがある。これは悪計の妾稼ぎ「小便組」の句であるが、「三両」は岡場所の町芸者の売春料で通言では「口留料」と称して三両が相場だった。「五両」は俗にいう間男代であり、享保頃の上方俚談に「さわり三百」といった「三百匁」は銀相場で五両となった。江戸では「七両二分」が享保時代からの通言だった。寛延二年（一七四九）頃から現われていた「おこわ組」、明和安永（一七七〇）頃に流行した「小便組」も、この三両から五両あるいは七両二分が相場だったのであろう。

小便組はまた「手水組」とも「おしし組」ともいい、そのころ大名旗本邸などに妾奉公に差し出すとて、ちょっとした女を差し向けて、支度金をとり、さらに女の腕次第で殿様をうまく丸め込んで金品を絞りとった上で、時機を見てこの女には夜尿症の悪い癖があって治らないと愛想づかしをいい立てて、また手切金をせしめるのを稼ぎにした悪徒があった。これが小便組なのである。

ところで、一般の商取引において契約をしておいて後から解約にするとか破約するのを、俗に「小便をする」というのも、このことから出た言葉なのである。

遊里通言そのほかには、こうした関連のことがいくらもあって、文学書を見る場合にも、あるいは庶民風俗を知る場合などにも、重要な関係があるし、遊里書に関する部面でも「遊里語」については、ぜひ知っておかねばならぬのである。

かかる風俗語や情事秘語については、昭和三十六年刊の拙著『江戸秘語事典』がある。

〈38〉発禁書目録

「発禁書」のことでは『近代筆禍文献大年表』『現代軟派文献大年表』『日本文芸発禁史』等に記載があるが、「発禁書目録」では昭和の初期頃から、出版関係雑誌などにそれぞれ発禁書目が載るようになった。これは書物販売業者の取扱上周知させる目的だったが、書誌学方面にも、ようやく発禁書について注目されるに至ったのである。

当時発禁書目が掲載されていた雑誌およびパンフレット類では『東京堂月報』『図書週報』『読書標』『ブックレビュウ』『納本月報』等があり、またこれらの図書雑誌目録とか創刊年月日等のことでは、沼津古典社刊の『古本年鑑』に詳しい。

その他発禁書目を収録した単行本では、昭和二年刊赤間耕文堂発行の『明治大正昭和禁止本書目』があるが刊年の記入はなく、かつ風俗発禁書はこの頃以後にむしろ多いので、その点期待するところが薄い。昭和七年七月沼津古典社発行、書誌文庫の一篇『明治大正昭和発売禁止書目』というのは、四六判五二頁のものだが、細字で埋まっていて、明治初年から大正十五年まで各年ごとに別けて、図書、雑誌、新聞の風俗と安寧の処分別に掲げ、著者、書名、発行所、発禁月次等を記したもの、単行本だけで約八百五十種が載っている。民間の調査記録としては非常に苦心が見られ、よく収録されている書である。またその後の発禁書目については、同社刊の『古本年鑑』(一九三五年版)に載り、昭和の発禁書総覧はこれが始めてだった。

「発禁書誌文献」として、発禁書に関する書誌もののことは昭和九年十月号の雑誌『書物展望』に中野栄三稿が載っている。

この頃出版取締の大元締め内務省警保局では、部内を主として関係方面に参考配布した『出版警察報』が三十余号も出ていて、発禁処分となった図書はこれに掲載されていた。この別冊特別号といった形で、昭和八年頃までの税関で没収した『輸入禁止書総目録』が作られたが、ついで明治初年から昭和の現代まで日本内地における発禁書総目録が作られる企画があった。これは従来の処分図書は、各書名以下の記録と処分の種別、年月日、理由などの書類と現物の証拠物体を添えて倉庫に保管するだけであったから、発禁書総目録などいう過去の記録までを集めることになると、官報の告示その他を調査し容易なことではなかった。しかし官庁が認定して発禁処分に付し、世上から抹殺してしまった書物が、その版本元にもすでに記録がなくわからないとはおかしな話だというので、その後昭和八年頃までの『発売禁止書目録』が作られたと聞くが未見。戦後にはこれらも焼却してなくなってしまったことであろう。

だがこの総目録には、もちろん処分になった発禁書だけで、そのほか発禁ものに相当する秘密出版書や事件が中断して不明になったものもあり、それらは民間人の手によらねば調査も出来ない場合があった。そこで大正末以後昭和十年頃までの風俗関係書記録を『奇書輯覧』として収録した稿本があったが、当時はかかる書誌記録ものでも、内容目次まで書いては公刊が許されないということで、未だにこれは活字になっていない。

江戸時代の絶版処分書や、取締触書にしろ、近代の発禁書記録にしろ、それらは歴史的施政傾向とか時代的世相風俗について、現実面から察知する上に重要な意義をもつものと考えられる。

〈39〉明治以降の取締まり

明治になって「出版法」が制定されるまでの経緯は、明治元年四月の太政官布告（三五八号）、同六月布告（五〇〇号）、明治二年二月の「新聞印行条例」、同五月の「出版条例」から、明治二十六年に「出版法」が成立した間の改廃などについては、馬屋原成男氏の著『日本文芸発禁史』に詳しく説明されている。そしてこの出版法は戦後の昭和二十四年五月廃止になるまで、わずかに一部追加項目があっただけで続き、特別法として安寧秩序妨害、風俗壊乱の出版物に対しては、行政処分としての発禁等が行なわれて来たのである。

「出版法」（明治二十六年四月十四日法律第十五号、改正昭和九年六月法律第四十七号）は全文三十六条で、出版の定義、著作者、発行者、印刷者、届出（納本）、奥付記載事項、再版、発売頒布禁止（十九条）等が実に抜け目なく規定されているのである。

しかしこの法律でたとえば風俗壊乱で発禁処分となる場合も、それは当局者の認定によるものだったから、その見解にはかなり疑問の場合もあったけれども、どうにもならなかった。そして大正の初め頃までは風俗の発禁ものは大してなかった。それでも「透し絵葉書」とし普通の絵が印刷してある絵葉書を、陽にすかして見ると黒い影法師などが現われるのがあったが、並木道の風景画でそれをすかして見ると、若い男女が肩を寄せ合って並んで歩いているのが発禁になったのもあり、今から考えると大きな違い方である。

届出をしないで発行したものが、内容的には差支ない場合でも「未届出版物」として一応問題にされたが、内容が悪くて発禁の虞あるものを故意に届出しないで発売頒布した場合は「秘密出版」ということになる。

大正の末頃から昭和になると出版法による取締まりがきびしくなり、発禁書が多くなった。かの「梅原北明」は大正の末にはもっぱらプロレタリヤものの雑誌発行などに携っていたが、昭和の初め頃からエロチック出版に転向し、会員組織で『変態十二史』や雑誌『変態資料』の発行を始めた。

変態社会史、変態芸術史、変態見世物史、変態人情史、変態広告史、変態刑罰史、変態作家史、変態仇討史、変態崇拝史、変態遊里史、変態浴場史、変態伝説史、（別巻）変態序文集、変態交婚史、変態蒐癖史。

等特殊な研究ものだったが、しばしば発禁ものを出した。そしてさらに性的文献書の発行を企図したが、当時においては珍しく大胆なものであっただけに、取締まりの弾圧は漸次きびしさを加え、彼は合法的出版方法で奇書を出すといっていたにもかかわらず、それができなくなり、印刷中に製版が押収されたり、納本前に没収されたりしたことから、出版所を転々と替えたり、二重出版の方法など、種々苦内の策を講じるようになったのである。

その他北明一派から分離したものが、同様な会員組織で各所に出現したりして、この頃には取締まりと脱法行為の競争が始まった。その間研究書でない読み物や昔の艶本の複刻なども現われたのである。

この頃から発禁を免れるために行なわれた「伏字表」は、印刷の「正誤表」から考えだされた「別表」だったのであるが、その後もこれにはさまざまな方法が用いられ、明治大正期の〇〇や××の伏字は、あるいは活字の裏を使って＝とし「下駄ばき」などとも呼ばれていたのが、その見苦しさのために、やがては不穏な字数だけを白く紙面を残して印刷するようになり、あとから書入れのできるようにした。そして別表の文字を切って貼り込む者もあったが、あるいは故意に別字を入れて印刷し、あとから別表によって訂正する方法（『小咄再度目見得』）、戦後には言葉のおかしなものを故意に転倒して意味がわからない文句としたもの（『末摘花』東都古川柳研究会版）、その他万葉仮名で埋めたもの（藤井純道の叢書）、暗号式の数字を使ったもの（同藤井、雑誌『芸術市場』等）、一定の言葉に対して暗号文字の鍵を予め会員に配布したもの（雑誌『談奇党』戦前のもの）、印刷文の上に、文字の大さに合った穴のあいた板を置き、その穴に現われた文字だけを読めばよい方法（伊藤竹酔の前金申込の一書に行なわれた）等いろいろな方法があった。

これらのことや、伏字表が別に添付された書物などのことは『世界艶本大集成』中に掲げられている。

■著者紹介

中野 栄三（なかの えいぞう）

近世庶民風俗研究家

〈主な著書〉

『珍具考』（第一出版・1951）、『陰石語彙』（紫書房・1952）、『旅枕五十三次』（紫書房・1953）、『江戸秘語事典』（雄山閣・1961）、『性風俗事典』（雄山閣・1963）、『遊女の生活』（雄山閣・1965）、『廓の生活』（雄山閣・1968）、『古画の秘所』（雄山閣・1968）、『銭湯の歴史』（雄山閣・1970〔第五版 2024〕）、『川柳秘語事典』（檸檬社・1973）ほか多数。

令和6年（2024）11月25日　初版第一刷発行　《検印省略》

艶本《えんぽん》の歴史《れきし》—江戸時代好色文芸本事典《えどじだいこうしょくぶんげいぼんじてん》—

著　者　中野栄三

発行者　宮田哲男

発行所　株式会社 雄山閣

〒102-0071　東京都千代田区富士見2－6－9

TEL 03-3262-3231㈹／FAX 03-3262-6938

振 替 00130-5-1685

https://www.yuzankaku.co.jp

印刷・製本　株式会社 ティーケー出版印刷

ISBN978-4-639-03011-9　C0521

N.D.C.910　264p　21cm